베어지지 않는 나무

나남
nanam

김만옥 소설집

베어지지 않는 나무

2016년 9월 15일 발행
2016년 9월 15일   1쇄

지은이_ 金萬玉
발행자_ 趙相浩
발행처_ (주) 나남
주소_ 경기도 파주시 회동길 193
전화_ (031) 955-4601 (代)
FAX_ (031) 955-4555
등록_ 제 1-71호 (1979. 5. 12)
홈페이지_ http://www.nanam.net
전자우편_ post@nanam.net

ISBN_ 978-89-300-0636-1
ISBN_ 978-89-300-0572-2 (세트)

책값은 뒤표지에 있습니다.

김만옥 소설집

베어지지 않는 나무

나남
nanam

작가의 말

1990년대 초부터 2000년대 초까지 발표한 내 작품들을 모아 작품집을 내고 싶어 했다가 묵힌 작품들이라는 타박을 맞은 적이 있다. 그때 문득 생각난 것이 〈1930년대의 절망과 풍자〉라는 내 국문과 졸업논문 제목이었다.

1930년대의 절망과 그 절망을 풍자로 극복하는 소설들을 쓴 채만식을 기리는 내용인 그 논문을 쓴 시기는 1960년대 초였다. 거창하게 논문이라 했지만 실은 좀 긴 에세이였을 것이다.

1960년대의 독자에게도 훌륭한 작품으로 읽힌 소설들이 1930년대에 생산된 작품들이었다는 사실을 왜 그때 문득 생각했을까? 지금 타박 맞은 내 작품들은 작품이 발표된 한정된 시기에만 괜찮은 작품이었나 하는 자괴감과 함께.

타박 맞은 작품들 중 몇 작품은 황송하게도 '올해의 좋은 소설', '올해의 문제소설'들을 묶는 자리에 끼어줄 정도는 되었으니, 그 '올해'라는 한정된 시기에만 우수했다는 뜻이 아닌가 하는 의문 말이다.

금년 봄에 단편 〈거적때기〉를 써놓고 이번에는 적어도 묵힌 원고란 타박은 받지 않겠구나 하며 어느 문예지에 구차스럽게 투고했다. 결과는 역시 아니었다. '우리는 젊은 작가의 …' 하는 답변과 함께 원고를 되돌려 받았다.

이런 상황에서 내 오기가 발동한 것이다. '인간만사 새옹지마(塞翁之馬)'라 하지 않았던가. 이 신작을 포함한 작품집을 내라는 암시다. 신작 발표는 나 스스로 하는 거다, 하고.

〈거적때기〉를 투고한 이튿날 새벽 나는 꿈을 꾸었다. 꿈에서 수없이 많은 분홍빛 꽃을 피운 사철나무를 본 것이다. 사철나무에 핀 그 꽃들은 종 같기도 하고 초롱 같기도 한 분홍꽃들이었다. 현실에서는 사철나무에 그런 예쁜 꽃들이 필 리가 없는데 꿈에서는 금방 일제히 종을 칠 것 같기도 하고 초롱불을 밝힐 것 같기도 한 꽃들이었다.

그 꿈을 꾼 이후 이번 신작 〈거적때기〉는 꽃처럼 피겠구나 생각하고 있었는데 보기 좋게 되돌아왔던 것이다.

이제 그 길몽의 기운이 나남출판과 내 작품집 《베어지지 않는 나무》에 꽂히리라.

남들 보기에 괜찮은 며느리로 살았고, 시어머니는 며느리를 너무 좋아해서 마주보고 대화만 나누자 하며 집착한 죄밖에 없는데, 나는 존재하지 않고 누구의 며느리로만 존재하는 내 인생을 억울해하며 내 마음의 지옥의 절정이던 시기에 〈저 희미한 석양빛〉을 썼다.

발표 직후 박완서 선생님과 강인숙 선생님께 후배 노릇 제대로 못한 데 대한 변명 삼아 작품이 게재된 〈황해문화〉를 보내드렸더니 읽으시고 작품에 대해서는 아무 말씀들이 없었다. 아니, 두 분 중 한 분이 한숨처럼 "우리도 곧 그렇게 될 텐데!" 딱 한 마디를 뱉었을 뿐이었다.

그 한 마디에 배어 있는 언짢아하시는 마음이 일단 송곳처럼 내 마음을 찔렀지만, 잠시 후 그 송곳에 반응하는 내 마음은 뉘우침이나 죄스러움이 아니라 야속함과 체념이었다. 그때 내가 그 '우리'에 속할 날이 있으리라고는 꿈에도 생각지 않았다.

시어머니는 "내가 아픈 데도 없는데 왜 병원에 있냐? 집으로 갈란다!" 하시면서 마지막 3년 몇 개월을 양로원에 계시다가 만 100년 하고 이틀을 더 채우시고 4년 전에 돌아가셨다. 내 나이 만으로 일흔넷이 된 해였다. 그렇게 오매불망(寤寐不忘)이던 나의 삶, 작가로서의 일상을 살기에는 이미 너무 늦은 나이였다. 박 선생님과 강 선생님 두 분 중 한 분이 말씀하시던 그 '우리'에 이미 속해 있었던 것이다.

〈회칼〉과 〈한 그루 나무〉(원제: 그 모퉁이의 한 그루 나무)는 1995년부터 10년 가까이 서울가정법원 조정위원 자격으로 조정신청서(이혼 소장)을 읽고 조정신청자들의 하소연을 들으면서 소재를 얻은 작품들이다. 조정위원 자리에 앉아 염불보다 잿밥에 더 정신을 파는 오류를 범하지 않기, 조정 본연의 일에 전념하기를 다짐하면서도 어느새 소설 쓸 유혹을 떨쳐 버리지 못하게 한 사건들이었다. 물론 사건들의 핵심만 훔치고 인물과 플롯 등 소설의 다른 요건들은 창작이었는데도 항상 신청인 당사자들에게 미안한 마음은 남아 있다.

그 당시 한 달이나 두 달 만에 열리는 조정 모임을 마치고 저녁때 집으로 돌아오면 시어머니는 골목 입구에 서서 하염없이 내가 오는 방향을 보고 계셨다. 그런 시어머니의 모습을 대하는 순간 나는 손에 들고 있던 가방과 조정서류들을 길바닥에 내팽개치고 싶은 충동을 억눌러야만 했다.

〈돌멩이 두 개〉는 일제 때 남양군도로 징용 갔다가 유골 대신 돌멩이 두 개로 돌아온 막내숙부의 실제 이야기다. 자연히 그 가족들이 6·25전쟁을 겪어낸 이야기로 연결된다. 〈따뜻한 포옹〉은 6·25전쟁 당시 걸인의 누더기를 벗어 버리고 일반 시민의 한 사람으로 변신해 있던 우리 동네 걸인에 대한 기억이 모티브가 된 작품이다. 따라서 〈돌멩이 두 개〉와 〈따뜻한 포옹〉 두 작품에 상당 부분 중복된 서술이 있게 되었다.

점잖고 예의 바른 '작가의 말'을 쓸 작정이었는데 쓰다 보니 늙은 작가의 억지와 넋두리가 되었다.

못 이긴 척, 눈치채지 못한 척, 내 낚시에 걸려준 나남출판의 조상호 회장님과 고승철 주필님께 감사드리며 박수를 보낸다.

2016년 여름, 관악산을 바라보며
김만옥

베어지지 않는 나무

차례

회　칼

　　내 집 초인종을 누르는 사람이 도둑이라 해도 문부터 열어 주고 보는 게 내 고질이다.

　　나의 그런 고약한 버릇을 두고 그는 순진성을 가장한 화냥기라 했다.

　　허둥지둥 문을 열면 밖에 서 있는 사람이 오히려 과한 대접에 겸연쩍은 얼굴로 말하곤 한다.

　　"하나님 소식 전해 드리러 왔습니다."

　　이거 미안해서 어떡하나 싶다가도 집 안에서 현관 쪽에 귀 기울이고 있을 그를 의식하고 짐짓 매정스럽게 말한다.

　　"지금 너무 바빠서 들을 시간이 없는데요."

　　문을 닫고 돌아서면 그가 기다렸다는 듯 이죽거린다.

　　"누구 기다리는 사람 있어? 왜 데리고 들어와서 가진 것 다 내주지 그래."

　　"우리 집에 줄 게 뭐가 있어?"

　　"네 몸뚱이는 있잖아."

까치 소리를 듣고 기대에 찬 기색일 때도 그는 참지 못한다.

"까치는 원래 의심이 많은 새라 낯선 걸 보면 개처럼 짖는 거야. 반가운 손님은 뭐 얼어 죽을 놈의 반가운 손님. 오히려 위험하니 경계를 늦추지 마라 하는 뜻이라고."

내가 그렇게 기다린 것의 정체를 그가 알기나 했을까. 나를 비상시켜 줄, 하다못해 저 심연으로 추락시켜 줄 운명적인 이변이란 것을. 우리들 내부에서는 도저히 기대할 수 없는 힘이란 것을.

얼굴 크기의 거울을 방바닥에 놓고 심연 같은 천장을 들여다보든지, 바로 내려서기만 하면 내 몸을 얹어 줄 것 같은 웅덩이 속의 하늘을 한없이 들여다보든지, 운동장 한가운데서 가랑이 사이에 머리를 처박고 거꾸로 하늘을 보든지.

그런 짓들을 좋아한 것은 거꾸로 보이는 천장이나 하늘이 실제보다 더 깊고 더 무한하면서 갈 수 있는 곳처럼 보이기 때문이었다. 더 깊고 더 무한하고 더 신비한 세계로의 진입이 가능할 것 같은 착각이 좋았기 때문이었다.

실제로 몇 살 때였던지, 햇볕이 따뜻한 봄날 어둑한 방안에서 거울 속의 천장으로 내려가 보려다가 거울을 깨뜨린 적도 있었다.

거울 속에 비친 천장은 실제의 천장이 아니었다. 실제의 천장은 모서리가 있고 방의 크기 이상 커질 수 없었지만, 좁은 거울 속에 비친 천장은 넓이와 깊이에 한계가 없었다. 상상할 수 있는 만큼 깊고 상상할 수 있는 만큼 넓었으며 그 빛깔조차 실제의 천장과 같은 듯하면서 같지 않았다. 그것은 또 다른 세계가 내 옆에 가까이 있음을 뜻했다.

아직 한 번도 도둑이 든 적이 없어서 그럴까. 그가 아무리 화냥기라

이죽거렸어도 여전히 낯선 외판원, 수금원, 검침원, 전도꾼 누구에게나 얼결에 반가워하며 문을 따 주고는 이미 그가 내 곁에 없는데도 여전히 움찔 놀라며 다음부터는 절대 그러지 말아야지, 문밖에 세워 둔 채 용건만 물어보고 돌려보내야지 다짐하곤 한다.

하물며 아직은 남편인데 그가 비록 나를 죽이기 위해서 왔다 하더라도 내 집을 찾아온 그에게 문을 따 주지 않고 배기겠는가.

사실은 찾아온 사람이 남편인 줄 알고 문을 열어준 것은 아니었다. 그의 말마따나 화냥기 때문이었는지 그냥 습관적으로 문을 열었는데 그가 들어왔던 것이다.

그의 집이 아니고 내 집이기 때문일까. 그는 그전처럼 물어보지도 않고 아무에게나 문을 열어주면 어떡하냐 나무라지 않고 들어왔다. 내가 저녁식사를 막 끝냈을 때였다.

그가 말없이 현관문을 들어설 때 그의 손에는 꽤 무거워 보이는 짐이 들려 있었다. 신문지로 아무렇게나 둘둘 말아서 연둣빛 노끈으로 질끈 묶은 그 물건이 뭔지 알 수 없었는데도 섬뜩하고 불길한 기운이 스며 나오는 것 같아 가슴이 쿵쾅거렸다. 그의 출현만으로도 가슴이 쿵쾅거릴 이유는 충분했다.

그의 갑작스러운 출현을 예상하지 못한 게 이상스러웠다. 아마 머리가 느슨해져 예상 못한 게 아니라 부러 예상 같은 걸 피한 거구나 하는 생각도 들었다.

그를 보지 않고 산 요 몇 년 동안 잠자고 있던 악몽들이 한꺼번에 함성을 지르고 일어나는 느낌이었다. 게다가 그동안 소설이랍시고 써서 발표한 내 글 여기저기에 그가 이건 내 이야기구나 할 만한 대목들이 얼마나 되었을까 허둥지둥 더듬어 보았으나, 머릿속은 벌집을 쑤신 듯 왕왕거릴 뿐이었다.

내 몸의 허둥거림을 통해 머릿속의 허둥거림이 투명한 유리 속처럼 들여다보였을 것이다. 내 집인데도 갑자기 남의 집에 들어선 것처럼 어디에 서 있어야 할지 앉아야 할지, 손은 어떻게 간수해야 할지, 그에게 식사나 차 대접을 해야 할지 말아야 할지, 그가 공격해 오면 어떻게 대처해야 할지 허둥대는 나를 아랑곳하지 않고 그는 아무 말 없이 거실 바닥에 퍼지르고 앉아 들고 온 물건의 포장을 풀어 헤쳤다.

그가 풀어 놓은 물건은 내 허둥거림의 근거 있음을 적시하고도 남는 것이었다. 그것들을 보자 더 큰 공포와 후회가 철없는 허둥거림을 진압시킬 정도였다.

내 집 문을 따 준 데 대한 후회도 아니었고, 세 살짜리 딸아이의 손을 잡고 그의 집을 버리고 나온 다음에, 죽은 듯이 숨어 있지 않고 세상에 대고 웨는 소설가가 된 걸 후회하는 것 같지도 않았다. 예리한 통증은 살아 있음에 대한 근원적인 후회, 바로 슬픔 그것이었다.

마루 가득 쏟아져 나온 물건은 한 개의 숫돌과 몇 자루의 회칼이었다.

그는 거실 바닥에 짐을 풀어 놓은 다음 일어나서 화장실을 찾아 들어가 좌변기 속에다 불길하게 일어서는 그의 성기를 연상시키는 쏴아 소리를 내며 힘차게 소변을 보았다. 그 소리는 마루에 벌여 놓은 회칼과 아주 잘 어울렸다.

그는 마루로 나와 흩어져 있는 칼과 숫돌을 주섬주섬 모아 들고 다시 화장실로 들어갔다.

그는 화장실 문을 활짝 열어 놓고 마치 내게 칼 가는 시범을 보이듯 숫돌에 회칼을 슥슥 갈고 있다. 칼을 갈 장소가 없어서 내 집을 찾아온 것처럼.

전에도 그는 몇 자루씩 집 안에 둘 정도로 회칼에 대한 집념이 강했다. 틈만 나면 정성껏 갈아서 유물전시장처럼 죽 늘어놓곤 했다. 그가 집에 없을 때 감히 용기를 내어 감춰 버리면 말없이 집 안을 뒤져 찾아내서 다시 늘어놓았다.

그 회칼에 대해서 아주 잊어버린 것은 아니었지만, 도저히 잊을 수 없는 일이긴 했지만 그가 내 집에까지 그걸 갖고 나타나는 일은 꿈에도 예상 못했던 것이다. 회칼은 뒤두더라도 바보같이 그의 단순한 출현까지도 예상 못하지 않았던가.

섣불리 말을 붙여서도 안 될 것 같고 계속 말을 하지 않고 버티기도 힘이 든다.

그래도 말을 안 하는 것보다 하는 쪽이 나을 것 같다.

언제 출감했느냐, 그렇게 오래 수감되어 있지는 않았을 텐데 나와서 그동안 어디 있었느냐, 시골 부모님 집에 있었느냐, 여러 가지 말거리를 엮어 봤으나 한 마디도 말이 되어 나오지 않는다.

나는 어쩔 수 없이 그의 시선 밖으로 나가지는 못하고 엉거주춤 선 채로 그가 들어오기 전에 보고 있던 텔레비전 화면에 눈을 주고 있다.

그러나 아무것도 눈에 들어오지 않고 회칼 가는 소리만 슥슥 들릴 뿐이다.

그는 밤새껏 칼을 갈 모양이다. 어쩌면 영원히 끝내지 않을지 모른다.

차라리 욕을 퍼붓든지 그전처럼 사정없이 폭행을 하든지 난폭한 방법으로 성욕을 채우는 편이 더 나을 것 같다.

칼이 몇 자루인지 확실한 숫자는 모르겠으나 한두 자루가 아닌 것만은 확실하다. 포장을 풀 때 얼른 보인 게 대여섯 자루는 됨 직했다.

나는 계속 텔레비전 화면에 눈을 주고 욕실 쪽으로는 돌아보지 않는다. 그는 슥슥 칼을 갈고 어느 정도 날이 섰는지 한참씩 손가락으로 훑어볼 것이다. 전에도 그랬으니까.

내 눈으로 보지는 않지만 환히 보인다. 숫돌에 칼을 갈고 날을 꼼꼼히 살펴보고 갈고 또 갈고 다 갈아진 칼은 한쪽으로 밀어 놓고 다음 칼을 슥슥 간다는 것을. 아주 열심히 몰입해서. 어떤 절정의 경지로 다가가기 위하여.

마당 귀퉁이에서 농기구를 사이에 두고 머리를 맞대고 있던 부자가 갑자기 후닥닥 쫓고 쫓기고 있다. 희광이 같이 햇볕에 낫날을 번득이며 늙은 아버지가 아들을 쫓아다닌다. 늙은 아버지도 젊은 아들 못지않게 날렵하다.

뒤란으로 감나무 밑으로 석류나무 밑으로 장독대 옆으로 헛간 모퉁이를 돌아 다시 앞마당으로 나와 신발을 신은 채 대청마루를 건너 허리굽혀 쪽문을 넘어 다시 뒤란으로 나간다.

잡히면 죽는다 싶은지 아들이 죽기 살기로 뛰고 그 아들을 쫓는 늙은 아버지도 죽기 살기로 뛴다.

번득이는 낫날이 내가 이미 알고 있는 세상에 쫙쫙 금을 그어 피가 배어나게 상처를 입힌다.

낫을 든 아비는 헐떡이는 기관차처럼 달리며 말을 토해 낸다.

내 이놈을 오늘 기어이 잡아 죽이고 말아야지.

16

얼마나 오랫동안 쫓고 쫓겼을까.

쫓고 쫓김의 시작이 어땠는지 알 수 없었듯이 슬그머니 낫을 놓아 버리는 끝맺음도 이해할 수 없었으나 낫의 추격으로부터 놓여난 아들이 극심한 공포 후에 쏟아지는 눈물을 걷잡지 못하고 부엌문 옆에 붙어 서 있는 내게로 와서, '이 병신' 하며 세차게 따귀를 때리는 이유는 이해할 것 같았다.

상처받은 자존심과 무너진 위신으로 인한 분노 같은 것이리라고.

"형들과 누나들은 다 중학 때부터 도시에 보내 공부시키니까 저절로 위 학교로 올라가서 결국 대학까지 졸업했는데, 나는 가업을 이을 자식으로 지목해 놓고 시골 종합고등학교만 졸업시킨 거야. 나도 형들이나 누나들과 같은 길을 밟았으면 너 같은 바보와 결혼은 안 했겠지만."

그의 어감에는 나와의 결혼을 후회하는 기미는 보이지 않았다. 오히려 나를 지칭한 바보란 단어에는 결속감과 내 순정성을 존중해 주는 동지애도 배어 있는 것 같았다. 과묵한 편인 그가 마음속 깊이 품고 있던 아버지에 대한 불만을 그 정도로라도 내게 털어놓은 것도 낮에 또 다른 이해할 수 없는 사건이 벌어졌던 날 밤이었다.

우리들의 결혼 후 처음으로 맞은 그의 아버지의 생신날, 서울에 사는 그의 누나들, 형들의 내외까지 다 모인 거창한 점심식사 시간이었다. 87년의 4월, 공교롭게도 호헌선언이 있은 직후이기도 했다.

그가 대학교수인 큰형에게 물었다.

"형님, 호헌선언이 뭐요?"

그가 정색을 하고 말문을 열었을 때 식탁에 앉은 식구들의 표정이 갑자기 굳어지는 것 같았다. 누나들이며 형님들이 하나같이 시한폭탄의 작동을 감지하고도 속수무책인 사람들처럼 아슬아슬해하며 눈을 내리깔고 숟가락질만 하고 있는 게 역력한데도, 그는 아랑곳하지 않고 이야기를 계속했다.

"헌법을 지킨다는 뜻인 모양인데, 우리 같은 시골 무식쟁이들이 얼핏 듣기에는 비장감까지 느껴진단 말이에요. '호' 자도 그렇고 '헌' 자도 그렇고, 느낌이 그렇잖아요. 호국이란 말에서 느끼는 것처럼 내 목숨 걸고 지키겠다는 눈물겨운 비장감이 느껴지더라고요. 그러니까 우매한 백성들에게는 그보다 더 그럴듯한 속임수가 없죠. 그 지키겠다는 헌법의 내용이야 어찌 되었건 우리 같은 사람들은 깨부수는 것보다는 지키는 것이 좋은 줄 안단 말이에요. 형님도 물론 호헌 쪽이겠죠? 형님이야 우리처럼 무식해서 그런 건 아니겠지만…."

비아냥이 가득한 동생의 눈에 붙잡힌 형님이 대답에 난처해할 겨를이 없었다. 그런 분위기에 익숙하지 않은 나까지도 어쩐지 그의 입에서 나올 다음 말이 '어용'일 것 같은 아슬아슬한 예감이 든 바로 그 순간. 그의 아버지가 들고 있던 숟가락으로 맞은편에 앉아 있는 막내아들의 이마빡을 힘껏 내리치며 소리쳤기 때문이었다.

얼마나 세차게 내리쳤는지 막내아들의 이마빡에서 금세 피가 배어 나오는데도 그의 아버지는 하고자 하던 말을 뱉어 내었다.

"네까짓 놈이 뭘 안다고 주둥아리질이야? 하라는 일은 안 하고."

아무리 좁은 시골바닥이라도 소문으로는 알 수 없었던, 그의 매력인, 몸에 밴 냉소주의의 정체가 밑동부터 환하게 보이는 순간이었다.

식탁에 둘러앉은 사람들 중에 그 아무도, 심지어 그의 어머니조차 배어 나오는 피를 보고도 허둥거리지 않았다. 흔히 있는 일인 것처럼 식사를 계속할 뿐이었다.

나 역시 왜 그랬을까. 약상자로 달려가 필요한 약품을 꺼내 와 그들이 보는 앞에서 따뜻한 위로의 말을 하며 닦아 주고 발라 줄 용기가 왜나지 않았을까. 그에 대한 그들의 무시와 냉대를 부당하다고 생각하고 울분이 치밀어 오르는데도 그들의 야합의 기세에 눌려 손끝 하나 까딱할 수 없고 입도 뻥긋할 수 없었던 이유가 뭔지 알 수 없었다.

엉거주춤 일어선 채 왈칵 눈물만 쏟아 놓고 마는 내게 역정으로 가득찬 시어머니의 질책이 날아왔을 뿐이었다.

"무엇이 서러워서 우냐. 저 인간은 혼이 좀 나야 해. 식구들이 모여서 기분 좋아하는 걸 못 참는다니까. 무슨 수를 써서라도 깽판을 놓고말지."

우리의 결혼은 나의 환상과 그의 냉소주의의 눈먼 결합이었을까. 그의 형들과 누나들이 남겨 둔 헛간 옆방의 책 더미 속에서 한쪽은 환상을 키우며, 또 다른 한쪽은 냉소의 구덩이를 파며 보낸 사춘기의 결말이었다.

그가 과수원과 논농사와 방앗간 운영이란 가업의 계승자로 지목받은 것은 진학할 가능성이 없기 때문에 내려진 결론일 수도 있었다. 그의 엄청난 독서는 진학과는 무관했고 오히려 진학을 방해했으니까. 어쩌면 그 자신조차 진학을 위한 노력이 싫어서 가업의 계승자로 지목되는 것을 묵인했는지 모른다.

결혼하고 몇 차례 아버지와의 야만스러운 충돌 장면을 내게 목격당하고 난 후, 그는 마치 선불 맞은 짐승처럼 무차별적인 공격의 대상을 차츰 나로 바꾸기 시작했다. 그러니까 아버지에게로 향하던 저항 에너지를 나를 향한 공격 에너지로 전환시킨 것이다.

생각만 해도 끔찍한 그 일이 있었던 것은, 임신한 지 넉 달째 되는 몸으로 그와 함께 수확한 과일을 서울에 내다 팔고 돌아가는 길이었다. 가을이 한창인 때였다.

결혼 전에는 독서 친구로서 곧잘 나누던 두 사람 사이의 대화가 끊긴 지 오래되어 그때도 침묵 상태였다.

그는 운전하고 나는 팔짱 끼고 고치 속의 누에처럼 웅크리고 앉아서 전조등이 비치는 세상만큼만 보고 그만큼만 생각하고 있었다. 새벽을 앞둔 어둠 때문에 단풍 구경을 못하는 게 아쉽다는 생각은 조금 했지만, 영원히 그 상태가 지속되어도 괜찮을 것 같은 안도감조차 있었다. 옆에서 운전하는 사람이 바로 시한폭탄이라는 것을 깜빡 잊고 시한폭탄이 장치되어 있는 시집을 떠나 있는 상태가 너무도 편안했다. 어쩌면 잊어버린 게 아니라 그 시한폭탄은 시집이란 공간에서만 한정적으로 폭발하는 폭발물이라 생각하고 있었는지 모른다.

그러나 그때 운전하는 남편의 의식 속에도 내 의식과 같은 게 흐르고 있었던 것은 아닌 모양이었다. 원래 의식의 흐름이란 종잡을 수 없음과 느닷없음을 뜻하는 것일까.

허연 강물처럼 끝없이 이어질 듯싶던 비닐하우스의 행렬이 끝나자 길 양쪽으로 낮은 숲이 나타났다. 그가 순발력 있게도 숲이 끝나기 직전에 길가에 바짝 붙여 차를 세웠다.

소변이 마려운가 보다 생각하는데, 차에서 먼저 내려선 그가 내게 명령했다.

"내려."

"왜? 나는 소변 안 마려운데. 혼자만 소변보고 올라와."

그는 버티고 서서 다시 소리쳤다.

"내리라니까."

자동차조차 멈춰 더할 수 없이 고요해진 허공에 대고 외친 그의 목소리는 깜짝 놀랄 정도로 우렁찼고 거역할 수 없는 힘이 있었다.

나는 마치 최면술사에게 홀린 것처럼 비비적거리며 트럭의 조수석에서 땅으로 내려섰다.

나중에 딴소리하지 말고 차 세운 김에 마렵지 않아도 소변을 봐두라는 뜻인 줄 알고 길 옆에 쭈그리고 앉으려는 나의 팔을 잡아끌며 그가 말했다.

"그게 아니야."

그는 나를 데리고 깜깜한 숲으로 들어갈 작정을 했던 것이다.

밤의 숲 속으로.

남편이 아내의 손을 잡고 밤의 숲으로 끌고 들어가는 것은 무엇을 뜻하는 것일까.

방금 전 전조등 불빛 너머로 숲의 존재를 느끼자마자 나는 가을 숲속에서 채털리 부인의 정사를 흉내 내고 싶어 했는지 모른다. 그러나 내가 이미 그 속으로 들어간 숲은 책에서 읽은 숲이나 멀리서 바라본 숲의 의미나 느낌과는 딴판이었다. 두려움뿐이었다. 그게 밤의 숲이었음에랴.

지나가는 자동차도 없는 시간에 정적은 귀가 먹먹할 정도였고 동행하는 남편의 거친 숨소리는 낭만적이기는커녕 공포스러운 것이었다. 먹이를 덮치기 직전의 짐승의 숨소리 같았다 할까.

그를 뿌리치고 도망치고 싶었으나, 마치 꿈속에서 마음대로 되지 않을 때처럼 몸이 말을 듣지 않았다.

드디어 그가 나를 공격하기 시작했다. 예감과 같이 그건 낭만적인 정사를 위한 공격이 아니었다. 일방적으로 치고 또 치는 말 그대로의 구타였다. 그 시간 그 장소에서 왜 마누라 패기를 해야 하는지 일체의 설명 없이.

고통도 고통이지만 공포 때문에 숨이 막혀 왔다. 인적 없다는 것이, 불빛이 없다는 것이, 무엇보다 구원을 들어줘야 할 남편이란 자가 바로 가해자라는 것이 절망적으로 무서웠다.

이건 남편이 아니다. 절대로 남편일 수 없다.

남편은 어둠 속으로 사라지고 그 자리에 어떤 다른 존재가 나타나서 구타하는 것 같았다.

내가 정신을 잃은 것은 아픔 때문이 아니라 극심한 공포 때문이었다.

새벽의 병원 응급실, 어느 쪽이 진짜인지 헷갈리게 하는 남편의 근심 어린 시선 아래에서 나는 깨어났다.

그날 그 숲 속에서 남편은 어디서 출몰했던 것이었을까. 그의 내부에 흐르던 어떤 의식이 어떤 난기류를 만나 그를 짐승으로 돌변시켰던 것일까.

그날 그 심한 구타에도 뱃속의 아기는 무사했다. 그러나 나는 그 아기가 이 세상에 나와 말을 하고 생각한다는 표시가 보일 때까지 단 하루도 불안에 떨지 않은 날이 없었다.

그 핏덩어리의 어느 작은 부위라도 손상된 건 아닐까, 그런 충격 후에도 모든 세포는 제자리로 돌아갔을까, 과연 자연의 이치는 그런 충격을 이겨 내는 것일까 하고.

　그는 슥슥 칼을 갈고 있다.

　그 칼을 흡족하게 갈고 나면 나를 폭행할지도 모른다. 때리고 차고
쓰러뜨리고 밟고 그리고 회칼로 얼굴을 그을지도 모른다. 그날처럼.

　나는 도망쳐야지 도망쳐야지 생각하면서 그의 시선이 닿는 자리에서
한 발자국도 옮기지 못한다.

　벌떡 일어나서, 혹은 가만히, 눈치 안 채게 현관으로 나간다. 현관
문을 열기도 전에 덜미를 잡힌다. 아니, 현관 밖으로 무사히 나간다.
500미터 저쪽의 파출소 불빛을 향해 냅다 뛴다. 그가 갈고 있던 회칼
한 자루를 손에 들고 나보다 더 빨리 뛰어온다. 낫을 들고 쫓아다니던
시아버지처럼.

　그는 여전히 칼을 슥슥 갈고 있다. 한마디 말도 하지 않고. 아이에 대
해서조차 아무것도 물어보지 않는다.

　밀린 일을 해야 한다는 핑계로 며칠 전부터 초등학교 입학을 앞둔 딸
아이를 가까이 사는 동생네에 맡기기를 참 잘했다고 생각하며, 나는 계
속 텔레비전에 눈을 두고 있다. 텔레비전 화면 속에서, 아니 이 세상에
서 무슨 일이 벌어지고 있는지 내 머릿속으로 전달되는 것은 없고 이미
내 머릿속에 저장되어 있는 다른 그림들이 재생되고 있을 뿐이다.

　그는 숲 속의 그 일 이후 더 이상 황폐해질 수 없다며 아버지에게 분
가를 요청하기 시작했다. 그는 그 자신이 가해자였다는 사실을 잊어버
린 것 같았다. 마치 우리 두 사람이 복수의 피해자들이라 생각하는 것

같았다. 부모와 같이 시골집에서 살면 언제 또다시 그런 피해를 당할지 모른다고 생각하는 것 같았다. 그의 요구는 집요했다.

"우리끼리 서울 가서 살겠어요. 분가시켜 주세요."

"네깟 놈이 서울 가서 뭘 해 먹고 살겠다고? 내 밑에서 시키는 일이나 하고 주는 밥이나 먹지. 나는 네깟 놈에게 한 푼도 대줄 수 없다."

분가를 요청하는 그 일이 또 다른 전쟁의 불씨가 될 것은 뻔한 일이었다. 부자간에 몇 마디 말이 오가나 하면 어느새 밥상이 뒤엎어지고 전화통이 박살 나고 낫을 들고 쫓고 쫓기는 일로 연결되었다. 그는 쫓고 쫓김의 마지막엔 마치 위화도에서 회군하는 장수처럼 내게로 말머리를 돌리는 것이었다.

분가도 하기 전에 내가 지레 죽을 것 같았다.

폭행당하고 울고 있는 나를 보고 시어머니는 말하곤 했다.

"뭐가 서러워서 우냐. 바보 같으니까 두들겨 맞지."

아기의 돌이 지나고 나서 드디어 그의 분가 요구가 관철되었다.

그의 아버지가 얻어 준 집은 서울 변두리 주택가의 지하방 한 칸짜리였다. 주인집의 번듯한 대문과 차고 문 옆으로 따로 낸 쪽문을 열고 들어가면 골목 같은 그 집 뒤란 깊숙이 들어앉은 장독대 밑에 화장실과 주방이 딸린 지하방이 있었다.

습기 때문에 아기에게 해로울까 조금 걱정스럽기는 해도, 그와 나는 둘 다 한동안 가슴이 벅찼다. 우리끼리의 삶, 시아버지의 전횡으로부터의 탈출은 공포로부터의 자유와 같은 뜻이라 생각했다.

그게 공포로부터의 자유가 아니라 공포의 핵심으로 들어가는 일이 될 줄은 그도 나도 그때는 알지 못했다. 쥐도 새도 모르게 매 맞기 좋은

24

방이 될 줄이야.

나중에, 시부모는 제까짓 것들이 무슨 수로 서울 생활을 꾸려가겠느냐 곧 되돌아오겠지 생각하고 일부러 조건이 좋지 않은 싸구려 방을 구해준 것이라 말했다.

그는 시장이나 공장의 운전배달원으로 일했고, 나는 그의 동의를 얻어 방송대학에 입학했다. 꿈에 부푼 서울 생활의 시작은 그랬다.

출석 수업을 받아야 할 때는 마침 친정여동생이 가까이 살아 동생이 아기를 돌봐 주곤 했다.

그 멋진 서울 생활의 꿈이 깨어지게 된 것은 그가 시골에서 아버지와 충돌을 일삼았듯이 직장 윗사람이나 동료들이나 배달 나간 거래처 사람들과 충돌을 일삼았기 때문이었다.

자연 한 직장에서 한 달 이상 붙어 있기가 힘들었다.

집에서도 마찬가지였다. 부모와 같이 살 때는 부모와의 충돌로 어느 정도 완화된 후에 내게 가해지던 폭력이 전혀 마모되지 않은 채 생으로 행사되었기 때문에 훨씬 그 강도가 높아졌고 빈도 또한 잦아졌다. 공포로부터의 자유가 지옥 같은 공포로의 진입이 된 내막은 그랬다.

아버지의 큰형에 대한 편애에 비례한 그에 대한 냉대와 무시가 원인이던 열등감 증세가 친구도 없고 사회생활의 경험이 없는 그의 서울 생활에서는 더욱 악화되기만 했다.

출석 수업이 있는 날이라 아이를 동생에게 맡기고 학교에 갔다 오는 내게 재떨이를 냅다 던진 날도 그가 다니던 직장을 그만두고 일찍 귀가한 날이었다.

그는 내 방송대학 입학에 동의한 것을 까맣게 잊어버린 것 같았다.

어쩌면 부러 잊어버린 척했는지 모른다.

"이 시간이 되도록 어디서 무슨 개 같은 짓을 하다 온 거야? 씨팔년."

그가 회칼을 구해 와서 보란 듯 화장실 문을 활짝 열어 놓고 칼을 갈기 시작한 것도, 난폭한 섹스로 스트레스를 풀려는 듯 유난스러운 관계를 요구하기 시작한 것도 열 번째쯤 직장을 그만둔 때였다.

그날, 그가 나를 두들겨 깨울 때는 아 오늘은 무사히 하루가 지나갔구나 하는 안도감으로 어느새 깊이 잠에 빠져들었을 때였다. 아이도 옆에서 쌕쌕 자고 있었다.

"일어나 옷 갈아입어."

그는 그 즈음 전에는 안 하던 방법으로 난폭하고 이상하게 성교하는 버릇이 생겨 있었기 때문에 자는 사람을 깨울 때는 또 그러려니 했는데, 이상하게도 벗어라 하지 않고 옷을 갈아입으라 했다.

잠에서 덜 깨어 뭘 잘못 들었나 하고 멍청히 앉아 있는 나를 그가 다시 다그쳤다.

"빨리 옷 갈아입으라는데 뭘 우물거리고 있어? 산책 가자구."

그는 빙긋 웃기까지 했다.

"지금 몇 신데 산책을 가자는 거야?"

"몇 시면 어때? 너 산책 좋아하잖아."

"아무리 산책을 좋아해도 그렇지, 이 밤중에."

"잔소리 말고 빨리 잠옷 벗고 다른 거 입으라니까. 달도 좋은데 이 구석 지하방에서 잠만 자는 건 억울하잖아."

달도 좋은데, 한 그의 말은 강력한 각성제처럼 나의 잠을 깨웠고, 푸른 달빛을 머금고 진중하게 퍼져 있는 들판을 못 견디게 생각나게 했다.

짜내면 푸른 물이 들 것처럼 풀잎 가닥가닥, 작은 들꽃의 꽃잎 하나하나에 스며 있을 달빛을 나도 받고 싶다는, 걷잡을 수 없는 욕망이 당장 갈 수 없다는 절망감과 함께 나를 슬프게 했다.

나는 벌떡 일어나 바지와 티셔츠를 입고 점퍼를 걸치면서 시계를 보았다. 새벽 한 시였다.

고만고만한 주택들 담 밖으로 뻗어 나온 라일락이 뿜어내는 은은한 향기가 미세한 입자로 달빛 속에 파고들어 있었다. 넓은 들판은 아니었지만 달빛 아래 주택가도 반분이나 풀릴 정도는 되어 마치 고전음악을 들을 때처럼 내 기분이 달콤해져 갈 때쯤이었다. 그가 집 근처 야산으로 향한다는 것을 깨달은 것은.

야산이라니.

그 가을 숲에서의 악몽이 화들짝 되살아났다.

그가 내 마음의 변화를 알아챈 듯 앞서가던 발걸음을 늦춰 내 팔을 이끌기 시작했다.

"이제 그만 돌아가자. 단비 깨면 얼마나 놀라겠어?"

"깨긴 뭘 깨. 새벽까지 내처 자는 앤데."

"그야 엄마가 옆에 있을 때 말이지."

그는 내 말을 못 들은 척 잡은 팔을 놓지 않고 내처 야산으로 올라갔다. 사람의 발길에 닳고 닳아 낮에는 산이랄 것도 없이 속까지 되바라져 보이던 그 야산이 깊은 밤에는 제법 웅숭깊었다. 듬성듬성한 소나무와 잡목을 목욕시키듯 달빛이 속속들이 흘러내리고 있었다.

"저기 공터까지만 갔다가 내려가자. 제법 쌀쌀하잖아."

"의자에 좀 앉았다 가도 좋겠지만 추워서 안 되겠네."

우리가 지금 하는 건 예사스러운 산책일 뿐이고 어떤 기행으로 발전될 기미도 나는 전혀 예상 못한다는 걸 확인시키려고, 할 수 있는 한 심상한 목소리를 내어 자꾸 지껄였다.

몇 가지 간단한 체육시설이 있는 공터 앞에서 돌아서려는데 그가 나를 힘껏 끌어당겨 돌려세우면서 소리쳤다.

"안 돼."

뭐가 안 되는지는 몰라도 그의 격정적인 그 목소리는 내게 너무도 익숙한 것이었다.

불길함을 채 감지하기도 전에 그가 내 옷을 낚아챘다. 눈 깜짝할 새였다. 겉에 걸치고 있던 점퍼는 그의 손을 거쳐 맥없이 땅바닥으로 떨어졌고 티셔츠며 속옷은 불길한 소리를 내며 찢겨 나갔다.

불안과 공포에 질려 반항의 말은 되어 나오지 않았지만, 머릿속은 막 망가지기 시작하는 기계처럼 최소한의 속도로 회전하고 있었다.

폭행의 방법이 전과는 달라졌다. 왜 이럴까. 잠들기 전에 본 뉴스 때문일까. 그 사건을 흉내 내는 걸까. 설마 그 뉴스 속의 범인들처럼 산채로 매장하기야 할려고? 그는 아무 연장도 갖고 오지 않았잖아.

옷이 찢기고 땅바닥으로 쓰러뜨려졌을 때 구타당하는 것보다 이편이 차라리 나을지도 몰라 하며 포기하는 마음이었는데, 그가 갑자기 작동을 멈춘 기계처럼 잠잠해졌다.

그가 제풀에 내게서 떨어져 나가 무릎 사이에 머리를 파묻고 울고 있다는 것을 알자, 나는 땅바닥에 굴러져 있는 점퍼를 주워 찢긴 속옷 위에 걸치고 집을 향해 달리기 시작했다.

달려가면서 생각했다.

나는 풀잎이나 들꽃 잎처럼 달빛을 받고 싶다고 했으면서 왜 무서워하며 도망치는가. 폭풍을 견딜 수 없어서? 집 안에서 치르는 정사는 아무리 난폭해도 견뎠지 않은가. 그는 옷을 찢고 쓰러뜨렸을 뿐 아무 짓도 안 했는데. 아이가 걱정되어서?

그때 아이의 자지러지는 울음소리가 들리기 시작했다. 울음소리는 점점 커지고 있었다. 한밤중에 잠이 깨었을 때 혼자인 걸 깨달은 아이의 공포가 그대로 생생하게 전달되는 울음소리였다.

집 앞에 도착했을 때야 쪽대문 열쇠를 그가 갖고 있다는 사실을 깨달았다. 다시 그에게로 가야 한다고 생각하니 끔찍스러웠다. 극심한 공포 속에서는 나오지 않던 눈물이 낭패감 앞에서 비로소 왈칵 쏟아졌다.

나는 쪽대문 앞에 털썩 퍼지르고 앉아 엉엉 울었다. 내 울음소리에 섞여 저 깊은 골목 속으로부터 빠져나오는 아이의 울음소리도 점점 커지고 있었다. 마치 꿈속에서처럼 마음대로 움직이지 않는 몸을 재촉하여 그가 있는 야산에 도착했을 때도, 그는 아까와 같은 자세로 앉아 있었다.

나는 몇 발자국 떨어진 자리에서 그에게 울먹이며 소리쳤다.

"빨리 열쇠 줘. 단비 운단 말야."

그가 최면에서 깨어난 사람처럼 소스라쳐 일어나, 나를 앞질러 비탈을 뛰어 내려갔다.

내가 집에 도착했을 때 아이의 울음소리는 이미 그쳐 있었다. 어느새 도로 재웠나 하는데 그가 외출에서 돌아온 아내에게 그동안 집 안에서 있었던 일을 보고하는 것처럼 심상한 목소리로 말했다.

"곤히 자고 있었어. 네 환청이었던 거야."

도대체 칼은 몇 자루나 되는 것일까. 다 간 것을 되풀이해서 또 갈고 있는 것일까. 저 칼 가는 소리만 그쳐도 살 것 같다.

그가 와서 칼을 갈기 시작하고 몇 달이, 몇 년이 지난 것 같다. 나는 그의 칼 가는 소리 때문에 영원히 약속을 지키지 못할 것 같은 불길한 생각에 휩싸인다. 그가 오기 전에 일을 끝냈어야 하는데 하며 후회도 한다.

원고를 넘겨줘야 할 약속일이 지났기 때문에 아이까지 동생에게 맡겨 놓고도 나는 단 한 줄의 글도 쓰지 못하고 있었다. 손톱도 깎고 목욕도 하고 빨래도 하고 그러고도 애꿎은 텔레비전만 학대하고 있을 때 그가 들어왔던 것이다.

그는 아주 가지 않을지 모른다. 그가 없는 몇 년간 내가 누렸던, 많은 환상과 많은 슬픔과 약간의 고독과 약간의 고통과 약간의 죄책감과 약간의 위선까지 버무려 당의를 입힌 내 아름다운 삶도, 그 아름다운 삶을 새기는 조탁사라는 칭송도 다 끝났는지 모른다. 그의 출현은 조악하고 추한 삶으로의 복귀를 뜻하는지 모른다.

그날 공포에 질려 울지도 않고 선 채 다리 사이로 오줌을 줄줄 흘리던 딸아이의 모습이 떠오른다. 회칼에 그어진 내 얼굴에서 흐르던 피, 우연히 들렀다가 그 장면을 목격한 동생의 비명, 그녀의 신고를 받고 달려온 경찰, 연행되어 가던 그의 모습도 떠오른다.

나는 한 번도 그런 조악한 삶을 살아본 적이 없는 것처럼 위장하고 외면하며 살아왔다.

그 지하방을 버리면서 이혼청구서를 내고 산과 하늘이 보이는 빌라 2층을 얻어 동화 속같이 꾸며 놓고 예쁜 식탁에 앉아 음악을 들으며 차 마시며 태어날 때부터 그렇게 살아온 것처럼 나 자신조차 착각하며 살아오지 않았던가.

그가 구속되었다는 소식을 전했을 때만 해도 시집식구들은 그런 자식은 혼 좀 나봐야 한다면서 나를 동정하는 입장이었다. 그러나 내가 이혼을 요구하고 위자료와 아이의 양육비와 재산 분할을 요구하자, 재빨리 그의 명의로 된 땅을 친척에게 명의 이전해 버리고 나를 비난하기 시작했다.

내가 이 집을 내 집이라 강조하는 것은 그런 연유에서다.

드디어 그가 일어나 허리를 펴는 기색이다. 움츠러들었던 허리의 근육이 우두둑 하고 펴지는 소리가 들리는 것 같다.

나는 칼 가는 소리를 더 이상 듣지 않아도 된다는 안도감과 칼로 그을지도 모른다는 불안감을 동시에 느끼며 본능적으로 얼굴을 가린다. 온몸의 근육이 돌덩이처럼 굳어진다.

그가 한 자루의 긴 회칼을 선택해 들고 내게로 다가온다.

그가 나를 밀친다. 나는 비틀거리며 얼굴을 가렸던 손으로 옆의 의자 등받이를 짚으며 그를 본다.

도대체 어떻게 된 노릇일까. 그는 한 자루의 회칼이 아니라 여러 자루의 회칼을 한 아름 안고 장난기 어린 눈으로 나를 보며 창가로 간다.

창가의 울긋불긋한 이른 봄꽃 화분을 한쪽으로 치우고 그 자리에 회칼을 하나하나 정성들여 가지런히 늘어놓는다. 한 자루, 두 자루…… 여섯 자루다.

그가 손을 털고 의자에 와 앉아 나를 부른다.

"차도 한잔 안 줘? 오랫동안 칼을 갈았더니 목이 마르네. 우유나 주스도 좋아."

  냉장고에서 주스 병을 꺼내 한잔을 따라 놓는 나를 보고, 그가 앉으
라한다. 나는 그와 마주 앉는다.

  "이런 시 알아? 청마 선생 시 말야. '칼 가시오' 하는 시."

  너희 정녕 칼을 갈라.
  시퍼렇게 칼을 갈아 들고들 나서라.

  그러나 여기
  선(善)이 사기(詐欺) 하는 거리에선
  칼은 깍두기를 써는 것밖에는 몰라
  칼은 발톱을 깎는 것밖에는 감쪽같이 몰라
  환도도 비수도
  식칼처럼 값없이 버려져 녹슬거니
  그 환도를 찾아 갈라
  식칼마저 모조리 시퍼렇게 내다 갈라

  그리하여 너희들 마침내 이같이
  기갈 들어 미치게 한 자를 찾아
  가위눌려 뒤집히게 한 자를 찾아
  손에 손에 그 시퍼런 날들을 들고 게사니같이 덤벼
  남 나의 어느 모가지든 닥치는 대로 컥컥 찔러

황홀히 뿜어나는 그 새빨간 선지피를
희광이 같이 희희대고 들이켜라는데
그리하여 그 목마른 기갈들을 축이라는데
가위눌린 허망들을 채우라는데

그러나 여기 도둑이 도둑맞은 저자에선
대낮에도 더듬는 무리들의 저자에선
이 구원의 복음은 도무지 팔리지가 않아
칼 가시오
칼 가시오
사나이는 헛되어 외치고만 간다

천천히 시를 다 낭독한 그는 반쯤 감고 있던 눈을 번쩍 뜨고 주먹 쥔 손을 식탁 위에다 맷돌질하듯 비비며 힘주어 말했다.

"분노는 힘의 원천이야. 네 소설 속에는 분노가 빠져 있었어. 발표될 때마다 거의 다 구해 읽었는데, 네 소설 속에는 슬픔과 아름다움과 착함과 부드러움만 있어. 그런 것들로 안개를 피워 독자를 마비시키는 거야. 슬픈 사람, 아름답고 선하고 연약한 사람들이 유령처럼 흐느적거려. 그다지 슬퍼할 이유도 없는데 슬프다고 우기고, 아름다운 것 같지 않은데 아름답다고 우기면 종내는 승복당하고 말게 되더군.

너의 그런 소설을 읽고 있으면 너는 슬픔조라는 생각이 들어. 슬픈 가락이란 뜻이 아니라 기쁨조의 반대를 말하는 거야. 어딘가 기쁨조라는 게 있다는 건 너도 알겠지? 그 기쁨조가 남자들을 카타르시스 시키고 그들의 고통을 마비시키듯 슬픔조인 너도 같은 역할을 하는 것 같아. 사람들은, 말하자면 독자들은 네 슬픔에 중독되어 옛날 내가 네 연애편지로 인해 그러했듯 순화되고 비판력을 잃게 되나봐. 슬픔조로서의 역할을 잘해 내는 그 능력을 너의 힘이라고 말할 수도 있겠지.

하지만 네 글을 읽는 독자들이 힘을 느끼지 못하고 마비되는 게 문제라고. 넌 글을 아름답고 슬프게 만들기 위해서는 자연 현상조차 왜곡시키더군. 어느 소설에선가 낙조를 본 바로 그 해변 그 방향에서 월출을 보았다고 하더란 말야. 낙조라는 단어가 해 지는 쪽의 하늘빛에 국한되지 않고 일반적인 저녁 어스름을 뜻한다면 모를까, 독자인 나는 저무는 햇빛이 바다를 덮고 있는 중이라며 낙조를 묘사한 대목에서 반사적으로 서해의 해 지는 장면을 떠올렸는데, 얼마 후 바로 그 바다의 월출 장면이 나오더라구. 어? 좀 전에 그쪽으로 해가 졌는데 하는 생각이 들지 않겠어?

네 소설에서는, 실례되는 말이겠지만, 멋과 폼을 빼면 시체니까 소설의 멋을 위해 낙조와 월출을 한꺼번에 이야기하고 싶어 무리했구나 하는 생각도 들었어. 에라 모르겠다 소설인데 뭐, 소설은 거짓말인데 뭐, 같은 해변에서 다 본 걸로 하자 그랬나 보다고. 그런 걸 소설의 새 기법에 의한 거라 하면 우리 같은 사람들은 할 말이 없어지니까 입 다물어야지. 내가 너무 빨리 그 바다를 일몰만 보이는 서해로 단정해 버리고 읽어서 그런 거야?

그래도 그렇지. 이 사람아. 유럽이나 다른 대륙, 아니면 중국이라면 그럴 수도 있겠지. 눈만 돌리면 산이 가려 있는 좁은 우리나라에서, 같은 자리에서, 그것도 사방이 툭 트인 산꼭대기도 아니고 해변에서 일몰과 월출이 다 보인다고 하면 되나? 어쨌든 아무리 소설이 거짓말이라 해도 자연 현상까지 왜곡시키면 소설의 진실성에 문제가 있게 되고 그 걸 눈치챈 독자는 사기당하는 것 같아지지.

그러나 다행히, 아까도 말했듯이 네 글에, 네가 피운 안개에 마비된 독자들의 눈에는 그 왜곡이 보이지 않는 모양이더라고. 아무도 그런 지적을 하지 않고 찬사 일변도니. 마치 네 책 광고에 나오는 사진을 보면, 네가 꽤 미인인 것처럼 보이는 것과 같지. 적당히 머리카락을 늘어뜨리고 반쯤 가려진 옆얼굴 사진을 보면 멋이 있고 분위기가 있거든.

세상에는 아름답고 슬프고 달콤하고 착하고 부드러운 것만 있는 게 아니라는 걸, 분노도 추함도 악함도 오장육부가 찢어지는 고통도 있다는 걸 알았으면 좋겠어. 물론 네가 모를 리가 없지. 나 같은 놈과 산 세월이 고통스럽지 않고 통분스럽지 않을 수 없었을 테니까. 알면서 외면하고 안개를 피운다는 걸 잘 알아.

이제 나 갈게. 저 칼들은 네게 주는 선물이야. 저 칼들을 보면서 분노를 키우라고. 글을 쓰고 싶은 욕구가 촉발될지 누가 알아. 칼날의 양면성이란 게 있잖아. 쓰는 데 따라 흉기도 되고 이기도 될 수 있다는. 네 기억 속에 남아 있는 흉기 개념을 빨리 지웠으면 좋겠어. 그럼 잘 있어. 단비는 이모 집에 갔겠지. 단비 만나러 또 올게."

그는 현관문을 나가다가 '아 참' 하고 돌아섰다. 나는 가슴이 철렁 내려앉아 그러면 그렇지, 그렇게 쉽게 가줄 리가 있나, 그가 돌변할 다음 모습을 지레 상상하며 몸을 움츠리는데, 그런 나를 보고 빙긋 웃으며 그가 말했다.

"나를 고맙게 생각해. 나 같은 인간과 살아 보지 않았으면 글을 쓰고

싶은 욕망이 생기지 않았을지 모르니까. 나와 얽힌 과거조차 없었으면
네 인생은 맹탕이고 글쓰기 욕구는 영원히 잠잤을 수도 있으니까. 정면
으로 돌파하라고."

그는 그 말을 남기고 거짓말같이 깨끗이 떠나갔다.

그가 나간 문을 보며 이제 이혼이 어려워지는 쪽은 그가 아니라 내 쪽
이겠구나 하는 예감이 들었다.

〈한국문학〉 1997년
1997년 현장비평가가 뽑은 올해의 좋은 소설

거적때기

　남의 말 하기 좋아하는 사람들이 흔히 '신이 내린 직장'이라 일컫는 직장에서 10년 동안 월급 받아 남들 명품이란 걸 살 때 한 푼도 쓰지 않고 꼬박꼬박 모아 땅 사고 집 짓고, 그다음 사표 덜컥 내고 아무 연고도 없는 충청도 어느 산골 마을로 귀촌이란 걸 한 딸을 두고 그녀의 아버지가 뱉어 낸 악담은 이랬다.

　"저 인간 조만간 거적때기 쓰고 돌아올 거야."

　그 말이 돌고 돌아 휴직을 하고 뉴욕에 가 있던 딸의 친구 내외의 귀에도 들어간 모양이었다. 귀국 후 딸의 시골 새집을 방문한 그 친구 부부가 거실에 앉자마자 말했다 한다.

　"거적때기는 우리가 쓰고 왔어. 뉴욕에서 1년 동안 놀며 가진 돈 다 써 버렸거든."

　이 세상 가치 중에 돈의 가치보다 더 크고 중한 게 없다고 생각하는 아버지가 그까짓 귀촌인가 뭔가 때문에 좋은 수입원을 내동댕이치고 백수건달로 살겠다는 딸의 앞날이 걱정스러운 것은 당연한 일이었다. 걱정스러운 것보다 꽤씸하기 짝이 없는 일이었다.

부녀간의 그런 갈등을 관전하던 내 머릿속에 번개같이 떠오른 것은 엉뚱하게도 젊은 시절 딸의 아버지와 내가 관계된 거적때기 사건이었다. 피해자는 내 친정아버지였다.

남편은 자신의 거적때기 사건은 깡그리 잊어버렸거나 그런 일이 있었는지조차 아예 모르는 모양이지만, 1960년대가 저물 무렵의 그 사건은 내가 불효했던 과거사들 중 본보기처럼 떠오르는 것이다.

거적때기로 인해 곤욕을 치른 친정아버지의 그 사건에 줄줄이사탕처럼 으레 딸려 올라오는 친정어머니의 기차 사건부터 이야기해야겠다. 두 사건 다 지금의 내 나이보다 훨씬 더 젊었던 친정부모님이 서울 딸네 집에 왔다가 치른 곤욕들이다.

50년도 더 된 그 일들을 생각하면 지금도 가슴이 저린다. 돌보다 더 단단해진 내 가슴 어디쯤을 불효 따위 닳고 때 묻은 단어가 공격해 올 줄 어떻게 알았겠는가. 특히 아버지의 거적때기 사건은 그 당시 한낱 우스갯감으로 웨고 다녔지만 지금 생각하면 어머니의 기차 사건보다 훨씬 더 내 마음을 아프게 하는 요소들이 갖춰진 사건이었다.

어머니의 기차 사건은 아버지의 거적때기 사건보다 6, 7년 더 먼저였다.

시어머니보다 7년쯤 연상이던 친정어머니는 우리 집에 오면 자진해서 부엌을 담당했다. 틈만 나면 신문 잡지를 읽거나 사람들과 담소하며 노닥거리기를 좋아하는 사돈을 믿을 수 없어 당신이 와 있는 동안만이라도 사위와 딸에게 음식다운 음식을 해 먹이고 싶어서였다.

여름에 오면 여름 김치를 담아 김치단지를 물에 채운 버치를 들고 하루에도 몇 차례 그늘을 찾아 옮기던 모습이 맨 먼저 떠오른다. 어머니 생전에 냉장고를 사용하게 해 드리지 못한 게 마치 내 불효인 것처럼 생각되고 그때 냉장고라는 게 없었던 것이 내 잘못인 것처럼 아쉬운 것은 지금 냉장고의 존재가 너무 당연하기 때문에 생긴 착각일까?

내가 첫째 아이를 해산한 때였다.

해산바라지를 하러 온 친정어머니가 사위가 먹는 게 너무 부실하다면서 바느질삯을 따로 꾸려 놓았다 가져 왔을 게 뻔한 돈으로 돼지갈비를 사와서 돼지갈비찜을 해놓고 사위가 퇴근하기를 기다리고 있을 때였다.

마침 시집 어른 한 분이 방문했다. 기다리는 사위는 오지 않고 저녁 시간은 지나가고 할 수 없이 손님 밥상을 먼저 차려 드리면서 돼지갈비찜 한 접시를 올린 게 탈이었다.

손님과 마주 앉아, 아마 만주에서 살 때 겪었던 이야기였으리라, 한없이 이야기를 나누던 시어머니가 너무 자주 이야기를 중단하고 부엌을 드나든다 싶었다. 디근자집의, 부엌이 마주보이는 아랫방에서 나와 함께 아기를 들여다보던 친정어머니가 어느 순간 '앗 뜨거라' 하며 방금 시어머니가 다녀간 부엌으로 달려 나가더니 잠시 후 사색이 되어 도로 들어왔다.

그때 어머니의 얼굴은 항상 밥이 모자라던 시절, 손님이 남길 밥을 기다리며 손님의 밥상만 뚫어지게 보고 있던 아이가 손님이 밥에 물을 붓는 순간 '손님 밥에 물 말았다' 하며 통곡했다는 이야기 속 아이의 얼굴보다 더 절망적이었다.

"이 일을 우짜모 좋노? 이 집 식구들은 안죽 아무도 안 묵었는데."

돼지갈비찜이 가득하던 큰 냄비가 바닥이 나 있더라는 것이었다.

어머니는 한숨 섞어 말을 이었다.

"손님이 아무리 반갑고 귀해도 그렇지 안사람 맘으로 우찌 저럴 수 있는지 모르겠다. 내 집 식구들 손도 안 댄 엄석(음식) 냄비를 바닥이 보이도록 퍼냈는지."

계속되는 친정어머니의 말은 내 귀에 거의 들리지 않을 정도로 낮은 소리였다.

"시상에. 저 '무대'한테 이 집 살림을 맽기고 내 발이 떨어지겠나?"

나는 그날 어머니가 내 방에서 나가자마자 국어사전을 찾아보았다. 무대의 뜻을 확실히 알고 싶어서.

'지지리 못나고 미련한 사람'이라 되어 있었다.

내가 보기에 시어머니는 절대로 그런 무대는 아니었다. 단지 친정어머니가 시어머니의 세계와 같은 세계가 있는 줄 몰랐을 뿐이었다.

친정어머니가 살아온 세계는 밥하고 빨래하고 청소하고 바느질하고 대소가(大小家) 돌보고 애 낳고 기르는 세계였지만, 시어머니가 살아온 세계는 그게 아니었으니까. 독립군이 있었고 가까이 총기류가 있었고 야학이 있었고 야학 남선생님에 대한 추억이 있었고 넘어야 할 두만강과 삼팔선이 있지 않았던가.

그 세계는 친정어머니가 절대로 짐작조차 할 수 없는 영역이었다.

친정어머니의 어휘 구사 능력은 시어머니를 따를 수 없었다. 장화홍련전을 몰래 숨겨 놓은 것을 목격했으니 한글을 읽을 수 있는 정도는 되는 모양이라 짐작했을 뿐인데, 뜻밖에 시어머니를 두고 무대라 하지 않는가. 아마 경상도 사람들이 살림 못하는 여자들을 두고 흔히 하는 말을 따라 한 모양이었다.

친정어머니의 생각은 아마 이랬을 것이다.

음식을 잘 만들기도 하고 배분도 잘 하는 사람이 살림을 잘하는 것이라고. 아무리 음식을 잘 만들어도 그 음식을 식구들에게 골고루 먹이지 못하면 무대일 수밖에 없다고. 그런 살림 잘하는 여자가 여자로서는 제일이라고.

"손님이 하도 맛있다 맛있다 하며 잡수시기에 자꾸 갖다 드리지 않을 수 없었다."

나중에 시어머니가 그때의 일을 해명한 내용이었다.

친정어머니는 그다음 날 다시 전날과 똑같은 양의 돼지갈비찜을 함으로써 전날의 낭패를 만회했고, 이삼일 후 시골로 돌아갔다.

서울에 머무는 마지막 순간까지 사돈에게 살림살이를 가르쳐 보겠다고 애쓰던 모습도 잊히지 않는다.

끼니때가 되면 이제는 나는 모른 척할 테니 사돈이 부엌에 들어가야 한다고 암시를 주는데도 그 사돈이 계속 이야기에 정신이 팔려 있든가, 라디오 청취에 골몰하든가 하면, 보다 못해 '사돈, 밥때 됐소' 하고 체념 섞인 일갈을 던지고 치마에 찬바람이 나게 직접 부엌으로 들어가던 그 모습을 잊을 수 없다.

남을 가르칠 줄 모르는 사람의 낭패감이 보이는 듯했다. 잘 하는 것보다 잘 가르치는 게 더 어렵다는 사실을 알게 된 지금 그때 어머니의 낭패감이 더 확연히 보이는 듯하다.

어머니는 딸들에게도 가르칠 줄을 몰랐다. 때가 되면 알아서 할 거라 생각했는지, 자신이 직접 하는 건 쉽지만 가르치는 게 어려워서 그랬는지, 아니면 딸들이 당신처럼 살게 될까 봐 걱정되어 그랬는지, 도무지 가르칠 줄을 몰랐다.

어머니가 시골로 내려가는 날, 나는 아직 자리를 떨치고 일어날 수 없었고 잠시라도 아기를 떠날 수 없는 시기여서 사위가 서울역까지 배웅할 수밖에 없었다.

집에 전화가 없던 때였다. 사위의 배웅을 받고 무사히 가셨겠거니 짐작만 하고 있었는데 밤늦게 퇴근한 남편의 말은 그게 아니었다.

"기차가 막 떠나려 할 때 알았지. 장모님이 타신 기차가 목포행이란 걸."

청천벽력이 따로 없었다. 도대체 이게 무슨 소린가 말이다.

"그럼 어머니가 지금 객지에서 헤매고 다니신다는 이야기예요?"

나는 남편을 죽일 듯이 대들었다. 할 수만 있으면 그럴 수도 있을 것 같았다. 그 상황에서 어떻게 무심하게 머리만 끄덕일 수 있었겠는가.

캄캄해진 눈앞에 쪽진 머리에 보따리를 든 길 잃은 노인네가 낯선 곳을 헤매고 다니는 모습이 확연히 떠오르는데.

남편이 내 예상 밖의 기세에 당황해서 허둥대며 말했다.

"아니. 그게 아니고 마산으로 가셨을 거야."

"무슨 말이 그래요? 목포행 기차를 타셨다면서요. 세상에 모르는 것 없는 듯이 행세하는 사람이 어떻게 늙은 어머니를 엉뚱한 기차에 태워 보내요?"

"목포행 기차에 태워 드린 건 맞아. 하지만 그 사실을 알아채자마자 기차가 떠날 시간이었거든. 여객전무에게 부탁했어. 대전에서 바꿔 태워 드리라고."

"세상에! 일이 그렇게 되었으면 여객전무에게 부탁만 할 게 아니라 당신이 그 기차를 탔어야죠. 대전에서 바꿔 태워 드리고 와야 하잖아요."

혹시 무슨 중뿔난 재주를 부렸나 하고 잔뜩 기대하며 남편의 말에 귀를 기울이던 나는 끝내 악을 쓰며 통곡을 터뜨리고 말았다.

"대전에서 우리 어머니를 갈아 태워 드릴 여객전무가 이 세상에 어디 있겠어."

나는 자리를 박차고 일어나 지금이라도 목포로 가야 한다고 소리쳤다. 목포에서 길을 헤매는 어머니를 찾아야 한다고.

"지금쯤 집에 도착하셨을 거야. 여객전무에게 신신당부했으니까. 그렇잖아도 출근시간이 늦어 걱정이었는데 날더러 그 시간에 대전까지 가지 않았다고 난리야?"

이튿날 아침 일찍 무사히 도착하셨다는 동생의 전보를 받고서야 엉뚱한 기차를 탄 노인을 제대로 갈아 태워 드리는 여객전무가 이 세상에 있긴 있는 모양이라면서 안도의 숨을 쉴 수 있었다. 그때까지 나는 한순간도 살아 있는 것 같지 않았다. 길을 헤매는 어머니의 모습이 내 눈앞에서 잠시도 사라지지 않았으니까.

당시에는 어머니의 기차 사건은 울음을 터뜨릴 정도로 내게 충격이었지만 터뜨린 울음소리가 잦아들었듯이, 기차의 기적소리가 사라졌듯이 내 마음속에 여운 같은 건 남지 않았다. 몇 년 후에 있었던 아버지의 거적때기 사건에 비하면.

시어머니의 라디오 청취는 유난했다. 그 당시 동양라디오에선가 최희준이 '광복 이이십 녀언' 하며 콧소리가 약간 섞인 차진 목소리로 주제가를 부르던 〈광복 20년〉이란 제목의 다큐멘터리를 방송하고 있었다.

시어머니가 만사 제치고 라디오에 귀를 기울이는 이유를 나는 처음에는 몰랐다. 그냥 이야기라면 정신을 못 차리는, 말하자면 이야기에 바치는 그런 사람이라고만 생각하고 있었다. 라디오 속으로 빨려 들어가기라도 할 듯 방바닥에 놓아둔 라디오에 한쪽 귀를 대고 비스듬히 누워 희열에 찬 표정을 짓고 있는 시어머니를 보면서 나는 약간 경멸감까지 느끼고 있었다.

그러다가 어느 날 알게 되었다. 방송을 듣다가 내뱉은 뚱딴지같은 외침을 두 번씩 듣고 난 후였다.

"광복군 총영장이시던 저 오동진 영감이 우리 집에 자주 오셨지."

그때만 해도 나는 핵심을 잘 모르는 상태였는데 활짝 핀 웃음과 함께 토해낸 두 번째 외침을 듣고서야 시어머니의 유난한 라디오 청취 연유를 알게 되었던 것이다.

"드디어 우리 큰아버지가 등장하셨네."

남만주 홍남현 독립군 전 아무개 총장님이 바로 시어머니의 큰아버지라 했다. 그 이름을 가진 분이 등장하기를 매일매일 그렇게 귀 기울이며 학수고대했던 것이다.

"우리 큰아버지가 독립군 노릇하시느라 집에 잘 들어오시지 않았어. 내 사촌언니가 아버지 얼굴을 잘 모르는 것도 당연했지. 어느 날 큰아버지가 야밤중에 집에 와서 주무시고 새벽 일찍 가셨는데 사촌언니가 동네 나가서 떠든 거야. 어젯밤 어떤 아저씨가 우리 집에 와서 엄마 방에서 자고 갔다고. 그래서 한바탕 난리가 난 적이 있었지."

드라마의 중독성은 예나 지금이나 다를 게 없었는지 시어머니는 광복

20년 다큐멘터리 이후 모든 라디오 드라마를 다 좋아하는 것 같았다.

못 말리는 시어머니의 그 라디오 청취 때문에 있었던 소동 한 가지를 더 이야기해야겠다.

드디어 두 달 동안의 출산 휴가를 끝내고 회사에 출근할 때였다. 신입사원 연수 때 교육받은 대로 두 달의 출산 휴가를 누렸는데 실은 출산 전 한 달, 출산 후 한 달인 것을 출산 전 한 달을 출산 후로 돌려 두 달을 꼬박 채웠던 것이다. 대부분의 여사원들이 회사 눈치 보며 겨우 출산 후 한 달 동안 출산 휴가를 한 것에 비하면 눈치도 없고 고지식한 듯했지만 실은 나름대로 요령을 부린 결과였다.

줄줄 흐르는 젖을 동여매느라 애를 쓰면서도 엄마젖이 없으면 분유를 먹어 주리라 굳게 믿었던 것은 내 오산이었다. 현실은 그게 아니었다.

다시 출근한 바로 그날 점심시간이 되기도 전에 한복을 치렁치렁 입은 할머니가 아기를 안고 택시를 타고 와 사무실로 들이닥친 것이었다.

아기는 가짜 젖꼭지를 끝내 마다하고 울기만 해서 기진맥진한 상태였다. 얼마나 혼비백산했겠는가. 조손(祖孫)을 여직원 휴게실로 안내하고 황망한 상태에서 아기에게 젖을 먹여 보냈다.

그와 같은 수유 작전은 겨우 사흘로 끝낼 수밖에 없었다. 회사에 와서 아기가 젖을 먹는 일은 할머니, 아기, 엄마 세 사람 모두 할 짓이 아니었다. 결국 아기와 할머니는 집에 있고 엄마만 이동하는 방법을 강구하기로 했다. 집과 거리가 가까운 왕십리 영업소 근무를 자청하는 것이었다.

출산한 여사원들이 스스로 그만두게 하기 위해 음으로 양으로 압력을 가할 판인데 함부로 쫓아내기 어려운 공채 출신 여사원이 알아서 변두리 영업소로 가겠다니 회사 입장에서는 일단 환영할 일이었으리라.

그 당시에 집은 상왕십리에 있는 단독 월셋집이었고 회사 영업소는 하왕십리였다. 점심시간에 집에 가서 아기에게 젖을 먹이고 내 점심 먹고 회사로 돌아가는 것은 꽤 괜찮은 방법이었다.

그런데 여자들의 그런 사정을 심각하게 받아들이지 못한 남편이 덜컥 광나루 건너 성내동에 전셋집을 계약해 버린 것이었다. 그때가 돼지갈비찜 사건이 있고 몇 달 후였다.

아기가 돌이 되기 전에 마당 넓은 집에서 살아 보자는 게 남편의 주장이었다. 실은 월세 내기가 버거워 전세로 바꾸자는 게 그의 솔직한 계산이었을 것이다. 그 이사가 얼마나 무리인지 잘 알면서도 마당 있는 넓은 집이란 말에 현혹되어 나도 겁 없이 동의했다. 광나루 건너 성내동이라니. 동네 이름도 마음에 들었다.

그때부터 새로운 전쟁이 시작되었다. 점심시간이 시작되면 합승을 타고 광나루를 건너고 성내동까지 가서 수유하고 내 점심은 간단히 때우고 회사로 돌아가 감쪽같이 내 자리에 앉는다는 순진한 계산으로 시작한 일이었다. 전차를 타고 하왕십리와 상왕십리 간 왕복에 소요되는 시간이 짧았으므로 점심시간 동안 그 작전을 수행하는 데는 무리가 없었다. 그러나 이번에는 하왕십리와 성내동이 아니던가.

하왕십리와 성내동 간 왕복에 걸리는 시간은 먼젓번 상왕십리와 하왕십리 간 왕복에 걸리는 시간보다 약간 더 걸리겠지만 아주 불가능한 건 아닐 거라는 간 큰 계산을 했던 것이다. 회사의 일이라는 것도 자리를 지키고 있으면 되는 정도였으니까 점심시간을 넘기더라도 양해가 될 거라는 속셈까지 가세했던 것이다.

46

그러나 그게 계산처럼 될 리가 없었다. 교통편이 생각처럼 정확하지도 않았고, 어떤 날은 집에 도착하기도 전에 점심시간이 끝날 때도 있었다. 내 점심은 거의 굶어야 했다. 양해는커녕 예비역 영관이었던 영업소장은 내 점심시간 동안의 외출에 대한 불만으로 얼굴이 부풀어 있을 때가 많았다.

내가 불편한 건 염치가 없어서 그랬지 일이 많아서는 아니었다. 수유 때문에 소동을 벌이고 회사로 돌아와 내 자리에 앉기만 하면 그때부터 마음이 불편한 이유는 할 일이 없어서였다.

그런 어느 날 오늘은 다행히 계산대로 될 것 같다는 희망에 부풀어 헐레벌떡 우리 집 대문까지 달려가 초인종을 눌렀다. 마당이 넓은 집이었지만 할머니와 손자가 쓰는 안방이 대문과 가장 가까웠기 때문에 집안으로부터 라디오 드라마 소리와 아기 우는 소리가 섞여 나올 뿐 대문은 열리지 않았다. 초인종이 고장 나 있었던 것이다. 그 당시는 초인종이란 물건이 시도 때도 없이 고장 나곤 했다. 학생 때 가정교사 다니던 부잣집 초인종들도 고장 나서 내게 배우는 학생으로부터 배척당하는 기분이라 난감했던 적이 한두 번이 아니었다. 그 부잣집들은 규모가 커 대문에서 부른다고 들릴 리도 없었다. 그냥 수업을 단념하고 돌아가는 수밖에 없었다.

그때 이후 초인종을 누를 때는 항상 이 초인종도 고장 난 건 아닐까 하고 습관적으로 불안해했는데 아니나 다를까, 그날은 우리 집 초인종이 고장 나 있었던 것이다.

배고파 우는 아기 울음소리는 점점 고조되었고 그것은 바로 내게 고문이었다. 나는 대문을 두드리기도 하고 발로 차기도 하고 아기 이름을 부르거나 어머니를 외쳤지만 대문은 계속 열리지 않았다. 대문이나 담을 넘을 수는 없을까 하고 살펴보면서 짐승처럼 으르렁거리기도 했다.

아기는 내 목소리를 듣는 것 같았다. 내가 소리를 지를수록 아기 울음소리도 커졌다. 그때 하늘은 소리가 날 만큼 맑았고 동네에는 우리 집 빼고는 인적이 없었다.

내 눈앞에는 라디오 드라마에 귀 기울이고 앉은 노인의 모습이 생생히 떠올랐고 나는 그 절벽 같은 상황에 울음을 터뜨릴 수밖에 없었다. 집 안에서는 아기가, 대문 밖에서는 엄마가 울었다. 유난하다 싶을 정도로 손자를 귀히 여기던 할머니가 우는 아기를 밀쳐둘 정도로 드라마가 도저히 놓칠 수 없는 대목에 이르러 있구나 싶기는 했다.

그런 절망적인 상황이 30분쯤 이어지다가 어느 순간 할머니가 허둥대며 나오는 소리가 들렸다. 라디오 드라마가 끝났든지 아니면 드라마 내용상 음향이 낮아져야 하는 시점이 되었든지 하여간 할머니의 귀에 대문 두드리는 소리가 들렸던 모양이었다.

그 사건 후 나는 직장을 아예 그만두기로 했다.

친정아버지와 어머니가 함께 상경한 것은 내 결혼식 때 말고는 그때가 처음이며 마지막이었다.

성내동에서 다시 시내로 나와 몇 차례 셋집살이를 하다가 드디어 신대방동, 지금의 보라매공원 근처에 땅을 사서 집을 지었을 때였다. 31평 땅에 17평짜리 집이었다. 딸네가 새집으로 이사를 했다니까 구경하기 위해 두 분이 상경했는데 유감스럽게도 그 집이 아직 완성되기 전이었다. 그럭저럭 벽을 쌓고 창문도 달았고 마루도 깔고 장판 도배도 했지만 건축비가 모자라 작업 일정이 늦어져 방문을 달지 못한 상태였다. 도어 대신 거적때기였다.

서른한 평의 기차간처럼 좁고 긴 축대 위 직사각형 땅에 어찌어찌 거실과 작은방과 큰방 앞에는 좁은 마루를 깔았다. 남향 건물의 서쪽 끝은 거실, 건물의 동쪽 끝에 부엌방과 부엌이 한 덩어리로 묶여 배치된 그런 구조였다.

골목길에서 계단을 오르면 대문이 있고 대문과 거실 사이에 좁지만 사각형 마당이 있었고 대문 옆 축대 위에 재래식 화장실이 있었고 좁은 마당 건너 현관 가까운 공간에 달랑 수도꼭지만 있는 한데 욕실이 있었다.

잠자리에 들어가기까지는 아무 문제가 없었다.

물론 그때도 친정어머니가 식사를 담당했기 때문에 아버지는 편안한 마음으로 이른 저녁식사를 마쳤고 해가 질 때 부엌방 창문으로 멀리 툭 트인 서울의 서쪽 하늘을 뒤덮은 낙조를 보며 그 아름다움에 감탄했다. 그때 아버지는 지극히 문학적인 표현을 했고 그런 분위기를 발산했다.

나는 처음 본 아버지의 그런 모습에 속으로 놀랐다.

밤이 되고 TV 시청에 매달리던 시절이 아니었으므로 일찍 잠자리에 들기로 했다. 그런데 아버지는 기어이 부엌 뒤 골방에서 자겠다고 고집을 부렸다. 거실 옆 작은방에서는 원래 하던 대로 딸과 사위가 자야 하고 큰방은 안사돈과 당신의 부인인 친정어머니가 손자 손녀를 데리고 자야 하고 아버지는 혼자니까 부엌 뒷방이 딱 좋다고 고집을 부렸다. 밤에 안사돈이 화장실 갈 일이 있을 때 지나가야 하기도 하겠지만 문짝도 없이 거적때기만 쳐져 있는 넓은 거실이 을씨년스러워 잠자기에는 마땅치 않으니 거실은 비워둬야 한다고 생각하는 모양이었다.

원래 아버지의 고집은 유별났다. 고지식하고 근면하고 성실하기가 살아 있는 교훈이나 급훈 같았는데 그런 성격들이 다 고집과 끈이 닿아 있어서 자연 융통성도 없었다. 게다가 염치없는 짓은 죽어도 못하는 성격이었다.

아버지는 6·25 직전에 면서기 일을 그만두고 마산의 큰아버지 공장에서 공장장 일을 했다. 6·25 후 뒤늦게 우리들, 아버지의 식솔들은 '당꼬바지'와 흰 고무신 차림의 아버지를 마산에서 만났다. 면서기 때입던 옷과 구두는 물론이고 옛날 사진에서 본 파나마모자와 백구두와 모자로 가득하던 모자상자까지 다 어디로 갔는지 우리 눈에 띄지 않았다. 어쩌면 미군들이 우리 마을을 지나 후퇴하는 걸 보고 우리도 달구지에 짐을 가득 싣고 깊은 산골로 피난할 때, 그 달구지에 실려 있던 짐속에 들어 있었는지 모른다. 피난 갔던 산골 마을에서 읍내 우리 집 근처로 다시 피난지를 옮길 때 그 달구지에 실었던 짐들을 거의 다 버리고 중요한 것만 추려서 이고 지고 돌아갔던 일이 있었으니까.

아버지의 옛날 사진 중 정암다리 공사 현장에서 찍은 사진 속에서는 신사복에 헬멧을 쓰고 있는 것도 있었는데.

공장의 여공들이 당꼬바지와 흰 고무신 차림의 아버지를 마치 저들의 가족인 양 작은할아버지라 부르는 장면을 처음 목격했을 때 그런 아버지가 내게는 너무도 낯설었다. 아버지가 남처럼 느껴졌고 우리를 버린 것 같았다. 작은할아버지로서의 아버지가 내게 익숙해지는 데는 많은 시간이 필요했다.

같은 업종의 유명한 서울 업체들이 조업을 중단하고 피난 내려간 상태라 우리 공장의 제품은 남한 전체를 석권할 정도였다. 새벽부터 통금 전까지 안채와 공장 사이에 있는 넓은 주차 공간에는 물건 실은 트럭과 물건 갖다 주고 돌아온 빈 트럭이 쉴 새 없이 들락거렸다.

내가 대학 진학을 꿈꿔야 할 시기에 그렇게 호황을 누리던 공장은 어린 우리로서는 알 수 없는 이유로 슬금슬금 망해 가고 있었다. 그런 판에 기어이 대학을 가겠다는 나를 아버지는 거의 펄쩍펄쩍 뛰며 말렸다. 당신이 학비를 대줄 수 없는 형편인데 딸이 어떻게 그 무서운 서울로 간다는 거냐 하면서. 아들도 아닌 딸이 스스로 돈 벌어서 공부하겠다는 건 말도 안 된다고 했다. 학비라는 것을 부모가 대줘야 한다는 원칙이 성립될 수 없는 상황이면 딸이 공부할 이유가 없다고 했다. 그럼에도 불구하고 나는 절치부심하다가 뒤늦게 기어이 대학엘 갔다.

방학 때 집으로 내려간 어느 날 밥상머리에서 아버지가 지나가는 말처럼 내게 물었다.

"서울 사램들은 요새도 콩지름만 묵더나?"

서울 사람들이 콩나물 반찬을 자주 해 먹는 것을 어떻게 아시느냐 하고 내가 따져 물었을 때 아버지는 못 이긴 척 말했다. 아버지가 보성학교에 다닐 때 하숙집 반찬이 콩나물밖에 없었다는 것, 보성학교를 다니다 만 건 장질부사에 걸려 다 죽게 되었기 때문이었다는 것, 아버지의 형님이시고 현재 공장의 주인인 큰아버지가 죽기 직전의 아버지를 데리고 고향으로 내려갔다는 것 등이었다.

아버지가 내게 또 물었다.

"요새는 서울에 빈대 없나?"

아버지가 쓰던 책상이 빈대 알로 가득했기 때문에 큰아버지가 불태워 버리고 내려갔다는 이야기도 덧붙였다.

아버지가 보성학교에 다녔다는 사실을 나는 그때 처음으로 알았다. 3·1운동 때 태극기를 너무 많이 만들어 천장에 숨겼다가 천장이 내려 앉는 바람에 가슴도 내려앉았다는 이야기는 4·19 직후에 들려준 이야 기였다. 아버지는 그때그때 상황에 따라 자신의 옛날이야기를 조금씩 흘렸다.

3·1운동 때 태극기 만든 이야기까지는 했지만 해방 직전 창씨개명 한 이야기는 끝내 하지 않았다. 일시적으로 바뀐 우리의 성(姓)은 오가 와(大川)였고 언니의 이름은 오가와 후미코, 나는 오가와 요시코로 해 방을 맞았다. 오빠의 이름은 기억나지 않는다.

창씨개명까지 하면서 떨쳐버리지 못하던 면서기 자리는 6·25 직전 에 던져 버리고 마산의 형님 공장으로 갔던 것이다.

내 고향과 함안을 연결시키는 정암강 다리와 해마다 여름 홍수의 원 인이던 남산천과 앞들을 가로막고 읍내를 감싸며 휘도는 뚝방은 아버지 가 아니었으면 그 존재가 불가능했을 거라는 이야기는 언젠가 〈작가의 고향〉에 취재차 갔다가 군청의 원로한테 들어서 알았다.

아버지는 보성학교를 중퇴하고 귀향해서 건강 때문에 활을 쏘러 다 녔다. 말하자면 활량(閑良)이었다. 6·25 직전까지 착실한 면서기 노 릇과 전국의 궁술대회에 참가할 정도의 활량 노릇을 어떻게 병행할 수 있었는지는 의문스럽지만 밤늦게 골목으로 들어오는 아버지 발소리에 귀 기울이며 된장찌개를 올려놓은 화롯가에 앉아 있던 어머니의 모습은 생생히 떠오른다.

아버지가 소문으로만 활량이 아니라 제대로 한 활량이었음을 짐작할 수 있는 일이 훗날 마산의 공장에서 있었다. 공장 직공들에게 위로 잔치를 베푼 날이었다. 흥에 겨워 실컷 막춤을 추고 난 여공들이 작은할아버지도 춤 한번 춰 보시라고 집요하게 권하는 바람에 아버지가 춤 자세를 취하는 장면을 우연히 목격하게 된 것이다.

그 순간 무의식적으로 내 몸은 감췄지만 춤추는 아버지에게서 눈을 뗄 수 없었다. 그게 보통 춤이 아니라는 확신이 들었다. 비록 고무신과 당꼬바지 차림이었지만 아버지는 학처럼 우아하게 춤을 추고 있었다. 활량은 활만 잘 쏘는 줄 알았더니 춤도 잘 추는구나 하며 감탄하면서도 내 마음은 편치 않았다.

옛날 시조 읊고 활량 노릇할 때 어울리던 친구 한 분이 지나는 길이라면서 우리 집에 들러 두 분이 마주 앉아 주거니 받거니 시조 읊는 괴이쩍은 소리를 들었을 때도 그랬다. 그건 낯설음이었다. 그 낯설음 때문에 나는 숨어 있을 수밖에 없었다. 아무리 그 춤이 우아해도 평소의 아버지와 다른 모습을 보는 것은 못 볼 것을 본 것처럼 눈물 나게 이물스러웠다 할까.

그런 아버지가 문짝 대신 거적때기가 쳐져 있는 우리 집 부엌방에서 자게 된 것이다.

그 당시 큰아버지의 공장도 망한 지 오래되었고, 아버지는 내 이복오빠의 사업자금을 대주느라 빚보증을 섰다가 집을 날리고, 마산에서 셋방살이를 하는 중이었다.

아버지가 고지식하고 근면하고 성실하고 절약하기가 살아 있는 교훈 같았다고 앞에서 말했던가? 어떻게 그런 아버지에게 어미가 다른 자식들이 있을 수 있었는지 나 역시 어느 나이가 되기까지는 그 사연을 전혀 알지 못했다.

그 내막은 대학 다닐 때 오빠한테서 들었고 오빠는 중학생일 때 이모한테 들었다고 했다. 내 중편소설 〈흔적〉은 허구였지만, 아버지가 두 여인을 거느리게 된 사연은 사실대로 썼다. 단지 그 작품 속에서는 어머니가 딸에게 이야기해 주는 형식을 취했으나 실제로 우리 어머니는 그런 장황한 이야기를 할 수 있는 위인이 못 되었다. 여기서 그 이야기를 되풀이하기가 구차스러워 〈흔적〉의 그 부분만 옮겨 적을까 하다가 그마저 그만두기로 한다. 다만 운명이나 팔자라는 이름으로 진행되는 삶에 제동을 걸 수 있는, 역시 운명이나 팔자라는 이름의 의지는 없다는 것을 깨달았다 할까.

마치 한 번도 집이라는 걸 소유해 보지 못한 사람처럼 내 집을 지은 딸네가 대견스러워 아버지는 부엌 뒷방도 흔감하다고 하면서 기어이 좁은 부엌방으로 들어갔다. 안사돈이 자다가 화장실 갈 때 지나가기 거북할까 봐 거실에서 자는 것을 극구 사양할 때만 해도 정작 본인이 화장실 갈 일이 생길 줄은 미처 몰랐던 모양이었다.

평소에도 위장이 좋지 않던 아버지는 서울 물로 갈아 먹은 그날 밤 배탈이 났다. 자다가 배탈이 난 걸 처음 깨달았을 때, 차츰 설사기를 느꼈을 때는 참으면 가라앉을 줄 알았다. 참자 참자 하면서 누워 있을 수 있는 건 잠깐이었다. 새벽이 되려면 아직 먼 것 같은데 배는 점점 더 자주 아팠고 설사를 할 것 같은 느낌은 더 잦았다.

창문 너머 보이던, 유난히 영롱하다 싶었던 서울 변두리의 별은 별 이상 아무것도 아니었고, 그렇게 감동스럽던 딸네의 새집도 문짝이 있어야 할 자리마다 거적때기가 쳐진 서울 변두리 후진 집 이상 아무것도 아니었다.

그날 밤새도록 아버지가 투쟁한 대상은 복통과 설사기만은 아니었다. 그보다 더 이겨 넘을 수 없는 투쟁의 대상은 안사돈이 자는 안방을 지나가느냐 마느냐였다.

부엌으로 나가는 문짝 자리에도 거적때기가 쳐져 있어 그 거적때기를 들치고 부엌을 통해 바깥으로 나갈 수 있어야 했지만 그 거적때기가 쳐진 문지방 아래 있는 부뚜막에는 아직 정리되지 않은 부엌살림들로 가득해서 발을 내려디딜 수가 없었다. 부엌방을 빠져나가는 방법은 안방과 부엌방 사이에 있는 거적때기를 들추고 안방을 지나가는 수밖에 없었다. 그 안방에 안사돈이 자고 있다는 사실이야말로 아버지의 고뇌의 핵심이었다.

안방과 부엌방 사이에 있는 거적때기를 들추고 안방을 지나 쪽마루로 나가 거실을 지나 마당가에 있는 화장실로 뛰어가는 자신의 모습을 수도 없이 그려 보았지만, 아버지는 끝내 부엌방을 나갈 수 없었다.

어떻게 안사돈이 자는 방을 지나갈 수 있단 말인가. 안사돈이 혹시 잠에서 깨어나 있다면? 뒤가 마려워 엉거주춤한 모습으로 뛰다시피 나가는 자신의 모습을 안사돈이 볼 수도 있다는 상상을 되풀이하면서 아버지는 누웠다 앉았다, 쪼그리고 앉았다 일어섰다를 반복하다가 어느 순간 옷에다 변을 보고 말았다.

이 대목까지 생각하다가 나는 왜? 왜?를 외친다.

그때 젊은 우리가 거실에서 자고, 아버지를 우리가 자던 작은방에서 주무시게 하지 않았을까? 왜 아버지의 고집에 못 이긴 척했을까?

땅을 치고 후회하고 죄스러워 하지만 그런 뉘우침과 죄스러움은 그때가 아니라 내 나이 당시의 아버지 어머니보다 훨씬 많아진 지금, 아버지도 어머니도 다 돌아가신 지 거의 반세기가 지난 지금에야 머리를 내민다. 참으로 기가 막힐 일이다.

아버지가 그 곤욕을 치른 이튿날 어머니가 내게만 몰래 간밤의 이야기를 들려줬다.

"너거 아부지가 참다 참다 몬해서 옷에다 싸뿌렸단다. 새복에 저 뒷산에 올라가서 똥 묻은 빤스를 땅에 파묻고 왔다쿠더라."

나는 그때 마치 재미있는 우스갯거리 하나 건진 것처럼 웃기만 했고 그 후 사촌들이 모일 때 그 일화를 이야기하고 박장대소를 끌어냈다. 참으로 철딱서니가 없었다.

어느 날 남편과 나는 기차를 타고 옛날 친정아버지와 어머니가 그랬던 것처럼 딸이 귀촌한 둥지를 구경하러 갔다.

나지막한 산으로 둘러싸인 동네에 스무 채 남짓 새집들이 억지로 줄서지 않고 무난하고 자연스럽게 배치되어 있었다. 아늑한 그 동네의 하늘은 유난히 푸르렀고 동네를 둘러싸고 있는 산들은 산책하기에 딱 적당한 높이였다. 새로 지은 집들은 수수하게 전원주택스러웠다.

도착하자마자 남편은 일단 집 안을 한 바퀴 둘러보고 도로 밖으로 나와 딸의 집 외벽을 두드려보며 토치카처럼 미련스럽도록 두껍지 않으면 무조건 벽이 너무 얇다고 하는 평소의 버릇대로 일단 머리를 절레절레 흔들었다. 그리고 창문들을 살펴보고 유리 두께를 가늠해 보고, 바깥 허드레 수도꼭지도 열어 보고 태양광 열판으로 덮인 지붕도 찬찬히 올려다보았다. 그렇게 집의 앞쪽을 훑어본 다음 집 뒤쪽으로 돌아갔다.

그때까지만 해도 머리를 절레절레 흔들기는 했지만 그건 그냥 버릇대로 그래 보는 거고 속으로는 흐뭇해하는 눈치였다.

그런데 뒤안으로 돌아가자 아직 공사가 끝나지 않았는지 다용도실에서 뒤꼍으로 나가는 문짝이 있어야 할 자리에도, 보일러실로 드나드는 문짝이 있어야 할 자리에도 각목으로 테두리를 한 두꺼운 비닐로 가려져 있지 않은가.

"내 그럴 줄 알았지. 내가 뭐랬어? 조만간 거적때기 쓰고 나타날 거라 했잖아?"

행여 무슨 트집을 잡을까 조마조마해하며 남편 꽁무니를 따라다니던 내가 반사적으로 화를 내며 항의조로 말했다.

"누가 거적때기를 썼다고 그래요?"

"저 비닐로 덮인 문짝이 옛날로 치면 거적때기 아니고 뭐야? 왜 문짝 대신 거적때기냐고?"

한 그루 나무

한없이 단조롭고 늘어지는 세상살이 중간 중간에 신선한 충격이라 할까 탄력이라 할까 긴장이라 할까. 그런 것이 생기는 것은 우연한 만남이 있기 때문인지 모른다. 자연과의 만남이 그런 만큼 사람과의 만남도 그렇다.

드라마 작가의 작위 같은, 아니 한없이 심심해진 조물주의 해찰 같은 만남이 실제로 가끔 일어난다는 것을 모르는 바는 아니지만 그와 내가 그곳에서 만난 것은 아무리 생각해도 조작 같은 우연이었다. 그것은 내게는 신선한 충격을 넘어 소름 끼치도록 전율스러운 일이었다.

분명 그날 세상의 모든 일을 관장하는 누군가가 너무 심심해서 이 세상의 어느 한 장소에 그와 내가 동시에 있게끔 연출했는지 모른다.

고등학교 교사인 나는 여느 여름방학과 마찬가지로 작년에도 혼자 유럽을 돌아다니던 중에 우연히 오스트리아 빈의 한국식당 주인의 권유로 아우슈비츠에 버금가는 마우트하우젠이라는 곳의 유태인 수용소를 둘러보기로 했다.

식당주인은 대중교통 편으로는 가기가 곤란한 곳이니까 백 달러만 주면 자신의 승용차로 나치 지하 비행장과 유태인 수용소를 안내하겠다고 하면서, 막 공부를 끝내고 귀국하기 직전의 유학생 한 사람과 동행하는 게 어떻겠느냐고 물었다.

처음에 나는 물론 거절했다.

IMF도 마음에 걸리고, 가끔 있는 소집일 불참 때문에 학교의 눈치를 보면서도 내가 낯선 나라 여행을 고집한 것은 그 짧은 기간만이라도 아는 사람이 없는 곳에 있고 싶고, 어쩌면 내 나라 안에 있을지도 모르는 미지의 목격자로부터 자유롭고 싶은 오래된 잠재의식 때문인데 여기까지 와서 한국 사람과 함께 여행을 하다니 하는 생각에서였다.

사실 내 여행은 미술관이나 박물관이나 어떤 기념물을 관람하는 여행이 아니기도 했다. 될 수 있는 한 한적한 길을 걸으며 낯선 풍경을 보고 낯선 바람 소리를 듣고 살에 닿는 낯선 햇살을 느끼며 그나마 이 세상에 존재하는 일이 나쁘지 않다는 것을 자신에게 확인시키려는 작업이었을 뿐이니까. 그런 만큼 나치 비행장이나 유태인 수용소같이 역사적 의미를 생각하도록 강요하는 장소를 보고 싶지 않은 마음도 있었다.

그러나 차를 타고 가고 오며 강이 있는 풍경을 보는 것도 나쁘지 않겠다는 생각이 들었고, 동행자가 그동안 공부하랴 아르바이트하랴 시간도 없었고 무엇보다 경제적인 어려움 때문에 빈 밖을 나가 보지 못해서 무임 편승할 기회를 노리는 학생이라는 말에 슬그머니 내 동정심이 발동했다. 어쩌면 경제력이 없는 학생이란 말에 나보다 한참 어린 학생을 연상했기 때문인지도 모른다.

그러나 그날 이른 아침에 식당주인과 함께 내가 묵고 있는 펜션 앞에 나타난 그는 적어도 내가 상상했던 어린 학생은 아니었다. 한국에서 대학을 마치고 그곳에서 박사학위까지 따낸 사람이라면 당연히 그 정도의 나이는 들었으리라 생각했어야 하는데 하며 잠깐 후회했지만, 그가 조수석에 앉고 나는 혼자 뒷좌석에 앉게 되었을 때 속으로 오히려 잘된 일이라 생각하게 되었다. 식당주인과 내가 단둘이 하는 여행이었다면 분명 나는 조수석에 앉아 좋든 싫든 뭔가 의례적인 대화를 나눠야 했을 테니까.

다행히 유학생은 예의 그 한국식당에서 아르바이트를 한 듯 식당주인과 공통 화제가 많은 것 같았다. 그들의 대화에 귀를 기울일 필요 없이 나는 도시를 벗어나자마자 맞닥뜨린 도나우 강과 강안(江岸)에 뭉텅이를 이룬 나무들을 마음 놓고 볼 수 있었다.

우리는 나치의 지하 비행장이었다는 지하 호수를 먼저 보기로 했다.

예사로운 극장 입구 같은 지하 호수의 입구에서 식당주인은 마치 마술사가 무대 위로 불러낸 관객에게 하듯 당신들 둘만 오스트리아인 안내자를 따라 저 속으로 들어가라고 명령했다. 자신은 여러 번 왔던 곳이니까 입장료를 한 푼이라도 아끼자는 속셈인 줄 금방 알아채긴 했으나 나는 조만간 칼날을 쑤셔 넣을 마술상자 속으로 들어가듯 썩 내키지 않는 마음으로, 언덕을 잘라낸 단애에 속임수같이 예사롭게 나 있는 나무문으로 들어갔다.

졸지에 그는 나의 유일한 동반자가 되어 우리는 마치 신혼여행에 나선 부부처럼 오스트리아인 가이드의 안내를 받게 되었다. 안내인의 독일어 설명을 한마디도 알아들을 수 없었지만 나는 그에게 아무것도 물어보지 않았다. 초면의 그에게 일일이 물어보기가 뭣해서라기보다 내 귀에 들리는 독일어의 어감과 눈에 들어오는 장면으로 충분하기도 했고, 어둑어둑한 좁은 통로를 울리는 독일어는 마치 게슈타포가 살아 돌아와 죽음의 현장으로 나를 유인하는 것 같았고, 안내인에게 이것저것 독일어로 물어보는 그 역시 나를 해치고자 음모를 꾸미는 공범자 같은 느낌이 들었기 때문이었다.

그러나 어쩌랴. 이왕 들어온 것, 마술사의 마술이 훌륭하여 칼에 베이지 않고 무사히 상자 속에서 나올 수 있기를 바라듯 잠시라도 빨리 출발점으로 돌아 나가기를 바랄 뿐이었다.

지하 호수로 들어가는 좁은 통로의 바닥에는 바퀴 달린 소형의 운반 기구가 다녔음 직한 두 줄의 선로가 제법 긴 거리에 걸쳐 깔려 있었고, 그 선로가 끝나는 곳에서 약간의 비탈을 내려가니 놀랍게도 옅은 조명 속에서 물이 번들거리고 있었다. 어둑어둑해서 물의 끝인 반대편 암벽이 확실히 보이지 않아 그 명칭처럼 정말로 호수만큼 넓은지 동굴 속의 웅덩이에 불과한지 분간할 수 없었지만 물 위에 보트가 떠 있는 걸로 봐서 꽤 넓은 것 같았다.

모터보트를 즐길 수 있는 유럽 최대의 지하 호수라더니. 안내인은 우리에게 보트를 타라고 명령했다. 그 역시 익사시키고자 하는 음모인 것 같아 주저주저하면서 나는 보트를 탔다.

지하 호수를 둘러보는 데 시간이 얼마나 걸렸는지 도무지 알 수 없었다. 한 시간이 된 것 같기도 했고 단 10분이 지난 것 같기도 했다. 돌출해 있는 암벽들을 피해 그냥 적당한 속도로 꼬불꼬불 물길을 헤치고 다닌 것 같기도 했고 가끔은 호수처럼 넓은 물 위를 신나게 달린 것 같기도 했다. 보이는 것은 머리 위의 암회색 천장과 배의 둘레를 감싸고 있는 꽤 깊고 맑은 물이었다.

그 낯선 시공에서 듣는 안내인의 독일어는 오래전부터 내 안에 익숙하게 자리 잡고 있는 두려움을 끌어내는 주문이자 재앙의 예감을 고조시키는 괴기스러운 소리 같았다. 나는 2차 대전을 다룬 할리우드 영화를 너무 많이 본 탓인가 보다 하며 광부처럼 헤드라이트를 이마에 달고 있는 안내인의 얼굴을 훔쳐보곤 했다.

그늘 속의 그의 얼굴은 내 귀에 들리는 어감과는 너무나 동떨어지게 무덤덤했고 오히려 선량하다 싶을 정도여서 나를 곤혹스럽게 했다. 그가 쓰는 독일어 때문에 선량한 오스트리아 아저씨가 어둠 속에서 나치 당원처럼 느껴졌던 것이다. 안내인과 독일어로 말을 주고받는 그 역시.

내 두려움과 의심을 힐난하듯 보트 관광을 무사히 끝내고 환한 바깥으로 나왔을 때에야 안도한 나는 궁금하던 것을 한꺼번에 물었다.

"지하 비행장이었다면서 왜 호수죠? 비행장이었으면 비행기가 날아나간 출구가 있어야 될 것 같은데 그걸 왜 못 보았죠?"

"사용할 당시에는 호수가 아니었던 거죠. 오랫동안 사용하지 않으니까 물이 고인 거래요. 너무 넓어서 출구까지 보려면 시간과 비용이 더 드는 거겠죠. 입장료 받은 것만큼 보여 준 거 아니겠어요?"

그때만 해도 그는 나에게 특별한 만남의 당사자는 아니었다. 우연히 동행하게 된, 내 덕에 하는 공짜 관광을 고마워하는 한국 유학생에 불과했다.

우리는 다시 차를 타고 마우트하우젠으로 향했다.

한여름인데도 마우트하우젠의 날씨는 가을날처럼 삽상했다. 높은 '비탄의 돌담' 너머 감시탑 위로 보이는 파란 하늘에 선명한 그림을 그린 구름은, 비록 여러 줄의 삼엄한 가시철조망에 금이 가긴 했어도 보는 이를 상쾌하게 했다.

관광객은 우리 세 사람뿐이었고, 너무도 한적해서 잘 가꾸어진 어느 수도원의 외진 뒤뜰을 거니는 듯한 착각을 일으킬 정도였다. 그러나 거기 수용되었던 사람들의 환영을 되살려 주는 내무반을 둘러볼 때부터 나는 괜히 왔다는 후회를 하기 시작했다. 2층으로 줄지어 깨끗이 정리되어 있는 침대에는 줄무늬 유니폼을 입은 그들이 마치 지금 누워 있거나 앉아 있는 것 같았다.

전시실 벽에 붙어 있는 수많은 벌거벗은 희생자들의 사진을 볼 때 내 후회감은 절정에 달했다. 나는 나 자신의 벌거벗은 몸을 동행자들에게 보이는 것 같은 착각이 들어 그들을 앞질러 후딱후딱 전시실을 지나 의무를 다하듯 아래층의 시체소각장까지 단숨에 들여다보고 밖으로 나와 있었다. 스치듯 보아도 보기는 보아야지 그냥 나와 버리면 그들에게 내 속마음을 들킬 것 같은 두려움 때문이었다.

그가 식당주인에게 그 이야기를 하며 내게로 다가온 것은 내가 아득히 깊은 죽음의 계곡으로 돌을 지고 올라오는 사람들의 환영을 떨쳐 버리려고 그 계곡을 등지고 풀꽃으로 장식된 화단가의 비석 앞에 서 있을 때였다. 거기 1933년에 브레히트가 쓴 글이 새겨져 있었다.

O Deutschland, bleiche Mutter!
Wie haben deine Söhne dich zugerichtet

Daß du unter den Völkern sitzest

Ein Gespött oder eine Furcht!

BERTOLT BRECHT 1933

나는 그때 비석 앞에 서서 몇 개의 아는 단어들을 문장으로 엮어 보려고 애를 쓰고 있었다.

도대체 1933년에 쓴 글이면 2차대전 전인데 시간적으로 그 대학살에 대한 독일인으로서의 참회, 독일인에 대한 경고의 글일 리가 없지 않느냐, 그 글의 뜻과 그 글이 그 장소에서 읽혀야 하는 이유를 추리해 보려고 궁리궁리하고 있을 때 그들의 발소리가 다가오고 있었다.

기념관을 나와 내 쪽으로 오며 그가 식당주인에게 그 이야기를 열중해서 하는 중이었다.

"한 15년 전쯤 어느 봄날이었어요. 대한민국의 서울, 서울에서도 수유리의 주택가를 가스실로 가는 유태 여인들처럼 벌거벗고 뛰는 여인을 본 적이 있어요."

왜 내가 지하 호수에서부터 재앙을 예감했는지 알 수 있는 순간이었다. 사실이 아니었는지 모른다, 어쩌면 나의 망상이었는지 모른다고 생각하려고 애쓰던 그 일이 이런 식으로 확인되다니.

나는 비문을 보고 있는 자세 그대로 그 자리에 얼어붙어 버렸다. 거기 굳게 꽂혀 있던 기념비처럼 얼어붙은 채 그들의 대화로부터 도저히 도망칠 수 없었다.

꿈이었기를, 현실이 아니었기를 바랐던 일을 타인으로부터 꿈이 아니었음을, 현실이었음을 확인받는 순간이었다.

64

왜 하필 봄날이라 하느냐, 왜 하필 수유리라 하느냐, 아무리 그 사건이 희귀한 사건이라 해도 봄날이라고 하지 않고 수유리라 하지만 않았다면 나와는 무관한 또 다른 유사한 사건이었다고 우길 수도 있는데 하며 원망하고 있을 때 식당주인이 다급하게 물었다.

"그래? 홀딱 벗었던가?"

저 사진들을 자주 보면서 인간의 벗은 몸에 어지간히 신물이 나 있을 식당주인도 유태 여인이 아닌 고국의 여인이 벌거벗고 고국의 꽃피는 어느 주택가를 뛰어가는 환영에는 회가 동했는지 생기가 뚝뚝 듣는 목소리로 물었다.

"딱 팬티 한 장만 입었습디다."

그는 스캔들을 전하는 시정잡배의 어투로 말했다.

"스트리킹이라면 팬티 그까짓 것 뭐하려고 입었나?"

내가 속으로 저 새끼를 죽여야 해 하고 소리치고 있을 때 그의 목소리는 원래의 진지함으로 다시 돌아와 있었다.

"의도적인 행위는 아닌 것 같았어요. 어떤 젊은 남자와 같이 뛰는데 여자는 우는 것 같았어요. 그 상황에서 우는 것조차 의도적인 행위, 말하자면 연출된 예술행위의 한 부분이었는지 누가 아냐 하면 할 말은 없지만요. 내가 대학 3학년 때였어요. 그날 무슨 이유에서인지 학교엘 가지 않고 바로 그 시간에 2층 창가에 붙어 서서 집집이 구름처럼 피어 있는 라일락을 보고 있었죠. 유난히 라일락이 많은 동네였거든요. 그때 벌거벗고 뛰는 그들이 내 시야에 들어왔던 거예요."

"2층 창가에서 내려다보았다면서 우는지 어떤지 어떻게 그렇게 똑똑히 알았어? 아는 사람이었나?"

그들은 이야기를 주고받으면서 내 곁에 있는 벤치에 앉았고 바야흐로 한가로운 이야기판을 벌이는 것이었다.

"물론 모르는 사람이었죠. 거리가 좀 있었으니까 얼굴은 확실히 볼 수 없었어요. 단지 눈 위로 흘러내리는 빗물을 훔치는 것 같은 손놀림을 볼 수 있었어요. 화창한 봄날이었으니까 빗물일 리가 없잖아요."

"흘러내리는 땀을 닦을 수도 있었겠지."

"분명 우는 것 같았어요. 가슴을 가리랴 눈물을 훔치랴 너무도 바쁜 손놀림이었어요."

"젖은 왜 가려? 스트리킹은 여봐란듯이 해야 제격 아니겠어?"

"아직도 제 말뜻을 이해 못하세요? 그 여자는 스트리킹을 하는 게 아니었다니까요. 팬티만 입은 사람이 신발은 신고 있었거든요. 벌거벗은 몸에 맨발이 아닌 게 너무도 이상했어요. 의도적으로 하는 스트리킹이라면 신발은 왜 신었겠어요? 부끄러워서 어쩔 줄 모르는 것 같았다니까요. 왜 느낌이란 게 있잖아요.

생각해 보세요. 의도적으로 하는 예술행위나 정신 나간 자의 발작이 아니고 멀쩡한 정신으로 벗고 뛰는 게 어땠겠는가를, 그것도 젊은 여자애가. 이유는 알 수 없었지만 부득이한 이유로 뛰지 않으면 안 되는 것 같았어요. 땅으로 꺼질 수도, 증발해 버릴 수도 없으니까 어쨌든 뛰어야 하지 않겠어요? 조금이라도 빨리 목적지에 도착하는 게 최선의 선택이었겠죠. 저 벌거벗은 유태 여인들이 가스실로 들어갈 때 만일 인파에 밀리지 않고 텅 빈 공간을 지나가야 했더라면, 도달하는 데가 아무리 죽음의 장소라 해도 걸어가지 않고 뛰어갔을 것 같아요. 가지 않고 배길 수 없는 이쪽과 죽음의 장소인 저쪽 사이의 공간을 어떻게 지나갔을

66

것 같아요?"

"글쎄 그랬을까? 이 사람아, 쓸데없는 상상은 집어치우고 그 여자 이야기나 계속해 봐. 그때 다른 구경꾼은 없었나?"

"내 보기에는 아무도 없었어요. 바로 점심시간 후였던 것 같아요. 동네는 정적에 휩싸여 있었어요. 혹시 나처럼 창문으로 내다본 사람이 또 있었을지는 알 수 없죠. 그 여자는 내가 보고 있다는 걸 알 리 없었겠지만 마치 그 여자와 비밀 유지 약속이나 한 것처럼 지금까지 아무한테도 그 이야기를 하지 않았는데 여기 오니까 갑자기 그 여자 생각이 나네요. 이젠 잊어버릴 만큼 오래된 이야기니까 그 여자 입장에서 숨기고 싶은 일일 거다 하고 생각하는 건 내 노파심일 수도 있다 그런 말이죠."

"서로 아는 사이도 아니라면서 뭘 그렇게 조심하나? 그게 뭐 그리 대단한 비밀이라고? 무슨 강간이나 살인 현장이라도 목격한 사람처럼. 안 그래요, 진 선생님?"

화단 쪽으로 돌아서서 어느새 그들의 이야기에 귀 기울이고 있는 나를 돌아보며 식당주인이 동의를 구했다. 나를 자신들의 대화에 끼워 넣고 싶은 모양이었다.

내가 그 상황에서 기다렸다는 듯 무슨 말을 할 수 있었겠는가.

내가 필연적인 침묵을 지키고 있는데 듣는 사람이 한 사람 더 있다는 것을 그때야 의식한 것처럼 그가 짐짓 고조된 목소리로 말했다.

"사장님이 강간 현장이라 하시니까 말인데, 실제로 그날 이후 나는 설명하기 힘든 죄책감에 시달렸어요. 마치 내가 그 여자애를 강간한 것 같았다니까요."

"시끄러워 이 사람아. 현장에 있었으니까 나도 가해자다 하는 자네들

세대식의 그 잘난 척하는 위선 듣기도 싫어. 자네하고 그 일이 무슨 상관이라고?"

그가 그 대목에서 재미있다는 듯 호방하게 웃지만 않았어도 그의 가해자 의식에 속아 넘어갈 뻔했다. 그는 가까스로 웃음을 거두고 자신이 왜 재미있어 하는지 이야기하기 시작했다.

"이 세상에는 전혀 상관없는 일인 줄 알았는데 묘하게 상관있어지는 일이 있더라니까요. 재미있는 사례가 하나 있어요."

"이 친구 이야기가 길어질 모양인걸. 진 선생도 다리 아프겠는데 여기 좀 앉아요. 시간이 넉넉하니까 천천히 움직여도 돼요."

식당주인이 그에게 바짝 다가앉으며 내게 자리를 내주었다. 나는 괜찮다고 사양하고 그 자리에 그냥 서 있었다. 비록 귀는 기울이고 있었지만 본격적으로 들을 태세까지는 취할 수 없는 입장이었다. 그는 벤치 끝 쪽으로 옮겨 앉으며 식당주인과 나 사이에 권하고 사양하는 말이 끝나기가 무섭게 이야기를 이어 갔다.

"배낭 메고 오는 친구들 많았잖아요. 그 친구들 이야긴데 … 몇 년 전에 한국에서 온 여자친구와 이야기를 나누다 걔가 대학 1학년 때 어떤 남학생한테서 혈서 받은 이야기를 했어요. 공유하는 추억이 있을 때 옛날이야기처럼 재미있는 게 어디 따로 있나요? 고통스럽던 80년대 이야기를 그땐 신나게 떠들었어요. 그 친구가 공간적으로 시간적으로 먼 이야기를 하다 보니까 현실감이 없어져서 지금의 나처럼 그만 오버해 버렸어요. 지나간 어느 시기의 일이, 그것도 개인 간의 일이 현재의 우리와는 전혀 상관없는 일인 줄 알았던 거죠.

피로 쓴 '사랑'이란 글자의 색깔과 소름 끼치던 느낌을 아주 세밀하게 생생히 묘사하다가, 그만 상대가 누구라는 걸 밝혀 버린 거예요. 상대를 밝히지 않아도 그 상황에서 충분히 재미있었는데 아마 이야기에 신빙성을 부여하고 싶기도 하고, 내가 아는 사람일 리 없다는 생각도 들고, 무엇보다 그 친구가 아직도 이 세상 어디에 시퍼렇게 살고 있으리란 생각이 들지 않아서 그랬겠죠. 그 여자친구와 나는 과 동기였지만 그 상대는 나와 대학도 달랐고 중고등학교도 달랐으니까요. 중고등학교 때 그 여자친구와 한동네에 살았다나 봐요.

그런데 불행히도 그 상대와 내가 과외 친구였으리란 걸 꿈에도 몰랐던 거죠. 왜 잘 아시잖아요. 우리 세대의 과외 열풍 말이에요. 어쩌다가 막판에 잠시 유명한 과외선생님께 수학 과외를 좀 받았는데, 그때 그 친구도 함께 공부했던 거예요. 추운 겨울날 과외선생님 집을 나와 골목 전신주 아래 나란히 서서 오줌도 갈기고 떡볶이도 사먹고 그러면서 친해진 친구였죠. 그런데 또 공교로운 일이 생겼어요.

혈서 이야기를 들은 다음 해 그 친구도 빈에 왔더라구요. 뻔하잖아요. 술 한잔 하고 옛날이야기가 무르익었을 때 내가 그만 혈서 이야기를 해버렸어요. 그 친구를 보고 있으니까 혈서 생각이 나서 도저히 참을 수가 없더라구요. '야 이 새끼야. 넌 일제 때 지사처럼 혈서는 왜 썼냐? 네가 안중근 의사냐? 게다가 자주독립도 민주화도 아니고 사랑이라니' 하고 놀렸죠.

처음에는 그 친구 어리둥절해하다가 여자친구 이름을 댔더니 새파랗게 질리는 거예요. 원래 좀 고지식한 친구이기는 했어도 그렇게까지 심각하게 상처 받을 줄은 몰랐어요. 남의 진심을 술자리에서 안줏거리로 삼았다는 생각이 들자 죽이고 싶어졌나 봐요. 계속 죽이고 말 거야 그

러는 거예요. 살인나는 줄 알았어요. 그 여자친구 변명해 주느라 정말
진땀 뺐어요.

'아주 오래된 일은 당시에는 아무리 심각한 일이었어도 세월이 흐르
면 예삿일이 되어버린다는 것쯤 너도 알지 않냐, 실제로 있었던 일 같
지도 않았겠지, 너 자신에게도 이제쯤 그 일은 실제로 있었던 일이 아
닌 것 같은 생각이 들 법한데.'

그랬더니 그 친구 이러는 거예요.

'그럼 넌 내가 지금 이렇게 말하면 믿겠어? 그 기집애가 혈서를 써줄
정도로 사랑을 고백하는 남자가 있었으면 하고 간절히 소원했기 때문에
있지도 않은 일을 있었던 걸로 착각하는 거라고.'"

식당주인이 궁금증을 참지 못한 듯 끼어들었다.

"그럼 혈서 사건이 실제로 있었던 거야, 그 여자친구가 지어낸 이야
기야?"

"저도 모르죠. 그 친구 그 한마디로 입을 다물어 버렸으니. 어쨌든 그
일로 해서 세상에는 너무도 공교로운 일이 가끔 일어난다는 걸 알았어
요. 아무리 오래된 옛날 일이라도 함부로 말해선 안 되겠다는 생각을
했는데 ⋯ ."

"예끼, 이 사람아. 그래서 지금 벌거벗은 여인에 대한 발설이 걱정된
다는 말이군. 여기 나하고 진 선생밖에 더 있어? 그런 경우가 또 일어난
다면 천생 수유리에서 15년 전에 벌거벗고 뛴 여인이 진 선생이 되는 수
밖에 없겠는걸."

식당주인은 어처구니없다는 듯 껄껄 웃었지만 따라 웃지 않고 가만
히 서 있는 내 쪽을 흘끔 본 그는 무슨 생각을 했는지 갑자기 얼굴이 굳

70

어지며 발작적으로 벤치에서 일어나 내 곁으로 다가왔다.

짐짓 수유리 여인에 관해서는 다 잊어버렸다는 듯 조금 전과는 완전히 달라진 목소리로 말했다.

"뭘 그렇게 열심히 보세요?"

그동안도 식당주인의 껄껄 웃음은 난처하도록 여운을 끌고 있었지만 나 역시 그 웃음의 뜻을 모르는 듯 말했다.

"저 비문의 뜻이 뭔지 궁금해서 보고 있는 거예요. 물론 뚫어지게 본다고 뜻을 알 수 있는 건 아니지만."

그제야 거기 비가 있다는 사실을 안 것 같았다. 그가 잠시 눈으로 비문을 훑어보고 말했다.

"브레히트의 '도이칠란트'라는 시의 마지막 연 같은데요. 오 독일이여, 창백한 어머니여, 어찌하여 당신의 아들들은 당신을 더럽혀진 몸으로 여러 민족들 속에 앉아 있게 했나요. 조롱거리 아니면 두려움의 대상이 될 텐데! 뭐 그런 뜻이에요."

"1933년에 쓴 걸로 되어 있는데, 그때는 2차대전 전이잖아요. 대학살이 있기 전 말이에요."

나는 좀 전에 혼자 보고 있을 때 품었던 의문을 가까스로 목에서 끌어내었다. 발음이 잘 되어 나오지 않을 정도로 몸에서 기운이 점점 빠져나가고 있었다. 나는 그런 무력증에 대해서 너무 잘 알고 있기 때문에 겁이 나기 시작했다.

"위대한 예술가들은 작품으로 예언 비슷한 것을 할 때가 있잖아요. 그 전에 쓴 시가 훗날의 상황과 딱 맞아떨어지니까 그 예언과 맞아떨어진 역사의 현장에 옮겨 놓은 거겠죠. 1933년이면 히틀러의 유태인 탄압

이 시작될 무렵이었고, 지식인들의 망명도 시작되던 시기였으니까요. 파시즘의 결과를 예감하면서 비판하고 경고한 글 아니겠어요?"

그날 비너발트라는 체인 식당에서 저녁까지 먹고 마치 경부고속도로를 달릴 때 따라다니는 보름달처럼 끔찍하게도 끈질기게 우리 자동차를 따라오는 보름달과 함께 빈에 도착할 때까지, 나는 겉으로는 아무렇지도 않은 척했다. 그도 수유리의 여인에 대해서 더 이상 말하지 않았고 식당주인조차 신통하게 잊어 주었다.

그저 나 혼자 뒷좌석에 앉아 가끔 나락으로 떨어진 듯한 무력증과 절망감에 빠져들곤 했다. 그런 상태는 해묵은 지병의 증세처럼 내게는 너무도 익숙한 것이었다. 친근하던 세상이 하루아침에 안면 바꾸는 폭력배처럼 갑자기 나를 공격하는 것 같아 나 자신의 소멸을 간절하게 꿈꾸게 되는 그런 상태인 것이다.

숙소로 돌아와서도 평소에 하듯이 나는 그런 심리 상태의 원인이 된 동기를 피하지 않고 재생시켜 나 자신에게 적나라하게 들이대려고 안간힘을 썼다. 내 경험으로 막연한 증세에 시달리는 것보다 병인을 인식하는 게 한결 낫다는 것을 잘 알기 때문이었다.

벌거벗고 뛰는 나의 모습은 확실하게 재생되었다. 그런데 평소에는 그런 나를 목격하는 누군가가 분명치 않아 막연한 두려움을 씻어 버리는 데 시간이 오래 걸렸고 질기고 끈적한 무력증에 시달렸는데, 그날은 무력증이 곧 강한 통증이 되었다. 누군가가 아니라 분명한 실체인 그가 안경 낀 차가운 눈초리로 창 안쪽에서 나를 보고 있었다. 그가 보고 있는 그 수유리의 나와 지금의 내가 이미 동일시되었을까 아닐까 하는 의

문 때문에 내게 비치는 세상의 색조가 달라졌다.

처음에는 그가 그 여인과 나를 동일시했다고 생각하는 것은 나의 착
각이나 지레짐작일 것이라 생각하려고 무진 애를 썼다. 그러나 유태인
수용소에서 그가 이야기 끝에 취한 태도는 분명 섬광처럼 스친 생각을
덮어 버리려는 가장된 몸짓이었다고밖에 볼 수 없지 않는가. 그가 식당
주인의 껄껄 웃음소리에 불에 덴 듯 벌떡 일어섰던 행동은 아무리 달리
해석하려고 해도 할 수 없었다.

벌떡 일어설 때의 그의 굳은 표정은 분명 '저 여인이 맞다. 이건 혈서
사건보다 더 절묘한 우연이다' 하는 각성의 표정이었음에 틀림없지 않
았던가.

그래도 그렇지. 한동안 괜찮던 내가 왜 여기 빈에서 다시 그 악몽에
시달려야만 한단 말인가. 악몽을 피하려고 온 이곳에 그 악몽이 진작부
터 나와 맞닥뜨리는 순간을 포착하려고 대기하고 있었다니. 나는 싫다.
나는 거절하겠다.

그 여인과 내가 동일인인 게 확실하다 해도 그 여인은 그의 기억 속에
희미하게 남은 빛바랜 그림의 여인일 뿐 지금의 나와 무슨 상관이란 말
이지? 설령 벌거벗은 내 모습을 지금 당장 그가 본다 한들 어떻다는 거
야? 잠시 부끄러운 것 말고는 이 세상에 달라질 게 없잖아. 하늘도 그대
로고 달도 그대로고 강물도 그대로고 빈의 그 잘난 건물들도 그대로고
숲도 그대론데. 부끄러워서 죽는 법은 없어. 그를 초대해 지금 한 번 벗
어 보여줄 수도 있어. 조정된 안테나로 기억 속의 희미한 그림자를 선
명히 해줄 수 있어.

악을 쓰듯 그런 생각을 하면 잠시 무력증이 사라지곤 했다.

내친김에 나는 옷을 훌훌 벗어 버리고 그때보다 더 알몸이 된 내 몸을 시위하듯 거울에 비춰 보았다. 거기 내가 아닌 그 뭔가가 한 그루의 나무처럼 서 있었다.

저걸 그가 보았다고. 그래 어쨌다는 거냐. 그냥 서 있는 한 그루 나무와 뭐가 다르다는 거냐. 벗고 서서 몇백 년 동안 사람들에게 자기 몸을 보여준 성문 앞 샘물 곁의 그 보리수와 뭐가 다르다는 거냐. 숲 속의 나무를 보았을 뿐이라고 생각하자. 나무가 제 모습을 남에게 보여준 걸 부끄러워하던가.

그렇게 억지를 부리다 놀라 후닥닥 다시 옷을 다 챙겨 입고 이불을 둘러썼다. 잠을 청했으나 악몽이 무서워 잠을 잘 수 없었다. 잠만 들면 벌거벗고 끝없이 뛰는 나를 그의 눈이 보고 있을 테니까.

다음 날은 베토벤 '전원교향곡'의 무대라는 하일리겐슈타트에 가서 베토벤처럼 하늘도 보고 시냇물 소리에 귀 기울이며 숲을 걷는 게 원래 나의 계획이었으나 나는 손가락 끝도 움직일 수 없었다. 지구 끝까지라도 따라다닐 망령을 확인한 기분이었다.

다 부질없는 짓이야. 어디로 도망친단 말인가. 베토벤 흉내는 내서 뭣하며 시냇물 소리는 들어서 뭣하겠는가. 숲은 숲일 뿐인데, 이 세상에 존재하는 어떤 존재와도 똑같은 피조물에 불과한 건데, 똥 무더기와 다를 바 없는데, 특별한 의미가 있는 것처럼 착각하려 하는가. 키 큰 놈, 키 작은 놈, 잘생긴 놈, 못생긴 놈, 홀로 서 있는 놈, 다른 놈들과 어울려 덤불로 있는 놈, 예쁜 꽃을 달고 있는 놈, 가시를 돋우고 있는 놈, … 놈, … 놈. 그놈들이 어울려 만든 숲이 사람들이 어울려 만드는 세상보다 더 낫다고 생각하는 것은 인식의 문제일 뿐이다.

　한시라도 빨리 빈을 떠나야겠다고, 그가 없는 곳으로 가야겠다고 생각하면서도 몸을 움직일 수 없었다.

　어디로 간단 말인가.

　파리로, 로마로, 뮌헨으로, 그 어느 곳에 가 있는 나를 상상해 봐도 나의 무게는 내가 감당하기에 너무 무겁고 버거울 것 같았다. 파리에 있는 나, 로마에 있는 나, 서울에 돌아가 있는 나, 어디에 있는 나든 마찬가지일 것이었다. 베어 버려도 아까울 것 없는 못난 나무처럼 서먹해하며 외롭게 서 있을 게 뻔했다. 해가 뉘엿뉘엿할 때 몽파르나스 묘지의 죽은 사르트르와 나란히 누워 있는 죽은 보부아르 앞에서 내가 왜 이 시간에 여기에 서 있을까 생각하며 낯설어 할 것이고, 돌아가 서울의 내 침대에 누워서도 낯선 곳에 누워 있는 듯 서먹할 것이었다.

　그가 죽어 버리면 어떨까. 그를 죽일 수 있으면 어떨까.

　그가 죽어 버린대도 또 다른 그가 이 세상 어디에 숨어 있다가 혈서의 장본인들처럼 인연의 줄을 타고 불쑥 나타날지 모르는 일이었다.

　결론은 간단했다. 내가 죽으면, 악몽을 양산해 내는 내 의식이란 게 없어지면 해결되는 것이다.

　또다시 내가 죽으면 간단하다는 그 낯익은 결론에 도달했을 때, 뜻밖에도 그를 한 번 더 만났으면 좋겠다는 생각이 들었고, 실제로 그가 소시지와 손가락만 한 오이 피클과 식빵과 마실 것을 갖고 나의 숙소로 찾아왔다.

　"아무것도 먹지 않고 있을 것 같아서요. 이것 먹고 우리 칼렌베르크

언덕으로 갑시다. 거기 저녁 무렵의 적막은 마음에 평화를 갖게 할 거예요. 호이리게에서 포도주도 마시고요."

"내가 안 먹고 있으리란 생각을 왜 했죠? 마음의 평화를 잃었으리란 생각을 왜 했어요? 당신은 점쟁이인가요?"

그는 거봐요, 하듯 얼굴 가득 웃음을 띠고 말했다.

"내 짐작이 맞았잖아요. 혼자 여행하는 사람들이 흔히 잘 걸리는 병이던데요. 단체여행을 하면 스케줄에 끌려다니느라 외로워 할 틈이 없지만 혼자 여행하는 사람은 가끔 심한 우울증에 빠져 숙소에 누워서 하루를 보내는 경우가 있더라구요."

"그건 그렇다 치더라도 왜 하필 오늘 내가 그 우울증에 빠졌을 거라고 생각하셨냐니까요."

차마, 내가 수유리의 그 벌거벗은 여인이라서 우울증에 빠져 있을 거라 짐작하고 온 게 아니냐고 말하지는 못했다.

억지를 부리듯 따지면서도 한편으로 그가 반가웠고 그를 상대로 한 없이 이야기를 하고 싶은 충동이 생기는 이중 심리에 스스로 놀랐다. 이제껏 한 번도 그런 적이 없었는데, 정신과 의사 앞에서도 자진해서 이야기를 하지 않았는데. 그에게 상대의 마음을 움직이게 하는 특별한 재능이 있어서일까? 아마 그와 나의 인연을 그쪽에서는 어떤가 확실히 몰라도 내 쪽에서는 이미 알고 있기 때문이었을 것이다.

"어젯밤 여기 도착해서 이 여관으로 들어가는 진 선생의 뒷모습을 보며 어쩐지 그럴 거라는 생각이 들었어요."

그는 내가 수유리의 그 여인과 동일인이라는 생각을 한 번도 해 본 일이 없는 것처럼 끝까지 일반적인 여행객의 심리 상태에 내 것을 적용시키고 있었다. 그가 딴청을 부릴수록 안달이 난 나는 그가 갖고 온 음식물들을 씩씩하게 먹고 난 후, 멀리 갈 것 없이 가까운 시립공원으로 가자고 제의했다.

우리는 양쪽으로 키 큰 가로수가 도열해 있는 넓은 인도를 걸어서 시립공원으로 갔다. 요한 슈트라우스의 동상이 보이는 벤치에 앉자마자 나는 진실을 밝히고 싶어 더 이상 참을 수 없는 사람처럼 먼저 수유리라는 지명을 입 밖으로 꺼냈다.

"우리 가족이 수유리를 떠난 것은 겉으로는 동생이 막 입학한 대학 근처로 가기 위해서라 했지만 가족 모두의 내심으로는, 심지어 가해자인 아버지까지도 내색을 하지 않았지만 악몽을 잊기 위해서였지요. 내가 그 악몽 때문에, 적응장애증후군인가 하는 것 때문에 정신과를 들락거리고 있었거든요. 평소 경험하지 못한 공포를 겪으면 불안, 우울증 등의 증상을 보이며 자신이 겪은 상황이 잊히지 않아 악몽을 꾸는 병이라 해요."

나는 이야기를 시작하면서 그의 표정 변화를 살폈다. 그러나 그는 여전히 무덤덤한 얼굴로 이야기를 계속하라는 듯 땅바닥을 내려다보고 있었다.

새로 이사한 우리 집은 대칭으로 서 있는, 구조가 똑같은 남향집 두 채 중 왼쪽 집, 말하자면 서쪽 집이었다. 쌍둥이처럼 담 하나를 사이에 두고 붙어 있는 두 집 중 서쪽 집의 동쪽 옆구리에 내 방이 있었다. 좁은 담 쪽으로 작은 창이 환기통처럼 천장 가까이 있었는데 그 창으로 바깥을 내다보는 것은 불가능했다. 그냥 짐작으로 담 너머 저쪽 집에 똑같은 창문이 있겠거니 했다. 남쪽 창이 크게 나 있어서 별로 필요하지 않은 그런 창을 왜 만들었는지 알 수 없었지만 문제는 그 창이었다.

어느 날 대낮에 방바닥에 엎드려서 책을 읽다가 이상한 빛이 내 주변을 서성인다는 사실을 알게 되었다. 손바닥보다 약간 넓은 빛이 마치 탐조등처럼 숨죽이며 내 몸뚱이를 조준하기 위해 탐색하고 있는 것 같았다. 내가 그 빛에 놀라 한 마리 짐승처럼 후다닥 벽 쪽으로 기어갔을 때 여러 남자들의 웃음소리가 벽 저쪽에서 나는 것 같았다. 그 빛이 어떤 빛이고 어떻게 해서 생긴 것인지 알 수 없는 채 그 후 그 빛은 자주 내 방을 훑고 다녔고 나는 내 방에서도 자유로울 수 없었다.

나는 불행하게도 내 방 천장 밑 창 아래쪽 벽 근처의 한정된 공간에서 기거할 수밖에 없었다. 그 빛 때문에 수유리의 악몽은 나아지기는커녕 더 심화되었다. 내가 식구들에게 그 빛에 관한 이야기를 했을 때 그들은 하나같이 수유리를 떠나 이사까지 했는데 또 그 병이 도졌나 보다 하는 표정이었다. 누군가가 나를 보고 있다는 강박관념을 빛 탓으로 돌린다고 생각하는 것 같았다.

다행히 그게 내 망상이 아니라는 것은 곧 밝혀졌다. 동생이 신입생으로 다니기 시작한 공과대학의 같은 과에 옆집 아들이 있다는 걸 알게 되어 그 선배 방을 들락거리게 되면서였다. 학교가 가까우니까 가끔 옆집 학생의 친구들이 그 집으로 몰려오는 일이 있었고, 그 친구들과 어울려 옆집 학생이 내 방에다 거울 장난을 한다는 사실을 알게 되었다. 곧 동생과 방을 바꾸고 나는 내 방에서 자유로울 수 있었지만 차츰 옆집 학생에 대한 관심이 생겼고, 얼굴도 모르면서 이상한 그리움에 잠기곤 했다. 피하고 싶어 하면서 한편으로는 가까워지고 싶은 이중 심리였다.

그러나 채 얼굴도 알기 전에 옆집 학생은 군에 입대했다. 예의 그 거울 장난은 입대 전 휴학 기간 동안 흔히 저지르는 일시적 방종의 한 가지였음을 이해하게 되었고, 오히려 나는 그가 돌아올 날을 기다리게 되었다. 군대에 간 애인을 일편단심 기다리는 여인이 된 것이었다. 그가 돌아오면 참 좋을 것 같았다.

그런데 어느 날 그 집에서 여자의 곡소리가 났다.

훈련을 마치고 귀대하다가 타고 있던 자동차가 다리 아래로 구르는 바람에 그 집 아들이 사망했다는 소식이 왔다는 것이다.

그 어머니의 곡소리가 잦아들 때쯤 또 다른 곡소리가 났는데, 직장에 다니는 그의 누나가 급히 연락을 받고 달려오면서 내는 소리였다. 우리 집 장독대 위에서 울며 막 대문을 들어서는 누나의 얼굴을 설핏 훔쳐본 것으로 옆집 아들의 사망 사건은 끝났지만 나는 한동안 수절 과부나 된 것처럼 비통한 나날을 보냈다.

부대로 가서 장례를 치르고 돌아온 얼마 후 옆집 사람들은 아파트로 이사 갔다는 소문이 들렸고 우리는 차츰 그 집 일을 잊게 되었다.

"이 이야기의 초점은 그다음에 있어요. 몇 년 전 지금의 학교에 부임하고 옆자리의 선배 교사와 친해지고 나서 어느 날 이런저런 한담을 하다가 그 선배 여선생님이 죽은 군인의 누나란 것을 알게 된 거죠. 십여 년 전 곡을 하며 옆집 대문을 들어서던 그 여인이었던 거예요. 어때요, 이만하면 혈서 사건에 연관된 만남보다 더 작위적이지 않아요? 그다지 오래 살지 않았는데도 이 세상에는 알고 보니 누구더라 하며 재미있어 할 일이 꽤 많은 것 같네요. 나른하고 단조로운 일상에 솔바람 소리 같은 신선한 일렁임이 생긴다 할까요?"

그의 무덤덤하던 얼굴이 어느새 더 이상 진지해질 수 없는 표정이 되어 내 옆얼굴을 보고 있다는 걸 눈치챘으면서도 나는 일부러 저만큼 조각된 돌 테두리 안에서 목과 어깨 사이에 바이올린을 끼고 서 있는 요한 슈트라우스를 보며 끔찍한 만남을 솔바람 소리 같은 신선한 일렁임이라 말한 나 자신을 비웃고 있었다.

"도입부가 그럭저럭 끝난 것 같으니 이번에는 나와 진 선생 사이의 그 절묘한 인연을 따져 볼 차례가 된 거 아니에요? 이제 수유리의 악몽에 대해서 이야기해 주시겠어요?"

그 순간 지랄같이 왜 울음이 터져 나왔을까? 수유리의 그날 이후 한 번도 울지 않고 차곡차곡 가둬 두었던 울음이 봇물처럼 터져 나왔다.

한참 울고 나서 서먹해진 시선으로 주위를 둘러보았을 때 왈츠를 추기 위하여 정장을 차려입은 남녀 쌍쌍이 정자(亭子)처럼 생긴 키오스크 쪽으로 가고 있었다.

"여름 한철 저녁때마다 이 공원에서 왈츠 연주가 있다더니. 저 사람들 그 때문에 오는 건가요?"

울고 난 얼굴로 엉뚱한 질문을 하는 나를 보고 그는 웃으며 머리를 끄덕였다.

내 나이 열아홉인 어느 봄날 오후 세 시쯤이었다. 집에 도착했을 때 고3인 남동생도 이미 집에 들어와 있었다. 무슨 시험인지 시험을 치르고 일찍 왔다고 했다.

동생이나 나는 하찮은 일로도 때 없이 행사하기 일쑤인 아버지의 폭력으로부터 어머니를 보호하려는 잠재의식 때문에 가능한 한 일찍 귀가 하는 버릇이 있었다. 고3인 동생조차 학교에서 자율학습을 하지 않고 집에서 공부하는 쪽을 택했다.

내가 집 안으로 들어갈 때까지만 해도 동네나 우리 집이나 더할 나위 없이 조용하고 평화로웠다. 따뜻한 봄 햇살이 온 동네를 자근자근 다독거리고 있었고, 아버지는 거실 창가에서 휠체어를 타고 앉아 마당의 꽃들을 내다보고 있었다.

내가 옷을 갈아입으러 방으로 들어가기 위해 다녀왔습니다, 하며 아버지 곁을 지나갈 때 순식간에 그 일이 벌어졌다.

아버지는 재채기를 터뜨리며 눈 깜짝할 사이에 옆에 서 있던 어머니를 휠체어와 거실 귀퉁이에 있는 텔레비전 사이에 가두었다. 그것은 아버지의 진지 구축 방법이었다. 아버지는 일단 가족 중 누군가에게 폭력을 행사할 작정을 하면 재빨리 세 가족 중 한 사람을 휠체어로 막아 볼모로 삼았다. 아버지는 누구를 가두고 누구를 어떻게 치면 가장 효과적인가를 생각해 내는 데 천재적이었다.

아버지는 쥐고 있던 지팡이로 어머니의 어깻죽지를 후려치며 소리쳤다.

"저 기집애에게 발가벗고 동네 한 바퀴 돌고 오라고 해."

나는 물론 어머니나 동생이나 말하자면 가족 모두가 그 말의 진의를 파악할 수 없었고 그 말의 내용을 곧이곧대로 받아들일 수 없었다. 아무리 괴팍스럽고 트집 잘 잡고 포악하고, 온갖 다양하고 기발한 폭행법을 고안해 내는 아버지라지만 열아홉 처녀인 딸에게 발가벗고 동네를 뜀박질하라는 건 농담이거나 아니면 무슨 비유적인 표현이겠거니 했다.

그러나 아버지는 휠체어에 앉아 연방 재채기를 하며 저승사자 같은 얼굴로 소리소리 지르며 어머니를 후려치는 것이었다.

"빨리 벗지 못해?"

어머니가 자신의 봄 스웨터를 얼른 벗어버리자 아버지는 소매 없는 러닝셔츠가 가리지 못한 어머니의 어깻죽지를 다시 후려치며 소리 질렀다.

"병신 같은 게 말귀를 못 알아들어. 저 기집애보고 벗으랬지 너보고 벗으랬어? 홀홀 벗고 동네 한 바퀴 돌고 오라고 해. 혼자 하기 싫으면 동생하고 같이 하라고 해. 그 냄새 밴 몸 구석구석을 햇볕에 소독하란 말이야."

아닌 게 아니라 내 몸에서는 최루가스 냄새가 날 수 있었다. 학교에서 집까지 오는 거리가 아무리 멀어도 아버지의 유난히 민감한 코에는 적발될 정도로 그 냄새가 다 가시지 않은 모양이었다.

이게 바로 데모 현장이구나 하며 대학에서의 첫 경험에 대한 감회를 곱씹을 사이도 없이 최루탄이 터졌고 정신없이 도망쳐 나와 곧장 집으로 온 게 잘못이었다.

아버지는 동생과 내가 기성세대라든가 민주화운동이라든가 그런 단어만 입에 올려도 화를 내고 급기야는 폭력을 행사하곤 했다. 그럴 때 아버지가 뱉어 내는 말은 단 한 가지. "배때지가 불러서"였다. 아버지가 공격하는 상대의 신체 부위는 휠체어에 앉아 가격하기 좋은 어깻죽지였다. 동생은 아버지의 손도끼에 어깻죽지를 맞아 실신한 적도 있었다.

어머니의 어깻죽지에서 피가 배어나기 시작하자 이번에는 동생이 옷을 홀홀 벗었다. 팬티만 남았을 때 내 손을 잡아끌며 동생이 다급하게 말했다.

"누나, 빨리 나가자."

"이것들이 내 말을 우습게 알아? 어딜 그냥 나가겠다는 거야? 벗어, 빨리 벗으라니까."

아버지의 지팡이는 피가 배어 나오는 어머니의 왼쪽 어깻죽지 바로 그 자리를 한 치의 오차도 없이 사정없이 가격했다. 내가 카디건 한 가지만 벗고 주춤거리고 있을 때 어머니가 처음으로 입을 열었다.

"됐어. 이제 나갔다 와. 난 괜찮으니까."

"되긴 뭐가 돼? 명령은 내가 하는 거야. 빨리 다 벗어. 브라자인지 젖싸개인지 그것까지 다 벗어. 네 동생처럼 빤쓰만 입고 동네 한 바퀴 돌고 오란 말야."

어머니를 더 이상 매 맞지 않게 하기 위해서는 내가 옷을 벗는 길밖에 없다는 걸 우리 식구들은 다 알고 있었다. 그래도 그렇지. 따뜻한 봄날 아무리 가족들 앞이라지만 타인 앞에서 벗을 수 있는 것은 카디건뿐이었다. 티셔츠와 청바지를 벗으면 곧바로 브래지어와 삼각팬티만 남게 되어 있었다.

몸이 성한 두 젊은이가 독한 마음만 먹으면 휠체어를 밀어내고 어머니를 구해낼 수 있었겠지만 우리 집 식구들은 일단 휠체어에 갇히면 갇힌 시늉을 했고 때리면 맞아 주었다. 동생은 특히 더 그랬다. 아버지에 대한 연민의 정은 아들에게 더 강한 것일까? 바둑을 두자고 하여 이기면 이긴다고, 지면 진다고 야단을 맞아도 동생은 한 번도 싫다 하지 않고 아버지와 마주 앉는 아이였다. 그 애는 한 번 자살을 기도했다가 실패한 후 순종을 택한 것 같았다. 아버지에게 저항하기보다 누나가 옷을 벗고 뛰는 쪽을 택할 게 뻔한 동생과 어떻게 일을 도모할 수 있었겠는가.

그러나 나는 더 이상 벗을 수 없었다.

나는 아버지의 휠체어 옆에 꿇어앉았다.

"잘못했어요. 아버지 용서하세요."

어머니 쪽을 향해 휠체어를 바짝 붙여 놓고 있던 아버지는 나를 돌아보지 않고 말했다.

"네가 뭘 잘못했는데? 너희들은 언제나 틀린 게 없는 사람들이잖아. 너희들은 옳고 나는 틀렸다면서? 모처럼 옳은 생각을 한 이 애비 말을 왜 안 들어? 저 좋은 햇볕에 나가 몸을 소독하라고 했을 뿐이야. 집집마다 피어 있는 라일락 외에 아무도 안 봐. 건강한 다리로 동네 한 바퀴 돌고 오라고 교육적인 요구밖에 한 게 없어. 건강한 다리로 꽃 피는 동네를 뛰는 거 얼마나 보기 좋겠냐? 나는 그게 보고 싶단 말이야."

그때 어머니의 표정을 어떻게 묘사해야 할까? 절망이었던가, 체념이었던가, 경멸이었던가.

어머니는 어깨에 피를 흘리며 골고다의 예수처럼 서 있었다.

"시키시는 대로 할 테니 이제 엄마를 놓아주세요."

내가 아버지의 대답을 듣지도 않고 휠체어를 움직이기 위해, 꿇어앉았던 자세 그대로 휠체어의 팔걸이에 손을 대자마자 아버지의 지팡이가 내 목 뒤 등허리를 내리쳤다.

"무슨 수작을 하려고? 애비 권위를 뭘로 아는 거야? 빨리 벗기나 해."

그때 울음을 터뜨리며 퍼질러 앉아 내가 아버지보다 더 큰 목소리로 악을 썼다.

"도대체 왜 이러시는 거예요? 아버지는 정상이 아니에요. 변태라구요. 아버지가 그렇게 숭배하는 히틀러조차도 자식이 있었으면 자식에게는 이러지 않았을 거예요. 제가 잘못한 게 없다고 아버지 입으로 방금 말했잖아요. 잘못한 게 없는 사람에게 뭣 때문에 이런 극단적인 벌을 내리시는 거예요? 극단적인 방법이야말로 있지도 않은 권위가 극단적으로 세워지는 것 같아서 이러시는 줄 알아요. 아버지 운명에 대한 원한을 왜 저희들을 학대하는 걸로 풀려고 해요? 베트남전쟁에서도 무사히 살아왔는데, 보상금으로 우리들을 잘 먹고 잘 살게 하려고 일부러 중동까지 가서 교통사고를 당한 것처럼 생색내고 억지 부리시는 거 잘 안다구요. 후회하실 일을 왜 고집하시는 거예요? 가족에게 상처 입히는 건 결국 아버지의 원한을 더 보태는 결과가 되는 거라구요. 옷 입고 뛰면 건강한 다리로 뛰는 게 아니고 꼭 벗고 뛰어야만 건강한 다리로 뛰는 게 되나요?"

무슨 말을 어떻게 해도 아버지의 마음을 움직일 수 없다는 걸, 아버지의 그 단단한 마음의 문을 열 수 없다는 걸 알면서도 나는 평소 같으면 도저히 할 수 없는 말들을 내가 생각해도 놀랄 정도로 조리 있게 쏟아 놓았다. 악을 쓰는 동안만이라도 내 숨통은 트이는 것 같았고 아버지의 지팡이도 숨죽이고 있기 때문이었다.

하고 싶은 말은 아직도 많이 남았는데 그만둘 수밖에 없었다. 숨죽이고 있었던 걸 후회라도 한 듯 아버지의 지팡이가 다시 사정없이 어머니를 후려쳤기 때문이었다.

"벗고 나가라고 해!"

곧 후회할 일이라도 한번 작정한 일은 중단하지 않는다는 것을 우리는 잘 알고 있었다.

한바탕 악을 쓰고 난 후 용기가 생겼던 것일까, 아니면 자포자기의 심정이었을까. 나는 티셔츠를 벗었다. 바지도 벗었다.

"이젠 됐죠. 엄마를 놓아주세요."

힐끗 돌아본 아버지가 냉소를 머금고 말했다.

"그것까지 벗어. 브라자까지 벗고 밖으로 나가는 걸 보고 나서 네 에미 놓아줄 테니."

이 무슨 가학증이란 말인가. 가족들을 학대하는 게 아버지가 이 세상을 살아가는 힘이 된다는 걸 이미 알고 있기는 했지만.

나는 아버지에게 근친상간당하는 기분으로 브래지어에 손을 댔다. 그때 어머니가 소리쳤다.

"안 돼. 그만해. 이 짐승 같은….."

어머니가 아버지를 밀어내려는 순간 아버지는 지팡이를 놓고 양손으로 어머니의 머리통을 움켜쥐고 벽에다 짓찧었다. 하체가 무력한 대신 아버지의 상체는 유난히 유연하고 순발력이 있었다.

"그만들 하세요. 제가 벗고 나갔다 오면 될 거 아녜요."

나는 브래지어를 벗어 아버지의 면상에 집어던지고 어머니의 통곡소리를 들으며 울면서 천천히 운동화를 신었다.

신발이라도 신어야 할 것 같았다.

팬티만 입고 드러난 상체를 구부리고 신발을 신는 동안 아버지의 지팡이는 조용했다. 차라리 언제까지고 그러고 있을 수 있기만 해도 좋을 것 같았다. 아니, 시간을 끄는 동안 혹시라도 아버지가 마음을 돌려줬으면 했을 것이다.

"누나, 빨리 나와. 빨리 갔다 오자구. 잠시라도 빨리 뛰어갔다 오는 수밖에 없잖아."

동생 역시 울면서 재촉했다.

동생의 재촉을 몇 차례 받고서 나는 현관 밖으로 나갔다. 어릴 때 마당 귀퉁이에서 큰 대야에 물 받아 놓고 함께 발가벗고 물장난하던 연년생인 동생과 나는 대문 밖으로 나갔다.

아, 바깥은 왜 그렇게 환한지.

니스의 해변도 아닌데, 모두가 엄숙하게 옷을 입고 있는 대한민국의 대낮인데, 벗고 시위할 이념도 없는데 동생과 나는 타의에 의해서 발가벗고 뛰었다.

앞가슴에 천형처럼 매달려 있는 짐은 왜 그렇게 무겁고 버거운지. 짐이 흔들리지 않게 손으로 감싼 자세로는 빨리 달리기 힘들었다. 자유롭게 팔을 움직이면 훨씬 더 빨리 달릴 수 있을 것 같았다. 빨리 달리는 쪽을 택하든지 짐을 감추는 쪽을 택하든지 어느 한쪽을 선택해야만 했다.

그대로 증발해 버렸으면 싶었다. 땅 속으로 꺼질 수 있었으면 싶었다.

흐르는 눈물 때문에 정신을 차릴 수 없어서 그랬을까, 다행히 아무도 보이지 않는 것 같았다.

드디어 동네를 한 바퀴 돌고 집 가까이 갔을 때 골인 지점에 도달하는 마라톤 선수의 감독처럼 어머니가 내 윗옷을 들고 마주 달려오고 있었다.

"그때 왜 끝까지 거절하지 않고 아버지의 요구를 들어드렸는지 아무리 생각해도 알 수 없어요. 죽기 살기로 대항하면 어머니를 빼낼 수 없었겠어요? 발가벗는 것보다는 그쪽이 더 쉬웠을 텐데 말이에요."

"장기적으로 학대받는 사람들은 대체로 저항을 하지 않죠. 폭력에 길들여졌다는 말이 그래서 있는 거 아니겠어요?"

"그런데 댁은 그때 수유리의 그 여자와 내가 동일인이란 걸 어떻게 알았어요?"

"방금 전까지도, 진 선생이 수유리에서 학교 근처로 이사했다는 이야기를 시작하기 직전까지도 확신하지 않았어요. 어제 마우트하우젠에서 어쩌면 그럴 수도 있겠다는 생각을 퍼뜩 했을 뿐인데."

"역시 내가 앞질렀군요. 그때 뜀박질할 때도 한편으로는 아무도 보지 말았으면 생각했지만, 또 한편으로는 누군가가 내게 왜 이러느냐고 물어봐 주기를 바라는 마음도 있었어요. 난 미친 게 아니다, 이러지 않으면 안 되는 이유가 있다고 해명하고 싶은 욕구를 참기 어려웠어요. 혈서를 쓰듯 진실을 밝히고 싶은 욕구 말이에요. 스캔들 듣듯이 듣지만 않는다면 말이죠. 사실은 수치심으로 인한 상처보다 해명하고 싶은 욕구를 충족시킬 수 없는 고통이 더 컸는지 몰라요. 그 욕구를 채우고 싶어서 어제부터 댁이 내게 물어 주기를 기다렸나 봐요. 그러고 보니 15년 만에 그 욕구를 채울 수 있게 된 셈인가요?"

"그랬다니 정말 다행이네요. 하지만 진실을 밝히고 싶은 욕구가 수치심보다 더 컸다고 말로는 그러지만 아마 그때 당장은 그렇지 않았을걸요. 수치심 때문에 다른 생각은 들어올 틈이나 있었겠어요? 하도 오랫동안 고통스럽게 생각하고 또 생각하다 보니까, 말하자면 그 질곡에서 벗어날 길을 찾다 보니까 그때 그런 마음이 더 강했다 하는 쪽으로 정리하게 되었을 거예요. 누군가에게 털어 버리면 자유로워지지 않을까 하는 생각이 든 거 아니겠어요? 그 행위가 단순한 해프닝이었으면, 한 그루 나무처럼 그냥 무심하게 서 있기만 했으면 어쩌면 그다지 수치스럽지 않았을지 모르죠. 나는 지금 폭행당하고 있다는 생각을 하고 있었기 때문에, 말하자면 폭행을 당하는 현장을 보였기 때문에 더 많이 수치스러웠을 거예요. 흔히 폭행당하는 사실보다 폭행당하는 장면을 보이는 걸 더 수치스럽게 생각한다고 하지 않아요? 진 선생의 아버님은 지금은 어떠세요? 여전하신가요?"

"다 지나간 이야기예요. 몇 년 전에 돌아가시고 어머니는 결혼한 동생과 살고 계세요. 한동안 이혼하겠다고 하시더니 결국 아버지가 돌아가실 때까지 아버지 곁을 떠나지 못했어요. 나는 그 일 이후 데모 현장을 요리조리 피해 다니며 무사히 사범대학을 졸업하고 수순대로 교사가 되었죠. 정신과를 들락거리며 우울증에 빠져 아무것도 할 수 없는 때가 많았지만 무사히 졸업할 수 있었던 것은 아버지로부터 벗어날 수 있는 능력을 갖춰야 한다는 강박관념 덕이었죠. 애초에 학비가 덜 드는 사범대학을 택한 것도 가족들을 흡혈귀 취급하는 아버지의 악담이 듣기 싫어서였어요."

그날 그와 나는 한국으로 돌아가 만나자는 약속을 한 후 헤어졌다.
서울의 내 오피스텔에 도착했을 때 '생각'이란 글자가 시커멓게 변색된 혈서가 먼저 와 나를 기다리고 있었다. 내가 당신에게 혈서를 보냈다고 세상천지에 마음껏 소문을 내도 좋다는 '추신'은 볼펜으로 씌어 있었다.

〈창비〉 1999년 가을호(통권 105호)
2000년 현장교수들이 뽑은 올해의 문제 소설

이상한 작별과 해후

버스에서 내리자마자 탄성과 함께 멀리서 본 건 본 게 아니라 하며 폭포 앞까지 접근했다 돌아 나오는 배를 타야 한다고 했다.

줄을 서서 배로 오르는 사람들에게 시퍼런 내리닫이 비닐 옷을 하나씩 나눠 주었다.

사진이고 텔레비전에서고 사람들이 그 폭포 앞에서 왜 시퍼런 비닐 옷을 걸치고 있었는지 그제야 알 것 같았다.

더운 여름에 비닐 옷을 어떻게 입으랴, 입든 안 입든 내 마음이지 하며 둘둘 말아 쥐고 있었는데 도저히 입지 않고는 배길 수가 없었다.

굉음과 머리를 때리는 물벼락에 정신이 혼미하여 아무것도 본 게 없는 것 같았다. 폭포는 간 데 없고 허연 물보라가 공중을 휘덮고 있을 뿐이었다.

폭포를 보러 간 게 아니라 물벼락을 맞기 위하여 들어갔다고 하는 게 맞는 말이었다. 비닐을 둘러 입었는데도 얼굴부터 발끝까지 그렇게 처참하게 물벼락을 맞기는 생전 처음이었다. 모욕을 당하는 기분이었다.

배에서 내리면서 일행들이 흠뻑 젖은 얼굴들을 마주하고 쌍무지개를 봤느냐고 서로 인사들을 했다. 두 개의 무지개가 그렇게 선명할 수가 없었다고.

"나는 물벼락에 정신이 없어서 무지개도 못 보았는데요."

"어쩜 그렇게 선명한 무지개를 못 볼 수가 있어요? 이해가 안 되네요."

물벼락이 너무 셀 때 눈을 감았더니 그 잠깐 동안 무지개가 가장 잘 보이는 위치에 있었던 모양이었다.

무지개를 보러 다시 들어갈 수도 없고, 나는 결국 나이아가라의 무지개도 못 본 눈 뜬 장님이 되고 말았다.

나이아가라 폭포가 아니고 나이아가라의 무지개가 사람들을 사로잡는 이유는 뭘까 중얼거리며 매장에서 엽서를 사서 나무그늘에 앉았다. 여행 때마다 엽서를 보내던 문희가 이제 없으니 대신 강숙에게 엽서를 쓰기로 했다.

'나이아가라에서 무지개도 못 본 사람은 나뿐인 것 같다. 사람들은 폭포는 제쳐 두고 무지개를 보았는지 못 보았는지만 이야기한다. 폭포는 너무 당연해서 할 말이 따로 없어서일까? 폭포는 항상 거기 있는데 무지개는 있기도 하고 없기도 해서일까?'

나이아가라에서 돌아온 날 밤중에 문희의 딸 연영에게 전화를 걸었다. 전화선 저쪽에서 연영이가 아니고 문희가 놀랄 정도로 밝은 목소리로 전화를 받았다. 내 전화인 줄 알고 꾸짖듯 말했다.

"뭐 해? 오지 않고."

놀란 내가 물었다.

"아니, 너 어떻게 된 거야? 네가 왜 전화를 받니? 너 어디서 받는 거니?"

"헤헤. 어디서 받긴? 백 일 먹으러 왔지."

장난기 섞인 목소리는 변하지 않고 본래대로였다.

도대체 이럴 수가 있단 말인가.

문희와의 통화를 끝내자마자 친구들에게 돌아가며 전화를 걸었다. 그리고 이럴 수가 있느냐 하면서 방금 문희와 통화한 내용을 이야기했다.

다시 한 번 연영이와 통화하기 위하여 문희네 전화번호 숫자를 눌렀다. 연영이에게 그 아이 엄마 이야기를 하지 않고는 배길 수 없는 심정이었다.

이번에는 연영이가 직접 전화를 받았다.

"내가 너한테 실없는 거짓말을 지어내 전화까지 할 사람이 아니라는 건 잘 알겠지. 그런데 거짓말 같은 일이 방금 전에 일어났단 말야. 좀 전에 너희 집에 전화를 걸었는데 분명 너희 엄마가 전화를 받았다고."

연영이가 어른에게 거짓말하지 마세요 할 수는 없고 난처한지 내 말을 가만히 듣고만 있었다. 그 처녀 아이의 침착하고 조용한 모습이 선연히 보이는 듯했다.

잠시 후 연영이와 내가 만나, 함께 어떤 골목 앞에 서 있었다. 문희가 있는 곳이 왜 그 골목 안이라 생각했는지 알 수 없었지만 내가 그 골목 안을 향해 소리 질렀다.

"김문희. 거기 있으면 나와 봐."

우리가 소리의 결과를 기다리며 지켜보고 있는 저 깊고 좁은 골목 안

쪽에 과연 둥그런 빛의 테두리가 나타났고 그 빛의 중앙에 문희의 얼굴이 나타났다. 다시 말하면 그 빛의 테두리 안에 문희의 코와 입과 눈과 눈썹이 하나하나 선명히 그려지던 것이다.

굽슬굽슬한 갈색 머리를 귀밑까지 찰랑찰랑 나풀거리며 까만 타이트 스커트에 녹색 셔츠를 입은 문희가 어떤 여자아이와 손잡고 스텝을 밟는 듯한 걸음걸이로 우리 쪽으로 다가왔다.

여자아이를 양쪽 손에 잡은 것 같기도 하고 한쪽 손에만 잡은 것 같기도 했다. 두 여자아이를 잡고 있는 듯이 보일 때의 두 여자아이 중 하나는 내 외손녀였고 또 다른 하나는 연영이와 동갑짜리인 내 딸이었다.

처녀와 겨우 걸음마 하는 아기를 양쪽 손에 하나씩 잡고 있는 모습은 잠깐 사이에 사라지고 곧 걸음마쟁이 아기만 한쪽 손에 잡고 있는 모습으로 변했다.

두 사람은 그렇게 즐거워 보일 수가 없었다.

다시 잠깐 사이에 빛의 테두리가 하나 생겼고 방금 손잡고 있던 두 사람이 한 아기의 모습으로 나타났다. 그 아기는 틀림없는 내 외손녀였다. 가늘고 굽슬굽슬한 반곱슬머리가 특히 내 외손녀와 꼭 같았다.

하필이면 왜 죽은 사람과 손을 잡고 아기가 나타났지, 깜짝 놀라 잠을 깨어 시계를 보았다. 새벽 한 시였다.

미국 뉴저지에 있는 아들의 집 거실 바닥이었다.

꿈이었다는 것을 깨닫자마자 날짜부터 꼽아 보았다. 문희가 죽은 날로부터 백 일째인가 아닌가 하고.

백 일이 되려면 보름은 더 지나야 한다는 계산이 나왔다. 백 일에 탈

상할 작정이라던 말을 듣고 떠나온 게 마음에 걸려 있었던 걸까, 나이 아가라에서 엽서 보낼 대상을 문희로부터 강숙으로 바꾸며 그녀가 없는 세상이 너무 이상하다 생각했던 탓일까.

아무리 그렇다 하더라도 죽은 사람이 꿈에 보일 때는 모습만 나타나지 말은 하지 않는다던데.

그녀의 웃음소리와 장난기 있는 목소리가 너무도 생생해서 나는 진저리를 치며 옆에 누운 남편을 돌아보았다.

하나뿐인 침실을 아기 딸린 아들 며느리가 사용하는 게 당연한데도, 소파 겸용 침대가 덥고 불편하다고 거실 바닥에 자리를 펼 때마다 구시렁거리는 남편이, 이게 현실이고 조금 전에 내가 보고 들은 건 꿈이었다는 것을 증명하듯이 코를 골며 자고 있었다.

그렇긴 해도 꿈이 너무도 사실적인 줄거리를 갖추고 있어서 꿈 같지 않았다. 꿈이 꿈답게 비현실적인 대목은 실제로 미국에 있는 내가 전화를 건 곳이 미국이 아니었다는 점과 전화요금 걱정도 안 하고 친구들에게 여기저기 전화한 것과 연영이와 통화를 끝내자마자 가고 오는 시간이 삭제되고 곧 함께 골목 앞에 서 있었다는 것이었다.

아파트 정원의 외등 불빛이 직각으로 세워 놓은 블라인드 틈으로 비쳐 들고 있었다.

화장실을 다녀와 다시 누웠으나 잠이 들지 않았다. 죽은 사람과 손녀가 손잡고 있었다는 대목이 마음에 걸렸다.

집에 무슨 일이 생겼나? 왜 죽은 사람과 아기가 손을 잡고 춤을 추냐말이다.

아무에게 꿈 이야기를 할 수 없었다. 남편에게는 더더욱 할 수 없었다. 방정맞다는 군소리를 들을 것 같아서.

뉴욕 맨해튼에서 15년 전에 이민 간 친구와 만나 이른 저녁을 먹으며 문회의 죽음 소식을 들려주고 간밤의 꿈 이야기까지 했다.

"우리가 벌써 죽을 나이가 되었나?"

친구는 눈물을 글썽이며 그나저나 집에 전화 한번 해봐 했다. 친구도 내 꿈이 심상치 않다 싶은 모양이었다.

지하철역까지 바래다준 친구와 헤어지고 지하철을 타고 호보컨까지 가서 기차로 갈아탔다. 기차표도 끊지 않고 그냥 탔더니 너무 일러서 아직 에어컨도 들어오지 않았고, 간단한 요기를 하기 위해 일찍 탔는지 퇴근길의 샐러리맨으로 보이는 한 남자가 식사를 하고 있었다.

기차가 출발하고 얼마 후에 백인인 열차 승무원이 승차권을 체크하러 왔다. 10달러짜리를 줬더니 거스름 2달러와 분홍빛 영수증을 주었다.

분홍빛 영수증이 눈에 설었고 뭔가 잘못되었다는 생각이 퍼뜩 들었다. 편도일 때는 5달러이고 왕복표를 끊으면 7달러란 생각이 들었던 것이다. 편도인데 왕복표 값보다 더 많이 받다니 백인 승무원이 설마 이깟 열차표로 인종차별을 하는 건 아니겠지, 그냥 당해서는 안 돼 하며 돌아서는 승무원을 불렀다.

"5달러를 줘야 하잖아."

"8달러야"

"아니야. 5달러야."

"티켓이 없으면 8달러야."

더 이상 설명은 귀에 들어오지 않고 티켓이 없으면 8달러라는 말만 들렸다.

표 끊을 시간도 넉넉했는데 지난번에 역무원이 그냥 타라고 해서 탔을 때도 아무 일이 없었기 때문에 마음 놓고 탄 거다, 왜 너희들은 이랬다저랬다 하냐, 따지기에는 역부족이었다. 복잡한 생각을 서툴게라도 말로 옮기려면 정리가 필요했고 그 정리하는 시간을 기다려 줄 것 같지 않아 억울한 대로 단념하기로 했다.

승무원이 비웃는 듯한 표정으로 다른 승객에게로 다가갔다.

아무리 생각해도 8달러나 받는 이유를 알 수 없었다. 승무원이 제 호주머니에 넣기 위하여 더 받았으리라는 생각은 들지 않았다.

평소에 노란색이던 영수증이 분홍색인 데 이유가 있을 것 같았다. 뒤적거리다가 돋보기를 꺼냈다.

뒷면 꼭대기에 그 이유가 설명되어 있었다.

매표소가 열려 있을 때나 자동판매기 사용이 가능할 때 티켓을 끊지 않고 차를 타면 추가요금이 붙는다.

간밤의 꿈과 3달러 손해가 연관이 있었나 생각하며 역에 내려 길을 건너려는데 길 건너 아파트 앞 다람쥐의 놀이터인 나무 아래 며느리가 아기를 안고 서 있는 게 보였다.

"어머님, 미리 아시고 들어가셔야 할 일이 생겨서 마중 나왔어요. 아버님이 지금 화가 많이 나 계시거든요."

"왜? 내가 늦게 온다고?"

"그게 아니구요. 집에 큰일이 생겼대요. 아까 큰아가씨한테서 전화가 왔는데 어제 오후 작은아가씨가 자동차 사고를 냈대요."

우리가 집을 비운 사이에 가끔 시동을 걸어 주라 했더니 자동차를 몰고 밖으로 나갔나.

무엇부터 물어봐야 할지 얼른 생각이 나지 않았다. 버릇대로 아무리 큰일을 당해도 요행이 손짓하는 구멍으로 빠져나갔을지 모른다는 생각을 했기 때문인지 며느리의 다음 말을 기다리고만 있었다. 며느리가 내 그런 마음속을 알아챈 듯 설명했다.

"다행히 크게 다치지는 않았대요. 자동차가 대문을 박차고 나가 건너편 빌라의 벽을 들이받아서 자동차 앞부분이 박살이 났는데도 작은아가씨는 무사했다나 봐요. 앞머리에 찰과상만 조금 입었대요."

남편이 화난 이유는 충분히 짐작할 수 있었다.

아이들이 일을 저질렀거나 집안에 무슨 좋지 않은 일이 생기면 우선 내게 탓을 돌리고 화를 내는 사람인데, 비록 그가 우리 없는 사이에 딸에게 가끔 자동차 시동을 걸게 해야겠다고 먼저 말하긴 했어도, 이번에는 그 애가 운전면허를 땄으니 시동 걸어줄 사람이 생겨 다행이라고 내가 물색없이 좋아했으니까 내게 탓을 돌릴 구실은 충분했을 것이다.

남편은 샤워 중이었다. 얼른 집에 전화를 걸었다. 사위가 전화를 받았다.

"자네 처제 정말 다친 데 없는 거야? 그래도 혹시 모르니까 병원에 가서 꼭 체크해 보라고 그러지."

"그렇잖아도 방금 전화가 왔습니다. 엑스레이 찍어 봤는데 아무 일 없다고요."

남편이 욕실에서 나오는 걸 보고 도둑질하다가 들킨 사람처럼 허둥지둥 전화를 끊었다.

내가 들어와 있는 것을 보자마자 그가 소리치기 시작했다.

"내 그럴 줄 알았다니까. 차를 몰고 나가고 싶은 생각이 나면 큰일이라고 내가 걱정했을 때 뭐라 그랬어? 우리 애들은 그런 무모한 짓 할 애가 없다고 큰소리치더니 거 봐. 무슨 일이 일어났나. 보나 마나 이제 겨우 운전면허 딴 계집애가 겁도 없이 자동차 몰고 나가려다 그렇게 된 거겠지."

그런 때 나보다 빨리 머리가 돌아가는 며느리가 나만 듣게 훈수꾼처럼 속살거렸다.

"밖으로 나갈 작정이었으면 대문을 먼저 열었겠죠."

딸아이가 다치지 않았다는 말을 들은 후의 안도감에다 며느리의 그럴듯한 훈수까지 들었으니 자연 내 목소리에 자신감이 붙어 있었다.

"대문을 박차고 나갔다면서요? 자동차 몰고 밖으로 나갈 작정이었다면 대문을 닫아 놓고 시작했겠어요? 가끔 시동 걸어라 하고 명령했으니까 시동 걸다가 뭘 잘못 조작한 거겠죠."

남편도 그 말이 옳다 싶은지 자동차 몰고 밖으로 나가려다 사고 냈을 거란 혐의는 푼 모양이었다. 거짓말같이 목소리가 부드러워져 있었다.

"운이 좋기는 좋았던 모양이야. 처음에는 아기를 옆에 앉혀 놓고 시동을 걸었는데 어쩐지 내려놓고 싶어서 제 언니더러 데려가라 했다더군. 아기 앉혀 놓고 그런 일이 일어났으면 일이 어떻게 되었겠어? 생각만 해도 끔찍스럽다. 그 기집애도 그렇지. 벨트도 안 맸는데 그 정도로 찰과상만 입었다니 하나님이 돌보신 거야. 그렇게 득시글거리던 동네 애들도 휴일인데 그 시간에 아무도 나와 있지 않았다 하고."

그가 하나님이 돌보셨다는 말을 했을 때 내 머릿속으로 문희였구나 하는 생각이 섬광처럼 지나갔다.

문희가 아기를 데리고 춤추는 꿈을 꾼 것은 문희가 아기의 위험을 피하게 해주었다는 뜻이었구나 싶었다. 내가 꿈을 꾼 시간이 서머타임이 적용되는 뉴저지의 새벽 한 시였으니까 그때 서울은 오후 두 시였을 것이다. 휴일 점심을 먹은 후 자동차 시동이나 걸어야지 하며 자동차에 오른 때가 바로 그때였을 것이다.

문희는 원래 내 일이라 하면 제 일처럼 걱정하고 살피는 사람이었다.

나는 그 집 일과 그 집 자식 일을 어느 정도 눈치 안 채게 질투심도 갖고 대했지만, 그녀는 내 자식이 잘되면 제 자식 잘된 것과 똑같이 좋아하고 내 자식 잘못되는 것을 제 자식 잘못되는 것과 똑같이 걱정했다. 그 대신 내가 다른 친구를 저보다 더 가까이 하는 눈치가 보이면 눈을 흘기며 노골적으로 싫어했다.

내가 35년간 그녀와 친구로 지내면서 그녀를 죽이고 싶도록 미워한 시기가 몇 번 있기는 했다.

순 서울산인 그녀와 시골 출신인 내가 알게 된 것은 4·19 전해, 대학 입학 후 교양학부 시절이었다. 과는 서로 달랐지만, 몇 과를 합해서 문A반 문B반 문C반으로 나눠 교양 강의를 들었는데, 우리는 같은 문A반이었기 때문이었다.

어느 날 하굣길에 같은 버스를 타고 있었다.

그때만 해도 가정교사는 시골 출신들만 하는 건 줄 알았던 나는 그녀가 어디 가는 길이냐고 묻자마자 내가 입주 가정교사 하는 집이 이쪽이라고 말하기 시작하여 일방적으로 가정교사 노릇이 얼마나 힘든지 과장해서 떠벌리기 시작했다. 그녀의 표정에 동정과 찬탄이 나타나는 게 역력하여 신바람이 났던 것이다.

그런 버스 동승이 몇 차례 있고, 더 친해진 후에야 그녀도 가정교사 노릇하러 그쪽 방향으로 하교하는 거라고, 집은 반대방향이라고 실토했다. 완전히 광대가 된 꼴이었는데도 조금 머쓱해졌을 뿐, 서울 가시 나들 속을 털어놓는 데 참 인색하구나, 감쪽같구나 하고 감탄했지, 그때만 해도 죽이고 싶도록 미워하지는 않았다.

그녀를 죽이고 싶도록 미워하기 시작한 것은, 둘이서 손잡고 4·19를 하루 종일 치러내고 나서도 훨씬 후, 학년이 더해 가면서 그녀가 내 광대 기질을 히트 치는 거라 해석하고 그걸 지적해 줄 때부터였다.

"얘는 하루에 한 개 이상 히트 치지 않으면 못 사는 사람이죠."

다른 단과대학에서 나를 만나러 온 내 남자친구에게 인사처럼 한 그녀의 그 말이 비웃음이란 것을 알아챈 것은, 당연히 칭찬이겠거니 하고, 너그러운 웃음부터 띠고 그녀의 표정을 본 내 눈이었다. 그때 그녀의 표정은 절대로 칭찬하는 사람의 표정이 아니었다.

재기 넘치는 화술에 감탄만 하는 줄 알았지 비판하면서 내 광대놀음을 지켜봤으리라고는 꿈에도 생각지 않았던 나는 치솟는 분노를 제어할 수 없었다. 게다가 거 참 적절한 표현입니다 하는 듯한 내 남자친구의 유쾌한 웃음소리라니.

그때가 그녀를 죽이고 싶도록 미워한 첫 번째 시기였다. 그녀 쪽에서도 그때쯤에는 나의 광대 노릇에 질려 있었고 속으로 죽이고 싶도록 미워했던 모양이었다.

그녀가 말하는 내 히트라는 건 기실 노출증을 말하는 것이었다. 속으로는, 세 끼 밥은 밥대로 벌면서 곁들여 장학금을 딸 수 있는 성적에 연연하는 모범생이면서 말로만 데카당인 양하고, 말할 수 없이 보수적이면서 말로만 진보적인 양하고, 실지로는 순종적이고 양보적이면서 말로만 신랄하게 비판하고 위악적으로 나 자신의 속을 까뒤집어 보여 특출한 인물인 양 과장하는 걸 두고 한 말이었다.

하루 온종일 손잡고 총알이 난무하는 효자동으로 을지로 내무부 앞으로 갔다 왔다 하며 행동을 같이한 그날을 끝으로 그녀는 4·19의 감격을 입 밖에 내는 일이 없었고, 내가 그 감격을 우려먹고 또 우려먹는 것과 비례해서 회의와 자괴감에 빠져드는 듯했을 뿐이었다.

그런 눈치를 챈 후 우리는 의도적으로 정치 이야기는 피한 편이었다. 그런데 70년대 말부터 시작하여 80년대를 다 거치는 동안 이 땅에 사는 모든 사람들과 마찬가지로 정치현실은 더 이상 피할래야 피할 수 없었고 자연 두 사람의 생각 사이에 놓인 괴리를 확인하지 않을 수 없었던 것이다.

내가 박수 쳐 주는 사람들에게 같이 박수 쳐 주지 않고 오히려 비웃었으며, 내가 미워하는 사람들을 같이 미워하기는커녕 그럴 수밖에 없지 않느냐 하며 이해하려고 애쓰는 그녀를 답답해하다 못해 미워했던 시기가 바로 그때였다.

두 사람 사이에 보이지 않게 전류처럼 오가는 증오와 힐난의 파문은 너무도 기분 나빴다. 그걸 더 이상 참지 못한 그녀는 결국, 마치 그 옛날 내가 히트 칠 때처럼 그녀 자신의 생각을 고백하듯 공격적으로 드러내 보임으로써 부화뇌동하는 무리에서 이탈하는 데 성공했던 것이다.

"나는 회색이야. 아니, 무색이야. 내 직관이나 느낌으로 판단한다구. 이념이나 색깔에 관계없이 케이스 바이 케이스로 판단하는 거야. 시끄럽고 질긴 건 다 싫어."

그녀가 시끄럽고 질긴 걸 싫어하는 성격은 그녀가 죽기 얼마 전 조수미의 노래를 듣던 날 역력히 드러났다.

육안으로 볼 때는 그렇지 않은데 망원경 속에 보이는, 조수미와 협연하는 런던 심포니 오케스트라의 단원들이 온돌방에 오글오글 모여 있는 풍뎅이들 같다고 하기도 하고, 현악기의 활들이 일제히 오르락내리락하는 게 일제히 바람에 누웠다 일어났다 하는 갈대 같다고 소곤거리며 조수미의 노래에 현혹되어 있던 그녀가, 조수미가 몇 차례의 앙코르까지 선사했는데도 계속 쳐대는 청중의 질긴 박수에 그만 참지 못하고 일어서며 나를 재촉하던 것이다.

"질긴 건 싫어. 미치겠어. 2부는 단념하고 그냥 가자. 런던 심포니고 비창이고 다 듣기 싫어."

63빌딩 59층에서 성대하게 거행한 친구 시어머니의 팔순 잔치에 갔다가 우리끼리 1층 로비에서 시시덕거리고 놀았던 게 며칠 되지 않았는데 새벽에 연영이의 전화를 받았다.

"엄마가 돌아가셨어요."

문희의 간에 직경 4센티짜리 암이 있다는 사실은 친구 중 두어 사람만 알 정도로 그녀는 환자 티를 내지 않았다. 너무도 환자 티를 내지 않고 감쪽같아서, 알고 있던 두어 사람조차 믿기지 않아 그 직경 4센티에 대해서는 입 다물고 있었다. 마치 멀쩡하던 사람이 어느 날 갑자기 죽는, 깜짝쇼를 준비하는 사람 같았다 할까. 그녀의 죽음 소식을 듣고 놀라지 않은 사람이 없었으니까 그녀의 의도대로 된 셈이었다.

나 암에 걸렸대 하고 광고 치고 싶어 미칠 지경이었을 게 뻔한 나 같

은 사람에게 그녀의 그 철통같은 비밀 유지가 너무도 이상했고 존경스
럽기까지 했다. 마치 60년대 초에 똑같은 가정교사면서 내가 가정교사
하는 고학생입네 하고 떠벌릴 때 입 다물고 듣고만 있었던 그녀가 이상
하고 존경스러웠듯이.

팔순 잔치에서 너무 조금 먹는 그녀에게 좀 더 먹어 보라고 권하는 내
게 그녀가 말했다.

"의사가 야채만 조금 먹으라 했어."

그날 63빌딩에서 나오는 길에, 화장실에 간 친구들을 기다리며 둘이
만 있게 되었을 때 내가 물었다.

"그동안 별일 없었겠지?"

"아니. 곰국을 먹었다가 쇼크로 혼수에 빠진 적이 있어. 그래서 의사
가 야채만 먹으라 했던 거야."

혼수에 빠졌다는 사람 얼굴이 너무 평상스러웠다. 놀라는 나를 도리
어 그녀가 안심시켰다.

"이젠 괜찮아. 먹는 것만 조심하면 돼."

문희는 뒤 짐칸에 시체로 실리고 우리는 앞쪽 의자에 앉아, 그녀의
시댁 선산으로 향했다.

하필이면 왜 젊은 시절 우리가 굶은 배를 쥐고 먹지 않고도 사는 사람
들처럼 엉뚱하게 관념적인 말만 하고 건너다니던 그 교문 앞을 지나가
는지.

나는, 마치 여기서 나보다 더 슬픈 사람 있으면 나와 보라고 광고하
듯 터지는 울음을 참을 수가 없었다. 내 아버지 어머니 돌아가셨을 때

도 나오지 않던 눈물이 그렇게 쏟아질 줄이야.

너무 이상했다. 문희 그 계집애가 이 세상에서 없어진다는 사실이.

설거지 하다가도 물 묻은 손 닦고 전화통으로 달려가서 "애, 우리 할머니 좀 봐 글쎄 ….""애, 우리 집 그 양반이 글쎄 …." 하며 시어머니, 남편 흉볼 상대가 없어진다는 게 너무도 이상했다.

더 늙어 추해진 꼴을 보이기 전에 깔끔한 중년 아줌마의 모습으로 혼자 먼저 간 그녀가 너무 깍쟁이 같고 얌체 같았다. 친구들끼리 모였을 때 가끔 어느 한 사람이 10~20년 후의 우리 모습을 과장 섞어 미리 흉내 내 보이면 모두 설마 그럴라구 하며 배를 잡고 웃곤 했는데, 그럴 때 웃지 않고 가만히 지켜보고 있던 그녀는 자신의 이른 죽음을 예상하고 안도하고 있었을까. 나는 예외다, 나는 그런 추한 꼴을 보이지 않게 되어 다행이다, 하며.

장례차가 시골길로 들어서자 걷잡을 수 없던 눈물이 차츰 잦아들면서 그 대신 싱그러운 신록이 눈 하나 가득 들어왔다. 그녀를 묻으러 가는 길임에도 불구하고, 장례식이고 결혼식이고 인사 치를 자리에는 언제나 약속하고 같이 다녔던 그녀와 나란히 앉아 신록에 대한 찬탄을 나누며 가지 않는 게 너무도 이상했다. 옆에 앉아 있어야 하는 그녀가 짐칸에 누워 있는 게 너무도 이상했다.

짐칸에 누워 있는 그녀에게 속으로 물었다.

'애, 이 신록의 세상보다 그곳이 더 좋니?'

선산으로 들어가는 길목에 있는 동구 앞에 그녀를 태우고 갈 꽃상여가 대기하고 있었다. 원색의 종이꽃들로 장식된 그 꽃상여를 보자마자 우리 집 동백꽃의 색깔을 비웃던 그녀가 생각나서 내가 옆에 서 있는 강숙에게 말했다.

"문희가 저걸 타는 걸 좋아할까? 아이구 천해 하며 타지 않겠다고 앙
탈을 부리지는 않을지 걱정스럽다."

"아무나 꽃상여 타는 줄 알아? 아무나 선산에 묻히는 줄 알아? 문희도
알 거야. 이게 얼마나 대단한 호사인가를. 걔는 아는 게 많잖아? 경우
에 따라서 받아들이는 기준도 달라질 거고. 꽃상여는 저래야 꽃상여답
거든. 꽃상여가 파스텔 색조인 걸 상상해 봐. 얼마나 이상하겠니?"

미처 영세를 못 받고 죽은 그녀에게 사후에 '요세피나'라는 본명을 주
고 천주교 의식을 치렀다. 그 장황한 연도 미사를 지켜보며 나는 또 의
문스러웠으나 이번에는 아무에게도 내 의문을 발설하지는 않았다.

쟤가 이걸 비웃고 있지 않을까. 이 많은 기도와 이 수없이 반복되는
자세를. 시끄럽고 질긴 건 싫어하며. 어디까지 참고 받아들일까. 혹시
죽으면 살았을 때 비웃던 일들도 비웃지 않고 순순히 받아들이게 되는
것인지도 모르지. 살았을 때는 모르던, 상대의 진심을 귀신이니까 다
알고 받아들일 거야.

그녀를 묻어 놓고 산 아래로 내려와 먹는 점심식사는 왜 또 그렇게 이
상한지. 죽은 자의 친구들이라고 따로 마련해 준 자리에 둘러앉아 밥
먹고 국 먹고 떡도 먹고 과일도 먹는 우리가 얼마나 이상했던가. 바로
머리 위 야산 꼭대기에 그녀를 눕혀 놓고 우리끼리 둘러앉아 아귀아귀
먹다니.

혼자 외딴 산 속에 두고 온 문희 생각으로 그날 밤 가슴이 꽉 막혀 잠
을 이룰 수 없었다.

지금 이 시간에 그곳은 얼마나 깜깜할까. 죽은 자에게는 무서운 게

없었으면 좋겠는데. 헛말로라도 '아름다운 자연 속에서 살고 싶다' 따위
의 말은 하지 않던 친구였잖아. 웃기지 마라. 그냥 시골이면 시골이지
아름다운 자연이 어딨냐, 아름다운 자연이 평화롭고 편리한 생활을 보
장해 주는 건 아니잖아 하던 그 친구가 졸지에 아름다운 자연 속에 고립
되었으니.

새들도 잠든 깜깜한 잡목 숲에 혼자 누워 있을 그녀가 소리치는 게 들
리는 것 같았다.

무서운데 왜 나만 두고 갔어?

그녀는 시골을 유난히 싫어했다.

파란 하늘을 배경으로 감이 주렁주렁 열린 동네 앞을 지나며 같이 차
를 타고 있던 친구들이, 마치 밤하늘에 수없이 많은 알전등을 켜둔 것 같
다고 탄성을 지르면 내 옆자리에 앉아 있던 그녀는 내게 속삭이곤 했다.

"난 다 알아. 저 아름다워 보이는 풍경 속의 구질구질한 실상을. 생각
만 해도 진저리 쳐져. 풍경으로 끝나는 게 아니고 그 속에 엄연히 생활
이 있거든."

그녀가 시골을 유난히 싫어하는 건 새댁 때의 시집 나들이를 연상시
키기 때문이었는지 모른다.

뉴저지에서의 꿈 이후, 내가 그녀를 생각할 때면 그녀는 항상 내 곁
에 있게 되었다. 설거지하는 내 곁에, 글을 쓰고 있는 내 곁에, 화장실
에 있는 내 곁에.

이젠 제법 이력 붙은 귀신이 되어 그 잡목숲 속의 무덤 안에 갇혀 있
지만 않고 원하는 곳이면 어디나 훌훌 날아다닐 수 있게 된 모양이다.

자신을 보통사람이라고 우기던 전직 대통령이 최근 수천억 원을 딴

주머니에 차고 있었다는 고백을 하던 날도 그녀는 텔레비전 앞에 앉아 있는 내 곁에 나란히 앉아 있었다. 그 당시 선거 때 그를 찍었을 게 틀림 없는 그녀에게 내가 힐난하듯 물었다.

"어때! 그때 너 저 사람 찍었지?"

그녀가 무안한 듯 헤헤 웃으며 답했다.

"그때야 내가 저 사람이 그런 사람인 줄 알았나. 안정된 사회를 약속하는 그의 말만 믿었지. 믿어주세요 했잖아. 귀신이 된 지금이면 모를까."

〈현대문학〉 1996년 12월호

따뜻한 포옹

어느 작가의 단편소설 제목에 〈폰개 성〉이 있다. 나는 그 작품을 읽기 전에 제목만 보고, 이 작가가 최근에 인도에서 돌아왔다더니 그곳에서 폰개라는 이름의 성(城)에 얽힌 이야깃거리를 갖고 왔나 보다 했다.

소설을 몇 줄 읽다가 나는 그만 폭소를 터뜨리고 말았다. '폰개 성'은 '판기 형'이라 하지 않는가. 그 폭소는 심한 사투리를 쓰는 시골 출신의 작가끼리 느끼는 공감대 때문이었으리라.

나는 그 송 아무개 작가와 같은 서쪽이 아니라, '경제'를 '갱제'라 하고 '길을 뚫어서 동서를 관통한다' 해야 할 것을 '질을 뚫어서 동서를 간통한다'고 발음해서 국민을 웃겼던 대통령과 같이 복모음을 제대로 발음하지 못하는 동쪽 지방에 고향을 두고 있기는 하지만, 어릴 적에 듣고 부르고 한 이름들 중에 발음상 '폰개 성'의 오류와 맞먹는 오류를 일상으로 범하는 사례들을 너무 많이 경험했다.

예컨대 '정민이'를 '증미이'라 한다든지, '귀옥이'는 '개애기', '영옥이'는 '요오기', '복희'는 '백이'라 부르는 것들이다. 형을 부를 때 '성아'라

하지 않고 '시이야' 하는 것도 그와 맥이 통하는 예다.

그 송 아무개 작가가 꽤 나이가 들어서도 폰개 성의 바른 이름을 몰랐다고 했지만, 나는 지금까지도 옳은 이름을 모르고 있는 경우가 더러 있다.

이 이야기를 쓰고 싶게 충동질한 기억 속의 '유리이'의 경우가 그렇다. 유리이는 어떻게 표기해야 바른 표기가 될까? 이름이 '율이'인지, 외자로 '율'인지, 성이 '유' 씨이고 이름이 '린'인지 도무지 알 수가 없다.

그가 "밥 한술 주이소"라는 말 외에 다른 말을 한 일이 거의 없는 걸인이 아니고 사회적으로 이름을 내놓고 활동한 사람이었다면 언젠가는 알았을 텐데.

어느 날 오전 10시쯤 중국시장에 가기 위해 아파트를 나서는데 파리 제1대학 앞 버스정류장에서 내린 사람들이 중국시장 쪽으로 질러오기 위해 지나오게 되는 주상 올림피아 광장 쪽 통로에서 그 걸인이 걸어 나오는 것을 목격했다.

깔끔한 배낭을 메고 깨끗이 면도한 얼굴에 밤색 코르덴 윗도리와 역시 밤색 모직 목도리와 밤색 구두를 신고 반듯한 걸음걸이로 여느 직장인들처럼 걸어오는 것이었다.

과연 거지조차 색감이 세련된 파리지엥이구나, 속으로 감탄하며 나는 흥미진진하여 그를 뒤쫓아 가기 시작했다. 파리의 거지도 거지라 더럽고 냄새 나고 걸음걸이는 비틀거리고 터무니없이 소리 지르는 걸 몇 개월 파리에 사는 동안 수없이 목격했는데 그의 유별난 행태는 나의 흥미를 끌지 않을 수 없었다.

다른 걸인들처럼 근처 어디선가, 가령 더운 김이 올라오는 건물의 환기통 위 같은 데서 떼 지어 먹고 마시고 노숙하고 아침이면 매일 똑같은 제자리에 쥐도 새도 모르게 등장해 있는 게 아니라 출근길의 인파 속에 묻혀 오는 게 여간 신기하지 않았다. 잠잘 집도 있고 어쩌면 출근길을 배웅하는 가족도 있는 모양이라고 생각하며 나는 그의 뒤를 계속 따라갔다.

아직 잎이 돋지 않은 마로니에 나목들의 사열을 받으며 절도 있는 걸음걸이로 그가 항상 앉아 있는 정해진 자리에 도착하자 그는 배낭을 내려 엉덩이 밑에 의자처럼 깔고 재떨이만 한 동전 통을 양쪽 발 사이에 놓고 여느 때와 똑같은 자세로 앉는 것이었다. 직장인이 출근해서 사무용 도구를 책상 위에 벌여 놓고 의자에 앉는 것과 똑같았다.

그가 중국시장 앞 건물 벽에 기대어 무릎을 세우고 앉아 뭘 읽고 있거나 담배를 피우고 있거나 생각에 잠긴 깊은 눈빛을 볼 때마다, 저 사람은 거지생활이 본업일까 아니면 딴 직업을 갖고 있으면서 부업으로 하는 것일까 항상 궁금했다. 그것도 그럴 것이 그는 다른 걸인들 같지 않게 자주 결근을 했으니까.

그가 처음 그곳에 나타난 날 나는 가슴이 철렁할 정도로 충격을 받았다. 아무리 살펴봐도 그의 행색이 바로 그날 오전에 번듯한 직장에서 쫓겨난 실직자로 보였기 때문이다. 내 나라에서도 그랬지만 어디에서나 직장에서 떨려 난 사람의 절망감은 주변으로 강하게 전달되는 모양이었다. 언제부턴가 해고니 명퇴니 구조조정이니 하면서 '직장에서 떨려 남'을 표현하는 단어들이 얼마나 자주 우리를 아득한 절망감에 떨어뜨렸던가. 세상 어디에서나 그 단어들이 주는 충격에서 벗어나기는 쉽지 않은 것 같았다.

그가 날씨가 너무 춥거나 궂으면 나타나지 않다가 날이 풀리면 며칠 만에 나타날 때 나는 속으로 활짝 반가워하면서 '이놈아. 이왕 하는 짓, 거지 노릇도 하려면 좀 성실히 해라' 하고 나무라기도 하고, 담배를 피우는 모습을 볼 때는 '이놈아. 구걸해서 담뱃값 대느니 차라리 구걸을 그만둬라' 하기도 했다. 그들의 말을 모르니 이 꾸짖는 말들은 내 속말들임은 물론이다.

그는 다른 걸인들처럼 '씰부쁠레, 마담' 하며 구걸을 청하는 말을 하는 법이 없었고 손을 내밀지 않았고 같은 자세로 앉아서 그냥 책을 읽거나 담배를 피우거나 깊은 눈빛으로 허공을 보고 있었다. 중국시장 출입구 저쪽 담벽, 그와 대칭되는 위치에 앉아 있는 텁석부리 거지가 온 동네를 휘어잡고 길 건너 초등학교의 등·하교 시간에는 무슨 권력 행사하듯 교통정리까지 하는 수선스러운 행태와 비교하면, 그는 걸인이라기보다 구도자나 어떤 이념을 실현할 목적으로 앉아 있는 사람 같았다. 그의 얼굴 생김이 연예인 뺨치게 잘 생겨서 가끔은 그가 모델로 앉아 있고 어딘가 촬영팀이 숨어 있지나 않은가 두리번거리게 하기도 했다.

그의 그런 모습을 본 첫 순간부터 충격과 동시에 내가 또 한 사람의 걸인인 유리이의 오십 몇 년 전의 그날을 기억해낸 이유는 무엇일까? 도저히 그와 같을 수 없는 넝마인 유리이를.

그날의 유리이만은 절대로 넝마가 아니었기에 그랬을까?

우리 고장은 함안벌과 남강 지류인 정암강을 사이에 두고 있다. 도로 사정이 좋아진 요즘에는 함안을 지나면 곧바로 마산·창원 권내로 들어서기 때문에 사람들은 흔히 마산 근처에서 무슨 6·25전쟁을 겪었다고 허풍을 떠느냐 한다. 그러나 그 당시에는 마산 근처라 하기에 걸맞지 않을 정도로 꽤 험한 굽잇길도 있었고 기차를 타려면 30리를 걸어 나가야 했고, 무엇보다 최후방어선 어름이라 짧은 기간이었지만 혹독한 전쟁을 겪어야 했던 것이다.

유리이는 그런 우리 고장의 거지였다. 걸치고 있는 넝마는 도저히 옷이라 할 수 없는 것으로 길바닥을 쓸고 다녔고 맨발에 밥 바가지를 들고 "아지매, 밥 한술 주이소" 했다.

그는 우리 고장 읍내 서동에 있는 느티나무나 억 년 전 빗방울 화석이 있는 예배당 계단 옆의 바위나 수월사라는 절이 있는 남산이나 일본이 민족의 정기를 끊기 위해 신사를 지은 왕뒤와 같이 너무도 자연스럽고 당연한 존재였다. 단지 그가 움직인다는 사실만 다른 당연한 존재들과 달랐다.

그와 이야기를 나눠본 적도 없으면서 그는 당연히 모자라는 인간이거나 약간 미친 사람이라 생각했다. 흔히 걸인은 광인이라 생각했으니까. 다만 그가 밥을 빌러 올 때마다 한 번도 거르지 않고 무슨 경건한 의식을 행하듯 밥을 나눠 주던 어머니만은 유리이를 지극히 정상적이고 마음씨 고운 사람이라고 가끔 말했다.

그를 대하는 어머니의 태도 때문에 우리가 그를 우리와 다른, 어쩌면 신비스러운 존재로 인식했는지 모른다. 우리에게 그는 사람이 아니었고 다만 유리이일 뿐이었다. 우리와 다른 그 무엇이었다.

그날 우리는 이목촌에서 읍내로 돌아오고 있었다. 어머니와 오빠와 언니와 나와 다섯 살짜리 여동생과 '새에메'(숙모)와 새에메의 딸인 사

촌언니와 사촌여동생, 모두 여덟 사람이었다. 갈 때는 일곱 사람이었
는데 중간에 숙모가 이목촌으로 와서 우리와 합류했기 때문에 여덟 사
람이 되어 있었다.

남자는 오빠 한 사람뿐이었다.

오빠는 중학 5학년생으로 부산에서 학교를 다니다 방학을 맞아 마산
의 큰집에서 며칠 지내다 전쟁이 설마 우리 고장까지야 오겠냐 하며 망
설이다 왔던 것이다. 여자 천지에 아들이 오니 어머니는 한결 든든해서
그 아들로 인해 고초를 겪게 될 줄은 미처 모르고 좋아하기만 했다. 그
때 아버지는 마산의 큰아버지네 공장에서 공장장 일을 맡고 있었다.

마치 기다렸다는 듯이 오빠가 도착하자마자 진주 쪽에서 먼지를 일
으키며 신작로로 달려온 미군과 국군이 잠시 멈추지도 않고 마산 쪽으
로 달아난 그날이던가 그다음 날이던가, 우리도 피난 짐을 달구지에 싣
고 읍내에서 20~30리 떨어진 수도사로 가기로 했다. 1950년 7월 말쯤
이었을 게다. 내 초등학교 5학년 여름방학이 시작되자마자였다.

설마 전쟁이 우리 고장까지야 오겠냐 하면서도 혹시나 하고 미리 주
문해 두었던 대고리짝은 내가 찾으러 갔다. 나는 어머니의 심부름으로
새터 밖의 들 가운데 외따로 있는 그 집으로 자주 갔는데 기다리는 동안
지루한 줄 모르고 대나무 바구니를 엮어 가는 아저씨의 손놀림 구경을
아주 좋아했다. 통대나무를 얇게 저며 껍질 부분과 속 부분을 적당히
섞어 눈 깜짝할 사이에 종으로 횡으로 엮어 나가는 것도 재미있었고,
저 삐죽삐죽 나온 가장자리를 어떻게 감쪽같이 마무리 지을까 그게 항
상 걱정스러워 지켜보고 있었다. 그러나 언제나 아저씨가 '다 댔다, 갖
다 디리라' 할 때 나는 그 마무리 작업을 보지 못한 것 같았고 뻔히 눈 뜨

고 있는 앞에서 아저씨가 마술을 부린 것 같았다.

그날은 심부름 다니던 여느 날처럼 그렇게 한가할 수가 없었다. 가는 길에 인적이 없어 온 마을에 우리 식구만 남아 있는 것 같았고 마치 낯선 곳을 찾아가는 것처럼 몹시 두려웠다. 그런데도 아저씨는 변함없이 무심 태평하게 주문한 지 오래되었다는 고리짝을 완성해 놓지 않고 있었다. 어머니가 항상 말했듯이 사람을 기다리게 하고 보는 앞에서 마무리 짓는 그의 버릇은 전쟁이 다가오는 급박한 순간에도 마찬가지였다.

나는 조바심 때문에 죽을 것 같았다. 이러고 있는 동안에 전쟁이 우리 곁으로 바짝 다가와 짐도 미처 꾸리지 못하고 피난도 못 가고 앉아 죽는 게 아닌가 하는 정상적인 조바심과 좀 엉뚱하기는 하나 그보다 더 강한 조바심도 있었다.

가까이 오고 있다는 전쟁은 도대체 어떤 모습일까, 그 전쟁이란 것이 정작 코앞에까지 왔다가 어떤 것인지 볼 짬도 없이 내가 여기 외딴 곳에서 고리짝이 다 되기를 기다리는 사이에 도로 가 버리면 어쩌나, 하는 조바심이었다. 아버지가 시골 공무원 노릇을 청산하고 마산으로 간 후부터, 아니 그전부터 나는 애타게 어딘가로 가고 싶었다. 전학 가는 아이들이 너무도 부러웠다. 우리도 마산으로 갈 듯 갈 듯하다가 주저앉곤 해서 얼마나 애간장을 태웠던가.

어른들의 우유부단 때문에 피난을 겸한 이사 기회도 이왕 놓치기는 했지만 가까운 군내로 가는 피난이라도 가기는 가야 했다. 떠나야 했다. 흔들리기라도 해야 했다.

전쟁이 아래로 내려오는 중이라는 소식은 그래서 나를 더 설레게 했다. 게다가 전쟁이란 것을 볼 수 있다니. 차라리 마산으로 이사 가지 않은 게 다행이라 생각할 정도였다.

비록 피난 짐은 실었지만 마치 소풍이라도 가는 듯 아이들은 즐거워했다. 특히 다섯 살짜리 동생은 어머니의 장롱 깊숙이 들어 있던 비단 파라솔을 마음대로 들 수 있어 더없이 좋아했다.

학교에서 자주 소풍 가던 정암강을 오른쪽으로 끼고 우리는 달구지 뒤에 줄을 서서 걸었다. 강 가운데 솥바위는 묵묵히 서 있었고, 강 건너 백사장이 뜨거운 여름 햇빛을 하얗게 되쏘고 있을 때였던가. 땅을 가르고 하늘을 찌르는 폭음이 터진 것은.

우리의 달구지와 달구지를 모는 옆집 아저씨와 우리 식구와 백사장이 되쏘아 올리는 햇빛 말고는 모두가 고요히 잠든 것 같은 천지에 난데없이 폭음이 터진 것은 무엇 때문이었을까?

파라솔을 들고 있던 동생이 기구를 탄 듯 몇 길이나 공중으로 솟아올랐다가 내려앉았다. 공포 때문인지 울지 않았다.

소리가 나고 얼마나 시간이 흘렀는지, 아니면 동시였는지 모른다. 연기가 솟구치는 게 보였다.

"다리가 폭파되었구나."

오빠가 말했다.

정암다리였다. 빛바랜 사진 속에서 아버지가 헬멧을 쓰고 다리 놓는 공사를 감독하던 그 정암다리가 폭파되는 순간이었다. 그렇게 쌔 빠지게 달아나던 군인들이 폭파 장치를 해놓았던 모양이었다.

우리는 그때부터 꽁무니에 옮겨 붙는 불을 털어내듯 길을 재촉했다. 잠시라도 빨리 그곳에서부터 멀리 가 있어야 할 것 같았다. 한가하던 소풍 기분은 싹 가셨다.

애초에 수도사라는 절로 가기로 작정하고 떠났던 것인데 정작 수도사에 당도하니 읍내 사람이 모두 거기에 모여 있는 것처럼 인파에 덮여 있어서 할 수 없이 내친김에 이목촌까지 간 것이다. 거기는 다행히 우리가 먼저 간 축에 들어 자리를 잡는 데 어렵지 않았지만 우리 뒤로 읍내 사람들이 한정 없이 밀려들어 좁은 바닥에서 금방 양식이 동났다. 가져간 양식이 떨어진 다음 어머니가 야밤을 타 몇 차례 읍내 우리 집에 숨겨둔 양식을 날라다 먹었다. 식구 수는 많고 가져올 수 있는 양은 많지 않아 며칠 못 가서 그 불안한 행보를 또다시 나서야만 했다.

처음에는 초저녁에 출발하면 자정 넘어 돌아왔는데 차츰 시간이 늘어져 이튿날 아침에야 돌아오곤 했다. 그럴 때 늦어진 이유는 읍내에 폭격이 시작되었다는 소식과 관계되는 것이었다.

폭격을 피해 겨우 우리 집에 당도하고 숨겨둔 곡식을 남몰래 퍼 담고 그걸 이고 또 남몰래 골목길을 빠져나오고 다시 읍내를 관통하여 강 옆길로 들어서는 과정을 상상하며 기다리는 우리도 가히 초죽음 상태였다. 지금쯤 어머니가 폭격을 맞고 쓰러지지나 않았을까, 지금쯤 다리를 다쳐 더 이상 걷지 못하고 어디 길섶에 주저앉아 있지나 않을까 온갖 방정맞은 생각으로 우리도 밤을 지새우곤 했다.

가는 어머니도 힘들고 기다리는 우리도 할 짓이 아니어서 종내는 읍내 가까이 피난처를 옮기기로 했다. 위태롭기는 하지만 차라리 읍내 근처에서 읍내를 바라보며 사는 게 더 낫겠다는 결론을 내렸다. 공습의 공포보다 배고픔의 공포가 더 컸으니까. 공습은 아직 당하지 않았지만 배고픔은 당장 당면해 있었으니까.

그때까지만 해도 나는 전쟁 속으로 되돌아간다는 사실에 기대를 걸고 있었다. 전쟁을 피했으니 무료한 게 당연한데도, 피난이란 단어의 엄중한 분위기 때문에 피난 역시 전쟁의 일부이며 당연히 전쟁의 소란이 묻어 있을 것이라 은근히 기대하고 있었던 모양이었다. 그런데 피난이란 알고 보니 배고픔 외에 아무 일도 일어나지 않음을 뜻한다는 것을 깨달았다.

갈 때와는 달리 큰 짐을 다 없애 버리고 저마다 적당한 분량의 작은 짐을 이고 지고 들고 있었다. 나는 등에는 멜빵을 해서 벽시계를 지고 있었고 간장병을 안고 있었다. 이목촌에서 아침 일찍 출발하여 내 등에서 시도 때도 없이 몇 차례 덩덩 시계가 울렸고 중간에 떠날 때 준비했던 끼니도 한 번 때웠다.

갈 때와는 반대로 정암강을 왼편으로 끼고 2주일 전쯤 달구지와 같이 가던 그 길을 사람들끼리 걸었다.

강과 헤어져 드디어 읍내 쪽으로 길을 꺾었다. 읍내 초입에 들어설 때는 오후 3~4시가 되었던 것 같다. 여덟 식구는 둘씩 셋씩 앞서거니 뒤서거니 걸었는데 나는 나보다 세 살 아래인 사촌동생과 나란히 걷고 있었다.

한여름의 뙤약볕이 덮고 있는 적요 속에 읍내는 죽은 듯 누워 있었다. 난생처음으로 읍내 우리 집을 떠나, 그것도 객지 생활이라고 고달팠던 뒤끝이라 엎어지게 반가웠어야 하는데도 이상하게 서먹서먹했고 읍내로 들어가기를 주저주저했다. 길옆 도랑가의 풀잎들도 돌멩이들도 반기기는커녕 못 본 척 외면하고 있는 듯했다. 우리를 기다리고 있는 게 무엇인가를 알려 주고 싶지만 입 다물고 있겠다, 너희 스스로 겪어 봐라 하는 듯했다.

도대체 무엇이 우리를 기다리고 있었을까?

몇 번의 폭격이 있었다는 소문 때문에 전쟁의 흔적을 내 눈으로 얼른 보고 싶다는 생각을 하고 온 터였다. 그런데도 그 호기심을 누르는 더 큰 다른 무엇이 분명 있었다. 두려움 같기도 하고 무력감 같기도 했다.

해방 직전 몇 번의 공습경보 때 예배당 근처 방공호로 가서 숨어 있어 봤지만 해제되고 난 후 밖으로 나왔을 때의 그 고요한 무변화가 얼마나 실망스러웠던가. 허물어진 기대감에 세상이 나를 속인 것 같은 배신감. 그러나 '에이 씨 아무 일도 없거마능' 따위의 말을 입 밖으로 내서는 안 된다는 금기를 앙큼하게 지킬 줄 아는 아이로서의 무력감은 경험하지 않았던가. 그때의 무력감이 되풀이되는 듯했다.

그러나 제각을 지나고 띄엄띄엄 집들이 보일 때쯤이었다. 느닷없이 길바닥의 먼지를 일으키며 뭔가가 일렬로 따다닥 튀어 오르고 있었다. 아무도 그럴 것이라 미리 가르쳐 주지 않았지만, 그게 기총소사라는 것을 금방 알 수 있었다. 기총소사라는 단어가 어떻게 내 지식의 하나가 되어 있었는지는 모르겠다.

비행기는 소리 없이 왔고 그곳에는 피난 짐을 이고 지고 있는 우리 식구들만 있었다. 맹세코 우리 식구들만 있었다.

그때 이후 그 강렬하던 호기심은 사라지고 비행기의 습격을 받을 때마다 머리와 가슴에 공포의 크기만 한 울분이 꽉 차오르곤 했다. 항의 받아야 할 공격자가 옆에 있지 않고 멀리 떨어져서 '용용 죽겠지' 하고 저만치 달아났다가, 분을 참고 일어날 때쯤이면 되돌아와서 또 갈겨대는 그런 경우가 세상에 어디 있단 말인가.

나는 정신없이 어딘가 문이 보이는 곳으로 뛰어 들어갔다. 햇빛 속에서 건물 속으로 뛰어든 순간 어두침침한 공간이 눈에 들어왔고 나는 그곳으로 기어 들어갔다. 시계를 지고 간장 됫병은 품에 안은 채. 그게 아무리 급해도 간장병을 깨지 않고 잘 지키더라는 말을 듣게 된 계기였다. 간장병을 안은 채 나는 머리를 땅바닥에 처박고 벌벌 떨고 있었다. 아니다. 벌벌 떨었는지 어쨌는지도 모른다. 몸과 마음에 공포가 가득 차서 아무것도 인지할 수가 없었던 것 같다. '벌벌 떨었다'는 건 그 이후 그때의 상황을 표현할 때마다 상투적으로 써 왔던 말이라는 걸 이제야 알겠다.

총알이 내 머리 위쯤에 사선으로 지나서 땅바닥에 꽂힌다는 것은 알 수 있었다. 건물 속인데 총알이 박히는 곳은 분명 땅바닥이었다.

"와 이라는데? 우리가 머를 잘못했는데?"

그 이후 폭격이 있을 때마다 울분은 울분대로 두고 한옆으로 우리가 모르는 사이에 비행기에서 오해할 만한 무슨 일을 저지른 모양이라고 우리 쪽 과오를 챙기는 버릇이 생긴 것 같다. 그때는 피난 짐을 진 우리를 인민군의 대열로 오해한 모양이라 결론을 내렸다.

뚝방에 기대어 함석으로 얽은 상자 집에서 폭격을 당했을 때는 냇가에서 밥하느라 연기를 피워 올린 걸 무슨 신호로 알았을 거라 해석했고, 한낮에 우리 식구가 있는 농가를 폭격할 때는 방금 밖에서 집 쪽으로 오는 오빠를 보고 인민군의 숙소인 줄 안 모양이라 했고, 심지어는 방 안에서 뀐 방귀 소리를 조종사가 저를 공격하는 총소리로 들었나 보다 하기도 했다.

이 방귀 이야기는 우스개가 아니다. 총명하기로 소문난 숙모가 실제로 저지른 일이다. 숙모는 보도연맹으로 풀려났다가 6·25가 터지고 인민군이 남하하자 다시 마산형무소에 갇힌 그녀의 남동생을 처형되기 전에 구출해야 한다고 마산에 머물다가, 격전지인 함안벌을 지나 이목촌에 있는 우리를 찾아온 이후 소리 공포증에 걸려 있었다. 폭격이 있는 동안 나머지 식구 모두가 달려들어 누르고 있어도 이불이 들썩거릴 정도로 벌벌 떨고 있던 숙모가 비행기가 사라졌다는 것을 알자마자 사나워진 얼굴을 내밀고 추궁했다.

"아까 방구 낀 년이 누고?"

제 어머니의 독한 성질을 아는 그녀의 막내딸인 내 사촌동생이 겁에 질린 얼굴로 '냅니더' 했다.

"에라. 이년아."

머리통을 사정없이 쥐어 박힌 딸이 겁도 없이 대들었다.

"나오는 방구를 우짜라꼬예?"

"참아라. 방구는 참아도 안 죽지마는 총 맞으모 죽는다카이."

보리쌀을 삶아 바구니에 담아 걸어 놓고 정 배가 고플 때만 조금씩 나눠 먹었어도 보리밥은 보리밥이라 유난히 방귀가 잘 나왔다.

비행기 소리만 사라지면 언제 그랬더냐는 듯 숙모의 총기는 되살아났다. 방귀 소리를 비행기 조종사가 들을지도 모른다는 말은 어쩌면 숙모가 한 게 아니라 다른 누군가가 얼결에 한 말을, 소리 공포증 때문에 방귀 소리에도 놀라는 숙모를 보고 숙모가 했다고 생각해 버렸는지 모른다. 방귀 때문에 딸을 폭행하기는 했으니까.

그녀가 외아들은 마산에 남겨 놓고 함안 전쟁터를 지나 우리를 찾아오는 도중에 무슨 일이 있었는지, 다리가 끊어진 강을 어떻게 건넜는지 숙모는 절대로 입을 열지 않았다. 그녀가 구출하겠다던 남동생의 생사에 대해서도 말하지 않았다. 전쟁이 끝난 후에야 무사한 걸 알았고 숙모가 피난 중에 오빠에게만 자초지종을 이야기했다는 사실도 알았다. 큰아버지의 금력과 인맥을 이용해 죽음 직전에 있던 동생을 구할 수 있었던 내막을. 말하자면 숙모와 오빠는 대화가 통했던 모양이었다.

우리가 있는 이목촌의 동구 밖에서부터 대성통곡을 하며 숙모는 입성했다. 통곡 중에 늘어놓은 사설 중에 어머니가 거두어 데려온 자신의 두 딸의 안부를 묻는 말은 한마디도 없었다.

그 당시에는 비행기의 폭격 행위에 타당한 이유를 챙겨 주고 싶은 심정이었던 것 같다. 설마 우리가 우리인 줄 알면서야 저럴 수가 없다는 심정이었을 것이다. 그러나 아무리 그렇게 이해하려 해도, 아무 죄 없이 날이면 날마다 수차례씩 가슴 졸이며 살해의 위협을 받아야 하는, 알 수 없는 이유에 대한 분노가 쌓이는 것을 막을 수는 없었다.

이목촌에서 돌아오던 길목의 그 첫 번째 폭격에서는 미처 분노 같은 감정은 있을 수 없었다. 다만 '와 이라는데?' 하는 어리둥절한 의문만 있었다.

그 아이와 내가 엎드려 있는 곳이 맨땅 위에 얽어 만든 함석 임시건물 안의 평상 밑이라는 것을 알 수 있었다. 한데에 노출되어 있지 않았다는 사실에 한결 마음이 놓였다. 비행기가 직접 우리를 보지 못하게 가려 주는 장소가 있었다는 게 얼마나 고마웠던지. 우리가 양쪽에서 엉금엉금 기어 한 덩어리가 되었을 때 다시 비행기 소리가 다가왔고 곧이어 예의 그 따다닥 하는 소리가 들렸고 함석벽을 뚫고 들어온 총알이 우리 눈앞에 도열하며 박히는 것을 볼 수 있었다.

"아이구 인자 좀 고만 하이소."

동생은 나와 붙어 있는 것만 해도 한결 마음에 여유가 생겼는지 그렇게 말할 수 있는 모양이었다. '인자 좀 고만 하이소'는 그 후 그 아이가 하루에도 몇 차례씩 하는 말이 되었다.

그날 그곳 읍내의 동쪽 끝에서 도망치듯 서쪽 끝 욱수골 뽕밭으로 곧장 갔다가 채 자리도 잡기 전에 또 한 번 공습을 받았을 때도 뽕나무 등 치를 그러안고 뱅뱅 돌며 '인자 좀 고만 하이소'를 연발하던 것이다. 아무리 하소연을 해도 들어주지 않는 그 말을.

비행기가 우리를 찾아온 횟수가 다섯 번째쯤 되었을 때였던가. 처음 몇 번의 것은 비교도 안 될 만큼 혹독한 총알 세례가 있었고, 동생의 입에서도 '인자 좀 고만 하이소' 대신 공포로 인해 앓는 소리가 나올 때였다. 임시건물의 저쪽 귀퉁이에서 바닥에 엎드려 우리 쪽으로 기어오는 사람이 있었다. 그는 우리에게 도달하자 한더위 속에서도 공포로 벌벌 떨고 있는 우리 둘을 한꺼번에 꼬옥 안아주는 것이었다. 그 함석집 안에 우리 말고는 아무도 없는 줄 알았다가 누군가, 그것도 어른 남자가 있었다는 사실에 그렇게 마음이 놓일 수가 없었다. 아, 이제는 살았다 하는 심정이었다. 그보다 더 따뜻하고 든든하고 공포를 잠재우는 포옹이 이 세상 어디에 또 있을 수 있었던가.

그다음 몇 차례의 공습은 힘들이지 않고 무섭지 않게 지나갔다. 공습이 끝난 후 그가 일어나며 말했다.

"호박죽 끼리 났다. 묵고 가라."

우리는 그제야 그의 얼굴을 똑바로 볼 수 있었다. 어둠침침했지만 그가 유리이라는 것을 우리는 곧 알아볼 수 있었다. 읍내 사람치고 유리이를 모르는 사람이 누가 있겠는가.

넝마를 걸치지 않고 바지에 셔츠를 입은 그는 보통 이웃집 아저씨와 똑같았다. 아니, 고쟁이를 입고 살던 보통 이웃집 아저씨들보다 훨씬 더 훤칠했다. 그러나 그가 유리이라는 것을 알아챈 순간 동생과 나는 누가 먼저랄 것도 없이 후다닥 밖으로 튀어나왔다. 그는 사람이 아니고 유리이였으니까.

"엉가(언니). 유리이 맞제?"

"하아. 유리이 맞다."

도깨비의 홀림을 뿌리치고 나온 듯 우리는 무사함을 서로 확인했다.

전쟁이 거지를 거지로 살 수 없게 한 것이었을까? 아니면 그가 스스로 변신을 꾀했던 것이었을까? 전쟁을, 거지 아닌 다른 삶을 살 수 있는 절호의 기회로 삼은 것이었을까? 그의 변신에의 시도는 과연 성공할 수 있었을까? 그러나 우리의 질긴 고정관념은 그의 변신을 용납할 수 없던 것이다.

유리이라는 것을 모를 때는 보통 사람과 같은 의복을 입은 그는 체격도 좋고 인물도 좋아 보였는데, 유리이라는 것을 알았을 때 그는 사람으로 둔갑한 사람 아닌 그 무엇이었다. 넝마를 걸치지 않은 유리이는 도깨비가 틀림없었다.

함석집 안에 우리가 그 밑으로 기어 들어갔던 평상을 구해다 놓고, 판자 쪽으로 조리대 비슷한 탁자를 만들어 한쪽 귀퉁이에서 끼니를 지어 먹은 모양이었다. 우리에게 '호박죽 끼리 났다' 하고 권할 때 그가 손으로 그쪽 귀퉁이를 가리키고 있었으니까. 우리가 이제 죽는구나 하고 얼굴을 땅바닥에 비비고 있는 동안 그는 그쪽 구석에서 호박죽을 끓이고 있었던 것이다. 공습이 점점 격렬해지자 그도 더 이상 견딜 수 없기도 했고 겁먹고 있는 우리가 가엾기도 했던 모양이었다.

우리가 방금까지 함께 있었던 사람이, 우리를 따뜻이 포옹해 줬던 사람이 유리이였음을 확인하고 있을 때, 각자 어디선가 공습을 피했던 가족들이 무사히 신작로에 모여들고 있었다. 동생과 나는 약속이나 한 듯 유리이 일은 비밀로 하기로 했다. 그리고 유리이는 곧 잊어버렸다. 잊어버리지 않을 수 없었다. 공포가 순간마다 우리 몸과 마음속을 채우고 있었다. 이게 끝날 일이라면 하루빨리 끝나 줬으면 하는 간절함으로 심신이 저릴 정도였다.

욱수골 뽕나무 아래 밭이랑에서 하룻밤을 잤다. 어머니가 집에 들러 두꺼운 솜이불을 가져와 깔았고 먼 길을 걷느라, 공습을 당하느라 고단한 몸인데도 밤이슬과 추위보다 밭고랑과 밭두둑의 들고 남의 느낌이 불편해 깊은 잠을 잘 수 없었다. 세로로 고랑에 몸을 맞춰 누워도, 가로로 두둑과 고랑에 걸쳐 누워 보아도 불편하기는 마찬가지였다.

이튿날, 남산천과 방죽을 사이에 두고 읍내와 가장 가까이 있는 덕실의 어머니 사촌오빠 집으로 갔다. 우리 집이 폭격된 시기가 전쟁이 끝날 무렵이었으니 그때는 집에 들어가 있어도 될 것을 언제 폭격 맞을지도 모르고, 그보다 오빠의 나이가 탄로 날까 봐 지레 겁을 먹고 집을 피해 다녔던 것이다. 전쟁이 끝난 후 헤아려 보니 전쟁 중에 우리 식구들이 여기서 저기로 저기서 또 여기로 군내 곳곳 안전하다는 곳을 찾아다닌 곳이 여덟 군데였다.

오빠의 실제 나이는 만으로 열여덟이 채 못 되었는데 인민군들의 나이가 대개 그쯤 되니 끌려갈지 모르므로 나이를 줄여야 한다고, 열여섯이라 하기로 입을 모았다. 그러다가 또 다른 피난길에서 열다섯 살짜리 인민군과 만난 후로부터는 열네 살로 줄이기로 했다. 다행히 오빠는 체구가 왜소했기 때문에 우리 집 사정을 모르는 타지 사람들은 믿어줄 거라 했지만, 그렇게 말하기로 작정한 우리도 설마 하는 심정이었다. 오빠와 나이 차이가 네 살인 언니의 나이가 만 열네 살이었으니까.

어머니는 마당 귀퉁이에 동솥을 걸어 놓고 밥을 짓고 있었고, 여자아이들은 감나무가 여러 그루 모여 있는 뒤란에서 더위를 피하고 있었다. 오빠는 바깥 동정이 궁금하여 어딘가로 외출하고 없었다. 지독한 예수교 신자인 외가언니는 건넌방에서 기도를 하고 있었다.

그 외가에 머물고 있는 동안 한 번 인민군이 남산 밑 개울가에서 잡았다는 쇠고기를 얻어 세상에서 제일 맛있는 쇠고깃국을 끓여 먹은 적이 있었다. 비행기가 우리를 습격한 이유가 그것이었을까? 감나무 아래 여기저기 앉아 있는 우리들 사이사이로 총알이 박히고 있었다. 후두두둑. 소나기가 감나무 잎을 때리듯이.

처음에는 이게 뭔가 했다. 해가 쨍쨍한데 비가 올 리도 없었다. 외딴 시골 농가의 감나무 아래에서 아이들이 놀고 있을 뿐인데 공습이 있을 리도 없지 않은가. 읍내에서 오자면 방죽을 넘어 남산 밑을 흐르는 냇물을 건너 외줄기 길을 걸어 동네 깊숙이 들어가기 전에 오른쪽으로 외가로만 들어가는 갈림길이 하나 나 있을 뿐이었다. 집으로 들어가기 전에 싱싱한 날가지와 오이를 따 먹던 꽤 넓은 채마밭이 있어 외가는 외딴집 같았다.

그게 비행기가 쏜 기관총알이라는 걸 알아챘을 때 모두 뿔뿔이 튀었다. 뒤란은 담으로 둘러쳐져 있었고, 빠져나갈 수 있는 하나뿐인 출구는 좁았다. 서로 밀치며 먼저 출구를 빠져나간 사람도 있었고 미처 빠져나가지 못한 사람은 좁은 출구 앞에서 뒤엉키고 있을 때였다. 먼저 뛰어나갔던 언니가 우리를 밀치며 도로 뒤란으로 뛰어 들어갔다. 막냇동생 이름을 부르며. 잠시 후 언니의 양쪽 손에 다섯 살짜리 동생의 양쪽 귀가 잡혀 있었다.

내가 뛰어 들어간 곳은 뒤란에서 가장 가까운 부엌 뒷문이었다. 컴컴하고 서늘한 부엌 바닥에는 이미 몇 사람이 부뚜막에 몸을 찰싹 붙이고 엎드려 있었다. 내가 아궁이 속으로 기어 들어가 숨을 죽이고 있을 때 오빠가 부엌 앞문 쪽에서 뛰어 들어와 내가 있는 아궁이 속으로 밀고 들어왔다.

"오빠는 어데서 오는데?"

"동네에 나갔다가 점심 묵으러 들어오는데 내 등 뒤에 폭탄이 떨어지는 모양이더라. 쾅하는 폭탄 바람에 밀려 들어왔다. 나 말고 누가 있었는지 모르겠다. 누가 있었으모 죽었을 끼다. 뒤도 안 돌아보고 이리로 들어왔으니."

아, 오빠를 인민군으로 알았구나. 이 집이 인민군 소굴인 줄 알았구나. 나는 속으로 또 한 번 공격 대상이 된 이유를 챙기고 있었다.

폭격이 끝나자마자 그 길로 우리는 밥이 미처 되지 않은 뜨거운 무쇠솥을 이고 또 피난길을 떠났다. 솥바닥을 찬물에 담갔다가 두꺼운 똬리 위에 이었는데도 어머니는 머리가 뜨거워 죽겠다 했다. 그러면서도 쉬지 않고 길을 걸었다.

왜 우리만 유난스럽게 도망을 다녔을까? 전쟁이 끝나고 난 후 알게 되었지만 읍내 사람치고 우리처럼 여러 곳을 다닌 집은 없었던 것 같다.

그까짓 시골 면서기가 뭐 대단하다고 아버지의 공무원 전력이 탄로 날까 봐 그랬을까? 아니면 아직 아이인 오빠 말고는 모두 여자들이라 전쟁에 대처할 판단력이 없었던 것일까? 남들보다 겁이 더 많았던 것일까?

그때, 우리가 나올 때 외가의 초가지붕 귀퉁이에서 연기가 피어오르고 있었다. 외가식구들이 물동이를 들고 불을 끄는 것을 보면서 우리 식구만 혼비백산 떠났던 것이다.

지금도 친정오빠네 거실에 그때의 시계가 걸려 있고 뚝딱뚝딱 잘도 가는 걸 보면 버리지 않고 외가에 맡겨 두었던 모양이었다. 나는 그날 피난길에는 시계 대신 돗자리 두 장을 지고 있었다.

밤길을 걷다가 지쳐 한길 바닥에 돗자리 두 장을 깔고 여덟 식구가 일렬로 누웠다. 고개만 넘으면 인가가 있을 것 같은데 오르막에서 아이들이 더 이상 갈 수 없다고 버티는 바람에 어른들이 결단을 내렸던 것이다. 그 길에는 우리 식구뿐이었고, 달도 없이 깜깜한 밤이었다. 산속으로 들어가는 것보다 차라리 길 위에서 자는 게 더 안전할 것 같다는 생각이었다.

한여름인데도 산골 밤은 서늘했다. 덮는 것 없이 맨몸으로 누운 잠자리는 추웠지만 서로 몸을 붙이고 어느새 잠이 들었다.

한쪽 끝에 어머니가 눕고 어머니 옆에 다섯 살짜리 동생이 눕고 그 옆에 오빠가 누웠던 것은 확실한데 언니와 나, 사촌언니와 사촌동생이 가운데 몰려 누웠던지, 사촌언니가 숙모보다 바깥쪽에 누웠던지는 잘 기억되지 않는다. 어쩌면 사촌언니가 숙모보다 바깥쪽에 누웠을 수 있다고 생각하는 건 당시에 숙모가 자기 큰딸의 보호를 받아야 할 정도로 어린애같이 굴었으니까. 오빠는 남자인데도 우리를 보호할 입장이라기보다 행여나 붙들려 갈까 봐 어머니가 옆에 두고 계속 존재를 확인해야 할 형편이었기에 동생을 사이에 두고 어머니와 가장 가까운 자리에 누워 있었다.

밤중에 훌쩍이며 우는 소리에 잠을 깼다.

우리 식구 중에 누가 우는 걸까?

가족의 울음소리는, 그것도 한밤중일 때 사람을 처절하게 하는 그 무엇이 있는 법이다. 게다가 그곳은 첩첩산중, 가족들의 온기 속에 감추고 있던 두려움의 핵을 어느 한 사람이 밖으로 밀어내다니, 그것은 배신행위였다. 첩첩산중의 깊은 밤에.

그곳은 우리 고향 군내에서 가장 깊은 산중으로 숯골로 유명한 곳이었고 전쟁 전과 후에 빨치산이 숨어 살았던 곳이기도 했다.

어머니가 달래는 소리, 훌쩍이며 우는 남자의 울음소리.

'아, 오빠가 견디지 못하고 기어이 울음을 터뜨렸나 보다.'

아니라도 우리는 그때 얼마나 울고 싶었던가?

숨을 죽이고 있는데 어머니가 몇 살이냐고 묻고 있었다.

"아이구. 몸이 불덩어리네. 몇 살이고?"

"열다섯이오."

그 목소리는 물론 오빠의 것은 아니었다.

"세상에. 벨 일이 다 쌨네. 열다섯 살짜리가 무신 군인이고? 개안타. 전쟁 끝나고 너거무이 만내모 이 야기 옛말로 하고 살기 댈 끼다."

남자는 더욱 크게 흐느끼며 말했다.

"오마니가 보고 싶어 죽갔시오."

어머니가 열다섯 살짜리 남자를 꼬옥 안아주는 모양이었다. 다독거리는 소리가 들렸다. 오빠의 울음소리가 아닌 게 확인되자 나는 유리이의 따뜻한 포옹을 잠시 떠올리며 다시 잠이 들었다.

또다시 눈을 떴을 때는 환한 여름 새벽이었다. 새들은 겁도 없이 마음껏 지저귀고 주변의 초록빛은 있는 대로 거리낌 없이 짙었다. 밤이슬 맞으며 잠잔 식구들이 부석부석한 얼굴로 하나둘 부스스 돗자리와 맨땅 위에 일어나 앉으면서였다.

먼저 울음을 터뜨린 사람은 누구였던가?

아니, 누가 먼저랄 것도 없이 인적 없는 산골 신작로에 퍼질러 앉아 일제히 목청껏 통곡을 터뜨린 것이다. 마치 합창을 하듯이. 새들은 놀라 지저귐을 그쳤고 막 떠오르는 해는 무덤덤했다.

한참을 울고 났을 때 먼저 울음을 그친 어머니가 말했다.

"인자 됐다. 고만 울어라. 비행기가 듣고 오겠다."

다 같이 통곡을 하고 나니 왜 울었는지 이유를 알 수 없는데도 무슨 축제의 끝인 양 후련했고 돈독한 결속감을 느낄 수 있었다. 울음을 그치고 간밤의 일이 생각나 사방을 둘러보았으나 거기에는 우리 식구 외에 아무도 없었다.

내가 꿈을 꾸었나?

그런 느낌은 누구나 마찬가지였던 모양이었다.

숙모가 추궁하듯 어머니에게 말했다.

"성님, 우찌된 일입니꺼? 나는 무서버서 밤새 옴나시(옴짝달싹)를 못 했임더."

숙모의 질문에 오빠도 어머니에게 설명을 요구하는 눈짓을 했다.

"내사 더 놀랬제. 자는 데 머시 내 가심으로 파고드는 기라. 질겁을 해서 일어나 앉았더이 떨려서 죽겠다고 좀 보듬어 도라 안 카나. 깜깜한 데서도 군인인 줄은 알겠는데 목소리가 아아 목소리 아이가. 니 누고 캤더이 인민군이라 카대. 몸살인지 품으로 파고드는 몸뗑이가 불덩어리더라. 우리가 지들이 있는 도랑 바로 위에 있는 줄 알고 저그 어무이 생각나서 찾아온 모양인데, 군인이 그래도 되는지 우짠지 그것도 걱정이고 우리꺼지 먼 일 당하모 우짜노 싶어 겁나 뚝 죽겠더라. 그래도 우짜것노? 대기 아픈 것 같애서 내 금쪽겉이 애끼던 노신 한 봉지 털어미있다. 아메 아픈 거는 인자 나았을 끼다. 자꾸 울어 쌓더마는 할 수 없는지 저그 패 있는 데로 가더라. 아 참 몇 살인고 물었더이 열다섯 살이라 카대. 인자부터 느그 오빠는 열네 살이다. 누가 물어보모 열네 살이라 캐라. 모두 알겠제? 그라고 보이 우리가 누부 자는 질 옆 모른 또랑에 인민군이 꽉 찼는 기라. 우리가 첫잠 들 때 기척 없이 왔던지 거기 포개져 파묻혀 있는 기 깜깜한 데서도 보이더라. 해 뜨기 전에 또 기척도 안 내고 구신겉이 떠났다."

어머니가 금쪽같이 아끼던 노신을 먹였다는 바람에 나는 큰일 났다 싶었다. 어머니가 아플 때는 이제 어떻게 하나 하고. 어머니는 일찍부터 삯바느질 때문에 편두통과 다리 신경통에 시달리고 있었다. 어머니의 편두통과 신경통은 우리의 불행감의 근원이기도 했다. 마산 큰집에 갈 때마다 노신을 구해 와서 아끼며 보약처럼 복용했던 것이다.

"노신은 아직 남았습니꺼? 그걸 그 사람한테 멕여 삐리모 어무이 아풀 때는 우짤라꼬예?"

"개안타. 골 쌕이며 바느질 안 항께 머리 아픈 것도 없다. 내 피난 다님서 아프다 카더나? 그것도 팬안한 시상에서만 아푼 병인갑다."

나는 그들이 머물다 간 자리에 무슨 흔적이라도 남았나 두리번거렸지만 도랑 속에도 길에도 그들이 남겼음 직한 것은 아무것도 없었다.

"그래. 어무이는 그 사람들 보기는 봤네예?"

내가 호기심을 참을 수 없어 물었다. 그 무섭다던 빨갱이가 아무 해코지도 하지 않고 우리를 그냥 자게 내버려 두었다는 게 믿을 수 없었던 것이다.

"하모. 가아가 그라고 간 다음에는 죽은 디끼 누부 있기만 했으이 오는 거는 몬 바도 떠나는 거는 봤다. 구신들맹키로 소리도 안 내더라. 우짜든지 간에 그누마도 살아서 즈 으메한테 가야 할 낀데. 이누무 전장이 언제나 끝날지. 전장 났다꼬 다 죽는 거는 아인 모앵인께, 가아도 살아 갈 끼거마는. 바라. 어제 그 폭객 속에서도 우리 식구 아무도 안 죽고 안 다친 거 바도 안 알겠나."

어머니는 총알인지 파편인지가 스쳐 지나가 부어오른 자신의 종아리를 만지며 그렇게 말했다. 처음에는 황망 중에 아픈 줄도 모르고 길을 떠났는데 한참을 걷다가 아프다는 것을 더 이상 숨길 수 없는지 우리에게 밝히기는 했지만 발길을 멈추지는 않았던 것이다.

우리 집이 불타는 장면은 남산천 뚝방 위에서 보았다.

이쯤이면 끝날 때가 된 것 같은데 전쟁은 끝나지 않고 피난 다니는 데도 지쳐서 냇가 뚝방에 의지해서 유리이의 집 같은 함석 상자 집을 지었다. 읍내 쪽에서는 뚝방 너머가 되므로 우리를 볼 수 없었고, 우리가 읍내 쪽을 보고 싶으면 둑 위로 올라가야 했다.

숨 막히는 공포의 나날이 끝나기를 목매어 기다릴 때 우리 집이 공습을 당했다. 불타기 시작한 것은 늦은 오후였는데 밤중까지 기세 좋게 탔다. 일 년 열두 달 먹을 양식과 마찬가지로 마루 밑에 집 둘레에 빼곡히 쟁여 놓은 장작더미 때문에 축제의 불꽃처럼 화려하게 탔다.

우리는 밤늦도록 한바탕 불꽃놀이를 보는 관객처럼 뚝방 위에 줄지어 앉아 구경을 했다. 그렇게 잦은 공습에도 공습이 지난 후 이번에야 우리 집이 탔겠지 하고 조심스럽게 뚝방으로 올라가 보면 들판 너머 우리 집이 있는 서동은 말짱했는데 드디어 그날이 왔던 것이다. 우리 집이 불타지 않는 한 그 전쟁은 끝날 것 같지 않은 예감 때문에 환성을 지를 정도로 통쾌했다. 그날을 얼마나 기다렸던가? 어쩌면 집이 불타 버려야만 도회지로 이사 갈 것 같아 더더욱 기다렸는지 모른다.

우리 집과 이웃이 다 타고 동네 전체가 재로 변했는데도 예상과는 달리 전쟁은 끝나지 않았고, 기어이 어머니가 걱정하던 그 일마저 일어나고 말았다.

우리가 뚝방 함석 상자 집에 기거하기 시작할 때부터 오빠는 냇물 저쪽 산자락에 은신처를 마련해 놓고 혼자 기거했다. 바위가 물 위로 사람 키만 한 높이에 지붕 처마처럼 튀어나오고 동굴의 입구처럼 냇물이 산자락을 우묵하게 파고들어 간 데였다. 물 위에 평상을 놓고 소나무를 베어다 가려 놓은 공간에 오빠는 하루 종일 숨어서 잠을 자든가 책을 읽든가 했다.

뚝방 근처로 아무도 지나가지 않는 틈을 타 어머니가 밥을 이고 물을 건너다녔다. 여름철이라 항상 물은 깊은 편이었는데 어머니가 그 물을 헤치고 가는 동안 우리는 냇물 이쪽 함석 상자 집 앞에 앉아 200미터 달리기 선수가 골인 지점에 도달한 때를 마음 졸이며 보고 있는 응원객들처럼 지켜보고 있었다. 어머니가 아무에게도 들키지 않고 무사히 소나무 가리개 옆으로 들어가는 것을 보고야 우리는 안도의 숨을 내쉬었다.

밤이 되면 물뱀이 평상 근처로 몰려와 오빠는 항상 뱀 쫓는 막대기를 옆에 두고 있었다. 그런 생활이 계속되자 답답함을 참을 수 없게 된 오빠가 어느 날 저녁 식사 후 냇물을 건너왔다. 나 역시 식사 후 둑 위로 올라가 서성이고 있을 때였다.

"들키모 우짤라꼬 건너옵니꺼?"

"인자 저녁땐데 누가 오겠노? 답답하고 똥도 누고 줍고 해서."

"그냥 물에다 누모 될 낀데."

평소에 오빠는 평상 끝에 쪼그리고 앉아 냇물에다 대변을 본다고 했다.

"한 분쯤 땅에다가도 누구 줍다."

오빠는 뚝방 너머 들길로 내려갔다.

나는 오빠가 얼른 일을 보고 돌아와 무사히 냇물을 건너가는 것까지 확인하고 싶어 뚝방 위에 쪼그리고 앉아 있었다.

10분이나 지났을까. 서산 쪽에서 남자 서넛이 웅성웅성 이야기를 나누며 우리의 함석집을 향해 오고 있었다.

오빠한테 알리려 뛰어 내려가야 하나? 일을 보고 있을 오빠에게 차마 가까이 갈 수 없다는 생각과 오빠가 요행히 평소의 습관대로 오래오래 일을 볼지도 모르는데 뛰어 내려가는 따위의 수상한 짓을 안 하는 게 나을지도 모른다는 생각을 바쁘게 하고 있었다. 사실은 오금이 저려 꼼짝 할 수 없었다.

어떻게 해보지도 못하고 마음만 졸이고 있는데 우리의 함석집에서 나온 어머니가 그 사람들을 맞이했다. 어머니가 남자는 없다고 거짓말을 하고 그 사람들이 그 거짓말을 믿어주는지 돌아가려 할 때였다. 일변 바지춤을 올리며 얼굴에 웃음을 담뿍 물고 오빠가 뚝방을 오르고 있지 않은가. 옴짝달싹할 수 없던 내 몸이 공처럼 튀어 올라 오빠가 올라오고 있는 쪽으로 달려갔다. 그러나 그 사나이들이 나를 뒤따라 왔고, 어머니가 탈기해서 말문이 막힌 사이에 사나이들이 오빠를 데려갔다. 나중에 안 일이지만 그 사나이들은 오빠를 전부터 잘 아는 내무서원들이라 열다섯 살이라 우겨도 소용없는 일이라 했다. 오빠가 있다는 소문을 듣고 온 모양이었다.

어머니의 전쟁은 완전히 패한 전쟁이 되고 말았다. 사흘인가 나흘인가 지난 후 오빠가 새끼줄로 운동화를 동여매고 거지꼴로 들길을 걸어 뚝방으로 돌아오기까지 어머니는 물론 우리 식구 모두 살아 있어도 산 것이 아니었다.

오빠는 전선으로 쌀을 지고 가다가 공습을 틈타 도망쳐 왔다고 했다. 오빠가 돌아온 다음 날인가 그다음 날인가 밤새도록 울리는 대포 소리에 쫓겨 우리는 다시 한 번 피난길을 떠났다. 그게 마지막 피난길이었다.

파리에 머문 6개월 동안 나는 거의 매일 이른 점심을 먹고 오후에는 공원 순례를 했다. 뤽상부르 공원이나 튈르리 정원처럼 시내 중심에 있는 유명한 공원은 그 근처에서 일을 보다가 시간이 어중간하게 빌 때 들르곤 했지만, 보통은 뱅센 숲이나 몽수리 공원이나 식물원을 주로 다녔다. 페르 라 세즈 묘지나 뷔트 쇼몽같이 별난 공원은 일삼아 한 번씩 다녀왔다. 뷔트 쇼몽 공원은 두 덩어리의 산을 오르막길과 내리막길로 연결해 놓고 잔디 언덕, 나무, 절벽, 절벽 사이의 다리, 폭포, 폭포의 물이 돌도랑으로 따라 흘러 모이는 작은 호수, 정자 등 자연 그대로의 산이 갖고 있는 모든 요소를 잘 다듬어 배치해 놓은 하나의 거대한 작품이었다.

마침 내가 머문 기간이 초겨울부터 이듬해 초여름까지였기에 파리의 봄이 어떻게 시작하여 어떻게 끝나는지 전 과정을 비교적 상세히 관찰할 수 있었다.

아직도 추위가 풀리지 않은 겨울 같은 봄인데도 뱅센 숲 호수 가운데 있는 섬의 녹색 잔디 위에 오렌지색, 보라색, 흰색, 푸른색의 보석처럼 박혀 있는 크로커스 꽃송이로부터 시작하여 넓은 원형의 이탈리아 광장을 빙 둘러 네 겹인가 다섯 겹의 원을 이루며 피어 있는 벽오동까지.

늦은 봄, 아니 초여름에 다른 나무들이 다 신록으로 접어들었을 때 잎 하나 없이 시커멓고 뻣뻣하고 고집스럽고 거친 가지에 생뚱스럽게 보라색 꽃을 피운 벽오동은 경이로울 정도였다. 꽃을 피운 거목의 무리가 티 없이 푸른 하늘을 배경으로 빙 둘러 서 있는 광경은 어떤 화려한 꽃밭보다, 꽃나무 무리보다 아름다운 광경을 연출해 내었다. 단순해서 더 아름다웠다. 그런 광경이 되리라는 것을 예상하고 심은 사람들의 조경 감각에 감탄하지 않을 수 없었다.

딸이, 또 꽃타령이냐, 미술관에나 가시지 할 때마다 너도 늙어 봐라 꽃보다 더 좋은 게 있는지, 천지가 그림인데 답답한 미술관에는 뭐하러 가냐 하며 어깃장을 놓고는 무료 관람할 수 있는 매달 첫 번째 일요일만 미술관엘 갔다.

사람의 눈에만 꽃이 아름다운 것일까? 개의 눈에도 호랑이의 눈에도 돼지나 소의 눈에도 꽃은 아름다운 것일까? 조물주가 사람의 눈에만 꽃이 아름답게 보이게끔 만든 것일까? 아니, 꽃은 정말 아름다운 것일까? 사람이 아름답다고 느끼기 때문에 아름다운 걸까?

내가 그의 변신을 목격한 것은 그런 공원 순례 중이었다.

봄이 되자 공원마다 녹색 제복의 정원사들이 바쁘게 움직이고 있었다. 그날의 켈레르망 공원에서도 그랬다. 정원사들이 나무 밑에 나무 부스러기 비료를 주고 산책로 가장자리로 삐져나온 잔디를 깎아 주고 겨울 동안 때 묻은 벤치들을 닦고 있었다.

켈레르망 대로 쪽에서 들어가 줄지어 선 마로니에 샛길 끝 둥근 튤립 꽃밭을 지나 계단 아래로 내려가면 넓은 분지에 공원이 펼쳐져 있었다. 그날은 아직 이른 봄이라 완만한 비탈에 마치 초록빛 치마와 베적삼을 입은 조선 여인들이 군집하여 함초롬한 자세로 고개 숙이고 서서 누군 가를 기다리는 것 같은 수선화 무리가 유난할 뿐이었다.

공원을 한 바퀴 돌고 라일락 필 때를 놓치지 말아야지 다짐하며 도로 정문을 나왔을 때였다. 버스 정류장에서 백인 남녀가 열렬한 포옹을 하고 있었다. 남자는 방금 공원에서 본 정원사들과 같이 녹색 제복을 입고 있었다.

'직장으로 찾아온 연인을 버스 정류장까지 배웅하러 나왔구나.'

오랫동안 실직해 있다가 봄이 되자 복직했다는 소식을 듣고 남자를 찾아온 여인. 그 여인을 배웅하러 잠시 직장에서 나온 남자. 내 상상은 그랬다. 아주아주 보기 좋은 영화 장면 같았다.

엄마의 그 유난한 호기심 때문에 언제 한번 봉변당하고야 말지 싶어 걱정된다는 딸의 경고가 생각났지만, 나는 가던 길을 멈추고 그들을 지

커보고 있었다.

오랜 입맞춤이 끝나고 포옹을 풀고 여자가 때맞춰 도착한 버스에 오르고 남자가 다시 한 번 자신의 입술에 댔던 검지와 장지를 여자를 향해 보내고 나 쪽으로 돌아섰다.

'아, 그 남자구나. 중국시장 앞의 그 잘생긴 걸인이 한동안 보이지 않더니 복직했구나.'

나의 오랜 궁금증이 풀린 것 같았다. 일이 없는 겨울 동안 구걸하고 봄이면 공원에 나가서 일하는 정원사였던 것이다. 나는 실직했던 내 자식이 복직한 것만큼이나 기뻤다.

그는 공원 쪽으로 걸어가고, 나는 이태리로와 스와지로를 가로질러 중국시장 쪽으로 가기 위해 길을 건넜다. 오랜 숙원을 성취한 사람처럼 붕붕 뜬 기분으로 20분을 걸어 드디어 초등학교 앞에서 신호등이 바뀌기를 기다리며 길 건너 중국시장 쪽을 보았다.

이게 어찌된 일인가. 초록빛 제복 대신 예의 그 밤색 코르덴 윗도리를 입은 그가 보던 책을 옆에 두고 깊은 눈으로 허공을 응시하고 있지 않은가.

서양 사람 눈에 동양 사람이 다 그 사람이 그 사람 같아 보인다더니, 내 눈에 머리 빛깔과 체격이 비슷한 정원사와 걸인이 같은 사람으로 보인 모양이었다. 부지런히 일하고 있는 정원사를 보면서 그 걸인이 저들처럼 여기서 일했으면 좋겠다는 생각을 너무 열심히 한 모양이었다. 공원으로 갈 때 우체국 앞 작은 광장에 일찍 핀 벚꽃을 보기 위하여 중국시장 앞으로 가지 않고 바로 길을 건넜기 때문에 그가 오랜만에 나와 있었던 것을 몰랐던 것이다.

집에 들어가자마자 진주의 사촌동생에게 국제전화를 걸었다. 대강의 안부를 주고받고 내가 물었다.

"유리이는 어찌 됐어?"

"걸배이 유리이 말가? 뜬금없이 유리이는 와? 죽은 지 울매나 댔다꼬."

"죽었어? 넌 그 사람이 죽은 줄 어떻게 아는데?"

"어령에서 늙어 죽었는데, 내가 우찌 모르겠노?"

"그럼 죽을 때까지 의령에서 거지 노릇을 했단 말야?"

"유리이가 걸배이짓 아이모 머를 했겠노?"

"왜, 그때 6·25 때. 우리가 폭격 피해 들어갔을 때 거지 옷도 다 벗어 버리고 그랬잖아."

"우리를 보듬아 주던 거? 아이구 시상이 바긴다 쿤께네 지도 한분 우찌 해볼라 캤는지 모르지만, 전쟁 끝나고 언니 느그 이사 가고 난 다음 실실 옛날 지 입던 두디기 걸치고 또 나오더마는, 죽을 때까지 유리이 짓 했다. 언니는 잊이삐리지도 않네. 나는 볼써 옛날에 다 잊이삐렀는데."

우리 고향에서는 거지 노릇을 유리이짓이라 했다.

〈내일을 여는 작가〉 2005년 봄호

저 희미한 석양빛

혹시 밤새 시체가 되어 누워 있을지 모른다는 기대를 하며 새벽에 그 방 문 앞을 지나가던 것도 오래전 일이다.

이젠 그런 헛된 기대는 하지 않게 되었다. 대신 여명을 틈타 기습작전을 펴는 특수대원처럼 그녀는 소리 없이 시어머니 방 문 앞을 지나 주방으로 스며들듯 들어간다.

일요일 새벽 다섯 시.

기다리는 때가 영원히 오지 않을지도 모른다는 괴기스러운 생각에 놀라, 안 돼 기다리기만 할 일이 아니야 지금부터라도 폭죽을 터뜨려야지, 하며 잠자리에서 벌떡 일어난 터였다.

미닫이문을 닫아 놓고 설마 이 시간에야 안 나오겠지 하며 식탁 위에 원고지를 펴 제목을 '석양'으로 할까, '노을'로 할까, '석양'은 '저녁노을'만을 뜻하니까 그냥 '노을'이 좋겠다, 생각하고 나니 이번에는 '노을'은 김원일의 장편 제목이라는 생각이 든다. 그럼 일단 '석양'으로 해 두자 하고 '석양'의 '양' 자를 막 쓰고 있는데, 살그머니 미닫이문을 여는 소리가 난다.

30분 전 그녀의 잠자리를 어지럽힌 영생불멸의 장본인이 빗질하지 않은 허연 머리카락을 산속 도인처럼 너풀거리며 들어와서 '아이구' 하며 그녀의 맞은편 의자에 앉는다.

오늘은 다른 날보다 더 이른 시간부터 며느리와 대면하게 된 것을 흐뭇해하는 게 역력한 표정이다.

며느리는 일회전부터 진을 빼지 말자, 속으로 다짐하고 아무 말 없이 시어머니를 흘끔 보고 원고지를 거둬 들고 주방을 나와 옥탑방으로 향한다. 사냥감을 놓친 채 우두망찰하고 앉아 있을 노인을 고소해하며 계단을 하나하나 올라간다.

이번에는 명색이 서재인 옥탑방 책상 위의 미세한 먼지 위에 원고지를 펴 놓는다. 다시 볼펜을 잡고 한 반 시간이나 글을 썼을까 할 때쯤 옥탑방 문이 빼꼼히 열린다.

반사적으로 그녀의 입에서 '신발'이 튀어나오고 손에 쥐고 있던 볼펜을 힘껏 내동댕이친다. 그녀는 욕하고 싶을 때 '씨발' 대신 '신발'이라 한다. '신발'은 욕하는 쪽의 품위를 덜 손상시키면서 감정을 폭발시키는 데는 어느 정도 효과가 있다. 그리고 음만 비슷했지 대비되는 이미지의 희극성 때문에 어느새 욕하는 사람 스스로 웃음을 자아내게 되어 감정과 분위기를 순화시켜주는 재미있는 단어라 생각하고 애용하는 편이다. 그렇지만 지금은 평소와 달리 전혀 웃음이 나오지 않는다.

"시인발. 왜 또 쫓아왔어요?"

아직 아무도 보이지 않는 열린 문틈을 향해 소리를 지르자, 아니나 다를까 시어머니가 몇 개 남지 않은 이를 드러내고 웃으며 얼굴을 디민다.

"응. 무슨 불안한 일이 생겼나 하고."

불안이 아니라 불길이라 해야 맞겠지.

그 총중에도 적절치 못한 단어가 거슬려 짜증이 난다. 계단을 올라오며 골똘히 변명의 문장을 만들었을 시어머니의 머릿속이 훤히 보이는 것 같다. '불길'이 더 적절한 단어인 줄 알면서 '불안'이란 단어를 선택한 심리도 알 것 같다.

그냥 '무슨 일이 있나 걱정되어서 올라와 봤다' 하면 얼마나 좋아. 단어를 골라도 구어체보다 문어체를 선호하는 구십 노인의 위선적이고 겉멋 부리는 말버릇에도 새삼 화가 난다.

볼펜도 던져 버린 마당에 펜 끝의 폭죽도 불발이고 뭔가 후속 행위가 있어야 할 것 같아, 며느리는 벌떡 일어나 방바닥에 퍼질러 앉아 거침없이 통곡하기 시작한다. 문득 이왕 시작한 거 막돼먹게 원색적으로 해보자는 충동에 휩싸여 넋두리까지 곁들인다.

"어쩌면 좋아. 이 일을 어쩌면 좋아."

구십 노인이 황망해서 더듬거린다.

"알았어. 내 내려갈게. 아무 일 없는 줄 알았으니 나 내려갈게."

구십 노인이 난간을 붙잡고 조심조심 거실로 내려간 다음 칠십 노인인 그녀의 남편이 투덕거리며 올라온다.

"신새벽부터 무슨 일이야? 재수 없게 왜 울고 야단이야? 동네 사람들 초상난 줄 알겠다."

그녀는 방바닥까지 치며 더 크게 통곡한다. 일찍이 그녀의 친정양친이 세상 뜰 때조차 해보지 않았던 통곡이었으나, 늙은 아녀자답게 가락까지 붙여 가며 술술 잘도 곡한다.

"나는 죽을 거야. 내가 죽지 않으면 이 질긴 인연을 끊을 방법이 없어. 내가 이 세상에 오직 저 노인 봉양하기 위해 태어난 사람이야? 왜 피 섞이고 살 섞인 당신 친자식들은 수두룩 놓아두고 평생을 나한테만 매달리는 거야? 맏며느리라고? 싫어.

나도 저 노인 세 끼 더운밥 챙겨 드리는 일 말고 딴 일도 좀 하며 살고 싶어. 옹색하게 칠십 영감인 당신한테 교대근무 시켜 놓고 쫓기듯 하는 외출 말고 아무 때나 마음 나면 외출도 하고 싶고 여행도 하고 싶어. 아름다운 거리도 걷고 싶고 전시회도 가고 싶고 공연도 보고 싶고, 일면식은 없지만 더없이 친밀감을 느끼는 선후배의 길흉사에도 가고 싶고 사람답게 살고 싶어. 저 노인하고 인연을 끊으려면 내가 먼저 죽든지, 당신하고 이혼하든지, 출가해서 중이 되든지 세 가지 중에 하나야. 가정의 평화니 효도니 그딴 말들은 개나 물어 가라고 그래."

입버릇처럼 이혼하든지, 죽든지 둘 중에 하나라고 말하곤 했는데 자신도 모르는 사이에 출가해서 중이 되든지 하는 항목이 덧붙여진 사실을 뒤늦게 깨닫고 그녀는 속으로 움찔한다. 어쩌면 그녀의 잠재의식 속에 그녀의 사주를 곧이곧대로 받아들일 채비가 되었다는 뜻이 아닌가 해서다.

"잘도 주절거리고 있네."

그녀의 넋두리가 주춤해지자 그녀의 남편이 말한다.

말은 그렇게 하면서 참담한 표정은 감추지 못하고 방에서 나간다.

이윽고 그녀가 통곡을 그치고 거실로 내려갔을 때 그녀의 남편은 도로 잠자리에 들어간 모양이었고, 노인 혼자 아무 짓도 안 했다는 듯 무심 태평한 얼굴로 자신의 지정석에 이미 자리 잡고 앉아 있다.

노인의 지정석은 안방과 주방을 왔다 갔다 하는 며느리를 시선으로 추적하기 가장 좋은 위치에 있는 소파다. 거의 온 집의 정중앙쯤 되는 위치로 노인은 그 지정석에 앉아 하루를 보낸다. 신문을 펄럭이며 뒤적이지 않으면 이쑤시개, 사탕 껍질, 코 푼 휴지, 땅콩 부스러기 등 모든 쓰레기를 소파 깔개 틈으로 집어넣으며 붙박이 가구처럼 그 자리에 앉아 있다. 화장실에 갈 때, 부엌에 있는 며느리의 동정을 살피기 위해 물을 마신다는 핑계로, 식사를 하기 위해, 한참 눈앞에 보이지 않는 며느리의 행방을 수소문하려고 온 집안의 문이란 문은 다 열어 보기 위해 일어나지 않는 한 그 자리를 굳세게 지킨다.

며느리는 그 자리를 경비석이라 하고, 노인을 경비원이라 하고, 앉아 있는 그 행위를 '경비 본다'고 한다.

며느리는 의도적으로 경비 보고 있는 노인을 마주하고 거실 바닥에 퍼질러 앉아, 의식을 치르듯 옥탑방에서 다 못한 울분을 조근조근 풀어 내기 시작한다.

우선 그녀가 왜 분노하게 되었는지를 낱낱이 설명한다. 며느리의 성질을 교묘히 돋워 놓고 내가 뭘 어쨌게 저 지랄이냐 하는 표정으로 앉아 있는 노인에게, 왜 자기가 이렇게 화가 났는지 선은 이렇고 후는 이렇지 않았느냐 하고 일깨워 주지 않으면 안 될 것 같기 때문이다.

방금 전에 옥탑방에 올라갔던 일을 정말로 잊어버린 것 같기도 하고 잊어버린 척하는 것 같기도 한 그 표정에 자극되어, 며느리는 마치 속력을 내기 시작하는 기관차처럼 박차를 가한다.

"무슨 불안한 일이 생겼나 했다고요? 부서진 골반뼈 갈아 끼우고 아문 지 얼마 안 되는 구십 노인이 계단 오르내리시다가 사고 날까 봐 불안하지, 사지 멀쩡한 며느리가 옥탑방에 올라간 일이 왜 불안한 일이냐구요? 잠시라도 어머니가 볼 수 없는 곳에 제가 가 있는 게 싫어서 그러시는 줄 알긴 하지만 설마 이런 신새벽에야 쫓아다니시지 않겠지 했다고요. 일 좀 해 보자 큰맘 먹고 막 시작하는데 마주 앉고 싶어 처음에는 부엌으로 나오셨죠? 도망갈 수밖에요. 옥탑방으로 도망가 있는데 이번에는 거기까지 또 쫓아왔잖아요. 그런데 지금 어머니 표정이 어떤지 아세요? 내가 언제 옥탑방에 따라갔다고 생난리냐 하는 표정이라구요."

노인이 이때다 싶은 듯 새침한 목소리로 며느리의 말을 잘랐다.

"얘가 별 애먼 소리 다 하는구나. 내가 언제 옥탑방에 올라갔다고 그러냐. 나는 아무 데도 안 가고 여기 앉아 있었다."

"정말 미치겠네. 그래 옥탑방에는 안 올라갔다 해요. 그럼 왜 이 신새벽부터 여긴 나와 앉아 계셔야 하는지 물어나 봅시다. 어머니 방에 혼자 계시면 저승사자가 잡으러 와요? 따뜻하고 좋은 방 놔두고 왜 제 꽁무니만 쫓아다니시며 당신 세 끼 밥 챙겨드리는 일 외에 딴 일을 못하게 하는 거냐구요.

제가 어머니 보지 않는 곳에 숨어서 서방질을 해요, 노름을 해요? 안방에서 30분만 바느질하며 음악 듣고 있어도 문 열어 보고 에미 여기 있었구나 하질 않나, 양치질하고 세수하느라 화장실에 조금 오래 있었다 싶으면 그새를 못 참아 들여다보시고 에미 어디 간 줄 알았다 하시질 않나.

젊을 때부터 그랬죠. 제가 외출할 기색만 보이면 볼일이 있는 것처럼 안방 베란다로 와서 뭘 찾는 시늉 하며 유리문 안을 들여다보셨잖아요? 속옷 입을 때부터 낱낱이. 매번 그랬다구요. 지적해 드리는 것도 어려울 때라 모른 척 넘어갔지만 그때도 저는 다 알고 있었어요.

이런 이야기를 들으면 당해 보지 않은 남들은 그러겠죠? 남들까지 들먹일 필요 없이 어머니의 다른 자식들도 그러잖아요. 노인이 좀 따라다니시면 어떠냐 무시하면 되지. 달리 못된 시어머니 노릇 하지 않고 똥오줌 받아 내지 않아도 될 정도로 건강하신 것만도 복이다 하고 살면 되잖냐 하잖아요.

그 복 나 혼자 독차지하기 싫으니 나눠 가져가라고 해요. 오죽하면 차라리 못된 시어머니 쪽이 낫겠다 하겠어요? 내 육신은 고달프겠지만 마음은 평화로울 테니까요.

어쩌다 어머니가 속이 좋지 않다면서 방에 누워 계시는 날에는 제 기분이 너무 좋아 콧노래가 다 나올 지경이에요. 제발 방 안에 좀 계셔 주세요. 여름에는 시원하고 겨울에는 따뜻한 당신 방에서 좋아하시는 신문도 읽고 잡지도 뒤적이고 그것도 싫으시면 좀 누워 쉬시기도 하고 밖에는 가끔 나오시고 그러면 얼마나 점잖고 보기 좋겠어요. 아무 일 하지 말고 어머니하고 마주 앉아 있기만 하라니 미칠 노릇이죠."

노인의 표정에는 아무런 움직임이 없다. 한마디도 듣지 않는 표정이다. 그게 더 좋다. 안방 잠자리에 누워 있을 그녀의 남편도 이번에는 못 들은 척 숨죽이고 있다.

이왕 벌거벗은 마당에 뭐는 가리고 뭐는 감추겠냐 하는 심정이다. 교양이고 예의고 도덕이고 절제고 다 던져 버리고, 야비하고 유치하고 천박하게 젊을 때 못하던 말까지 모조리 쏟아 낸다. 관객 없는 무대 위에서 의상이나 연기법 같은 건 고려하지 않고 벌거벗은 채 뱀 꼴리는 대로 지껄인다.

좀 과장되었거나 왜곡된 부분이 있다 하더라도 부정도, 저항도, 비평도, 제지도 없는 독주의 상황이 너무도 즐겁고 시원하다.

그러나 오래잖아 고질이 도진다. 나를 아는 세상의 잘난 사람들이 시어머니에게 패악이나 부리고 두더지처럼 들앉은 내 이런 꼴을 본다면 어떨까 하는 생각이 들기 시작하고 그녀는 조금씩 창피스러워진다.

슬그머니 목소리에 독이 빠지고 그녀는 부스스 일어나 주방으로 가며 중얼거린다.

또 원점으로 돌아갔어. 폭죽은 불발이고 중이 되기도, 작가가 되기도 다 틀렸다.

시어머니가 일시적으로 똥오줌을 가리지 못했던 몇 년 전부터 그녀는 결정적인 그날을 기다리기 시작했다.

그날을 기다리는 마음은 너무 간절해서 점점 고체처럼 단단히 뭉쳐져 그 한 가지 목마른 기다림 외에 다른 생각이 비집고 들어갈 틈이 없었다.

자유로운 사고가 불가능한 상태가 되었고, 상상하는 기능은 마비상태가 되었다.

소설가에게 자유로운 사고와 상상력의 퇴영은 바로 폐업을 뜻하는 것이었다. 차라리 좋은 소설을 더 쓰고 싶다는 욕망을 접어 버리면 평화로운 마음으로 5년이 되든 10년이 되든 때가 되면 전령이 오겠지 하고 담담히 기다릴 수 있지 않겠느냐 했다.

안방 문을 걸어 잠그고 라흐마니노프 피아노 협주곡 2번의 화려한 선율 속에 묻혀 작품을 만들듯이 진지하게 이불도 개조하고 옷도 수선하

146

고 양말이며 덧버선도 꿰맸다. 일시적이나마 그녀의 뇌 속에 단단히 뭉쳐 있던 고체가 슬그머니 해체되면서 그녀는 신통하게도 노인의 죽음을 기다리는 질곡에서 놓여나는 것이었다.

경비석에 앉아서 며느리가 안방으로 들어가는 것을 분명히 목격했는데도 잠긴 방문 손잡이를 비틀며 에미 여기 있냐 확인하는 소리가 들리기 전까지는 그랬다.

5년이든 10년이든 담담히 기다리자고 다짐했던 그 5년이 지났을 뿐인데 그녀의 나이는 멈춰 있고 노인의 나이만 먹는 게 아니라는 깨달음, 그녀의 나이에 상관없이 장애물이 제거되고 마음만 먹으면 폭죽처럼 좋은 글이 터져 나올 것이라는 기대가 얼마나 근거 없는 망상인가 하는 회의가 그녀를 괴롭히기 시작했다.

다시 기분 나쁜 죄의식과 함께 치열하고 소모적인 기다림이 시작되었다.

옛날에 죽은 자들에게는 살았을 때 그녀와의 관계를 상기시키고 이 불쌍한 인간을 생각해서 제발 우리 시어머니 좀 데려가 주십사 하고 애원하며 기도하고, 오늘 죽는 사람에게는 득달같이 문상 가서 오래된 귀신들은 힘이 쇠한 모양이니 새 귀신인 당신이 강력한 힘으로 우리 시어머니를 이끌어 동행해 달라고 애원했다. 늙어 죽은 귀신이나 젊어 죽은 귀신이나 가리지 않고.

남들은 초상도 잘 나 쌓건만 우리 집은 그 흔한 초상도 나지 않느냐 불평까지 해가며.

그러나 염력이 모자랐는지 귀신들이 산 사람의 생명을 좌지우지한다는 것은 전설에 불과한지 그녀의 애원이 터무니없다고 묵살당했는지 여전히 아무 소식이 없었다.

그녀는 노인의 장수를 순리를 역행하는 짓이라며 용서할 수 없었고 용서하고 싶어 하지도 않았다. 사물이나 현상을 언어화하는 데 타의 추종을 불허하는 어느 작가의 '집안에 건강한 노인이 있는 건 재앙이다'라고 한 말에 공감하고 또 동감했다.

동유럽의 어느 작가가 너무 오래 사는 것은 분별없는 짓이라며 그녀 시어머니의 지금 나이와 같은 나이에 스스로 목숨을 끊었다는 사실을 알았을 때 일순 계시라도 받은 듯 눈앞이 환해지는 느낌이었다. 그러나 곧 그 계시는 그녀의 몫이 아니라는 깨달음이 뒤따랐고, 시어머니의 분별없음만 더 돋보였고 용서할 수 없는 마음은 극에 달하는 것이었다.

그런 분별까지는 없더라도 매끼 코를 박다시피 하고 맛있게 식사하고 아 잘 먹었다 하며 흡족해하지나 말았으면 했다. 끝없는 식탐과 건강하게 오래 사는 데 대해 전혀 유감이 없어 보이는 그 분별없음을 더욱 용서할 수 없었던 것이다.

회춘이란 말의 실체를 증명해 보일 듯이, 화장실에서 볼일 보고 나오면서 거울에 비친 자신의 얼굴에게 '잘 계시오 나는 가오' 하던 노망기인지 섬망증인지도 사라지고, 테두리처럼 까만 앞머리가 새롭게 돋아나고 돋보기 없이 신문을 읽게 된 시어머니에게 분별심을 기대하기는 점점 더 어려워졌다. 차라리 그녀 쪽에서 분별을 보이는 쪽이 낫겠다는 생각이 들 정도였다.

그래서 남편과 황혼 이혼을 하든지, 스스로 목숨을 끊어 노인과의 인연을 끊든지 둘 중에 하나라는 결론을 내리게 된 것이다.

가끔 모든 사물이 빛을 잃고 그녀와 무관한 듯 냉정히 비칠 때, 사는 것과 죽는 것에 전혀 차이가 없어 보일 때, 죽고 나면 한 줌 흙 외에 아무것도 아니라 싶을 때 그녀는 자살 충동을 받곤 했다. 가족들의 비통도 잠시일 뿐 그들 역시 슬프면 슬픈 대로 괴로우면 괴로운 대로 죽을 때까지 살게 될걸 했다.

그녀가 손 놓고 5년이나 10년 담담히 그날을 기다리기만 하면 어느 날 폭죽 터지듯 펜 끝에서 좋은 글이 터져 나올 것이라 기대하는 데는 그만한 근거가 있었다.

노년에 고승이 된다는 그녀의 사주를 그녀 좋을 대로 비틀어 해석해 놓고 그걸 믿기 때문이었다.

그녀가 그 사주를 처음 알게 된 것은 그녀 나이 30대, 아직 문단에 발을 들여놓기 훨씬 전이었다. 지금은 그 방면에서 꽤 이름을 떨치고 저서까지 있는 역술가 한 사람이 무명 시절에 그녀와 같은 직장에 근무하고 있었다.

그 직장. 도축장. 군사정권에서부터 도살장 대신 새롭게 중앙도매시장 조수육부란 명칭을 부여받은 곳. 살아 숨 쉬는 것을 순식간에 주검으로 변화시키던 음험하고 음습하고 전율스럽던 현장. 아무리 현대 시설을 갖추었어도 냄새는 현대화할 수 없었던 곳.

오래전부터 소의 피와 똥오줌이 모여 이뤄진 사무실 옆의 드넓은 늪에서만 냄새가 나는 게 아니었다. 모든 사람과 사물에 배어 있는 비릿한 피 냄새, 살 냄새는 바로 주검의 냄새였다. 그녀는 산 것을 순식간에 죽은 것으로 만드는 범죄 집단의 일원인 것처럼 느글거리는 소외감과 수치심을 끼고 사는 자신을 용서할 수 없었다.

그런 현장을 밥벌이의 근거로 삼고 있는 자신을 수치스러워하면서 산 것을 죽은 것으로 만드는 결정적인 순간, 바로 그 일격의 순간을 목격하기 위하여 현장을 기웃거리는 그녀 자신을 이해하고 용서했다. 용서와 용서 없음이 분별없이 혼재하는 시기였다.

등에 죽음의 번호를 매긴 소들이 줄지어 저항 없이 죽음의 현장으로 들어가는 것은 더더욱 용서할 수 없었다. 어쩌다가 아주 가끔 눈치 빠른 놈이 있어 행렬에서 뛰쳐나와 죽기 살기로 질주하며 회사 구내를 사정없이 짓밟는 것을 목격할 때면 희열감에 몸을 떨곤 했다. 그때부터 꼭 10년 전 교문을 뛰쳐나와 대학가를 질주하던 동료들의 모습을 미련스러울 정도로 어김없이 떠올리곤 했다. 기억은 질기고도 질겼다. 금단 증세처럼, 저항하는 황소의 질주를 얼마나 목말라 했던가. 죽은 듯 숨죽이고 있는 인간들을 대신해 모든 것을 짓밟는 황소의 질주를.

어느 날 목욕실인 줄 알고 가스실로 묵묵히 들어간 유태인들처럼 우직하게 죽음의 행렬을 따르고 있는 우공들 곁을 안타까운 마음으로 어슬렁거리다가 아예 수의사를 따라 도살 현장에 들어간 적이 있다. 저항하며 질주하는 장면을 못 보는 대신 저항 없는 놈들을 죽이는 짜릿한 일격의 순간이라도 보자 하고.

뒷짐 지듯 등 뒤에 메촉을 감추고 있던 1호 작업원이 야구장의 명타자처럼 일정한 간격을 두고 한 놈씩 해치우는 장면은 가히 신기라 할 만했다. 결정적인 일격의 순간, 또 일격의 순간, 또 또 일격의 순간, 끝없는 일격의 순간이 축적되어 희열 대신 얼음으로 꽉 찬 듯 머릿속이 차갑고 둔중해져서 그녀가 현장을 빠져나왔을 때 예의 역술가를 만났던 것이다.

그녀가 현장에 들어간 것을 미리 알고 있었던 것일까. 나오기를 기다리고 있었던 것처럼 역술가가 빙긋 웃으며 다가와 밑도 끝도 없이 말했다.

"출생 연월일을 좀 적어 주세요."

누구 딴 사람이 있나 하고 그녀는 주변을 둘러보았으나 그들 두 사람 외에 아무도 없었다.

"누구 출생 연월일요?"

"물론 김진희 씨 당신 것 말이죠. 소머리 까는 장면을 눈 한 번 깜짝하지 않고 구경하는 여자의 사주가 어떤지 구경 좀 하려구요."

"정말 사주 볼 줄 아세요?"

"그냥 재미 삼아 보는 정도예요. 다양한 샘플이 있으면 좋죠."

이튿날 숙제를 제출하듯 무명의 역술가가 보아온 사주의 마지막 대목이 그것이었다.

노년에 고승이 된다.

그때부터 그녀는 황당하기 짝이 없는 그 사주를 자의로 해석하기 시작했다. 스스로 생각하기에 절대로 중이 될 사람은 아니니까 노년에 대문호가 될 것이다. 내가 가고자 하는 길이 문학의 길이니까 그 세계에서 불교계의 고승과 맞먹는 경지에 이를 것이다.

이런 희귀한 직장에 근무하게 되어 남다른 경험을 쌓게 된 것도 우연이 아닐 것이다. 이건 운명이다. 따져 봐라. 내가 언제 도살장까지 운영하는 회사인 줄 알고 이 직장을 선택했던가. 번듯한 무역회사인 줄 알았지. 무역업을 전담하던 시내 사무실을 폐쇄하고 이리로 이사 온 것도 다 내 운명 때문이다. 내 사주 때문이다.

과연 그 도살장 경험을 소재로 쓴 소설로 문단에 발을 들여놓기는 했다. 그러나 스스로 판단해도 대문호가 될 싹수가 보이지 않았는데도 억지 부리듯 글을 쓸 여건이 제대로 갖춰지는 어느 날, 기적처럼 펜 끝에서 폭죽 터지듯 좋은 글이 터져 나올 것이라 미련을 두고 기대하게 된 것은 다 그런 연유가 있었기 때문이다.

때가 되면 어느 시점에서부터 꽁꽁 묶여 있던 사고의 매듭이 슬그머니 풀어지고 상상력은 길길이 뜀질하며 펜 끝에서는 창작에 대한 열정이 폭죽처럼 터지리라는 기대와 믿음 속에 살게 된 것이다. 아직은 때가 되지 않았나 보다 하며 걸림돌들을 묵묵히 제거하며 50대도 지나고 60대도 절반이 지나가는 시점에서 문득 그녀 자신이 분별없는 나이로 접어들고 있는 게 아닌가 하는 회의가 들기 시작했다.

머릿속과 가슴속에 시어머니의 마지막 순간을 알리는 전령의 발소리를 기다리는 목마름 한 가지 외에 아무 생각이나 감정이 비집고 들어갈 틈 없이 고체처럼 단단히 뭉쳐 자유로운 사고가 불가능한데 어찌 기적처럼 폭죽이 터질 수 있겠는가 하는 회의와 함께.

어쩌면 그녀가 자의로 비틀어 버린 사주 말고 본래의 사주대로 대문호가 아니라 고승이 되는 게 차라리 가능할지 모르겠다는 생각이 분수없이 들게 된 것이다.

도를 닦자 도를, 하면서.

"옷 벗어 저 주시고 좀 씻으세요. 어머니가 움직이기만 하면 시체 썩는 냄새가 난다구요. 입고 계신 옷 앞섶을 자세히 보세요. 길바닥에 나

앉은 거지 할머니 옷보다 더 더러운 거 눈에 안 보이세요? 흘린 음식물로 구정물통이 되어 있잖아요.

눈이 어두워서 안 보인다는 건 거짓말이에요. 돋보기도 안 쓰고 깨알같은 신문 글자는 읽으시면서 그게 안 보인다구요? 하루 종일 그 자리에 앉아 계시는 것보다는 씻는 일이라도 하시는 게 낫지 않아요? 텔레비전 연속사극에 나오는 도사처럼 너풀거리는 머리도 좀 감으셔야지 출장 미용사를 불러 드리죠. 더러운 머리카락을 남한테 맡기는 건 미안하잖아요.

아무리 중국에서 나고 자란 독립군의 딸이라도 그렇지, 중국 사람들도 지금은 아마 씻고 살걸요. 그때는 중국이고 조선이고 다 자주 씻을 시설이 안 돼 그랬겠지만, 그때도 조선 사람들은 옷은 빨아 입었어요. 아무리 추운 겨울에도 냇물에 나가 빨래했다구요. 중국 사람들처럼 한 번 입으면 다 해져서 버리게 될 때까지 입지는 않았어요."

노인의 무의식 속에 잠재해 있을 독립군의 딸로서의 자존심을 자극해 봐도 돌부처처럼 표정 하나 바꾸지 않고 앉아 있다. 그렇게 일주일 동안 일방적인 전쟁을 치르고 결국은 며느리가, 옷 갈아입고 씻으실 때마다 이렇게 싸워야 하는 게 넌더리가 나서 제가 목매달아 죽을 테니 나 죽고 나면 딴 자식들하고 잘 살아 보시라 으름장을 놓고 정말 목매달 것처럼 설레발을 친 후에야 어찌어찌 못 이기는 척 목욕탕으로 들어가게 하는 데 성공은 했다.

그러나 그게 절반의 성공이라는 것을 며느리는 잘 안다.

욕실 밖에 벗어 둔 겉옷은 이따 내의와 함께 비눗물에 담그자 하고 뒤쪽 베란다 수돗가에 내놓았지만 입고 들어간 더러운 내의를 씻고 난 뒤도로 주워 입고 나올 것이라는 사실을 너무도 잘 알기 때문이다.

"갈아입으실 속옷 목욕탕 앞에 갖다 뒀으니까 맨몸으로 그냥 나와서 입으세요. 벗은 속옷은 지금 바로 내놓으시고요."

욕실 안에서는 아무 기척이 없다.

다시 한 번 '벗은 속옷 내놓으시라'고 소리 질러도 모른 척 물소리만 낸다.

에이 모르겠다. 이따 어떻게 해 봐야지.

욕실로 들어가게 한 것만도 다행이다, 하고 진이 빠진 며느리는 부엌으로 들어간다.

한참 만에 욕실에서 나오는 기척이 나서 내다봤을 때 아니나 다를까 갖다 놓은 깨끗한 옷은 개켜진 채 그냥 있고, 이미 더러울 대로 더러워져 갈색이 된 내의를 도로 입고 있다. 살은 없이 뼈대만 굵은 키 큰 겨울나무 같은 몸뚱이로 며느리가 이미 내다 놓은 겉옷 찾아 뒤쪽 베란다로 돌진하는 중이다. 며느리가 시어머니의 속마음을 간파하고 욕실로 가던 몸을 돌려 베란다로 먼저 달려 나가 바닥에 던져 놓았던 옷들과 양말 짝을 큰 빨랫대야에 넣으려는 순간 뒤따라온 노인이 늙은 원숭이 한 마리가 구경꾼의 윗옷을 낚아채듯 잽싸게 뺏어 들고 방으로 들어간다.

두 늙은이가 앞서거니 뒤서거니 베란다로 달려 나간 순간부터 더 늙은 쪽이 자기 방으로 뛰어 들어간 순간까지는 전광석화 그 자체였다. 평소에는 걸음걸이가 성치 않다가도 위급해지니 젊을 때의 달리기 실력이 되살아나는 시어머니를 보며 며느리는 웃음을 참기 힘들었지만, 우정(일부러) 성난 얼굴을 짓고 뒤따라 방으로 들어간다. 노인 방의 온기와 냄새가 코를 찔렀으나 개의치 않고 노인이 갖고 있는 옷을 도로 뺏으

154

려 한다. 뺏으려 하고 뺏기지 않으려 하고 늙은 여인과 중늙은 여인이 승강이를 한다.

"이거 놔요. 이 더러운 옷을 벗기려고 일주일을 싸웠는데, 기껏 벗은 옷을 왜 도로 입으려는 거예요? 그 많은 옷을 다 뭣에 쓰려고 입었던 옷만 자꾸 입으려 해요? 깨끗한 옷은 뒀다 저승 가실 때 갖고 가실 거예요?"

"내가 옷이 어디 있니? 갈아입을 옷이 없어 그런다."

"세상에. 온 세상 사람이 다 아는 그 유명한 옷탐을 누가 잊어버려요? 그 시절에 모아 놓았던 옷들은 다 버렸어요?"

"살다가 별꼴을 다 보겠네. 내 옷 내가 입으려는데 왜 못 입게 하냐?"

더 늙은 쪽이 뼈대가 훨씬 더 굵고 기운도 훨씬 좋다. 승산이 없다고 생각한 며느리가 잡았던 옷을 놓고 단단한 나무토막 같은 시어머니의 팔뚝을 손으로 힘껏 후려친다. 두 늙은이가 동시에 깜짝 놀란다. 맞은 쪽이 더 놀랐는지 이년이 이럴 수가 있나 황당해하는 눈으로 며느리를 보며 쥐고 있던 옷을 얼결에 놓친다.

며느리는 장작개비를 맨손으로 쪼갠 것처럼 아픈 것은 물론이고 일순간 손바닥을 스쳐 지나간, 나무토막 같은 딱딱함과 온기로 인한 부드러움과 끈적끈적한 불결함과 달착지근한 죄의식과 섬뜩함의 복합체인 그 기묘한 패륜의 느낌을 곱씹어 보는 것도 뒤로 미룬 채 기회를 놓칠 수 없다는 급박한 심정이 된다. 노인이 놓친 겉옷을 한쪽 옆으로 밀어 놓고 더 다그친다.

"벗어요. 빨리 벗고 갈아입으세요."

달려들어 내의 소매 끝을 잡아당겨 벗기기 시작한다.

노인은 얼떨결에 벗기는 대로 몸을 맡긴다.

신오사카 역에서 출발해 우리나라 동해의 끝자락인 바다를 끼고 1천 5백 킬로미터를 달려 북해도 삿포로까지 가는 기차 이름은 '트와일라잇 익스프레스'다. 전량이 침대차다.

그녀는 창가의 붙박이 미니 탁자 위에 비치해 둔 팸플릿을 집어 들다가 폭소를 터뜨렸다.

그녀보다 나중에 들어와서 벽장에 가방을 올려놓던 그녀의 남편이 의아한 얼굴로 고개를 돌렸다.

"세상에. '트와일라잇'을 '도아이라이또'라 했으니까 웃죠. 나는 도아이라이또라는 일본말이 따로 있는 줄 알았어요. 공항역에서 예약할 때 옆에서 들으니까 당신도 그 사람들과 똑같이 도아이라이또라 하던데요."

그녀의 남편이 두 번째 가방을 힘들게 올리며 쑥스러운 듯 말했다.

"그래야 더 잘 알아들으니까 그랬지."

"어쨌든 잘 선택한 것 같아요. 스물한 시간을 어떻게 기차를 타나 걱정스러웠는데 석양을 마음껏 볼 수 있는 모양이니 오히려 기대가 되네요. 그동안 한 번도 일몰이나 일출을 제대로 본 적이 없었잖아요. 뭐가 바빠서 그랬는지 장소는 맞췄는데도 제대로 시간을 맞추지 못했죠. 좀 이르면 바쁜데 다음에 보지 뭐 하고 떠났고, 어쩌다가 시간 맞춰 일몰을 보게 되어도 미진한 채로 일몰이 밥 먹여 주냐 그냥 떠나자 하며 독촉했잖아요. 석양이 밥 먹여 주냐, 달이 밥 먹여 주냐는 당신의 전매특허니까. 오늘 여기 '도아이라이또 이쿠스프레스'에 앉아 일몰의 처음과 마지막을 다 볼 수 있게 되었군요. 마음이 다 설레네."

아래위 칸을 한 쌍씩 쓰게 되어 있는 두 쌍용 침대칸이었다. 짐을 다 올려놓은 남편이 그녀와 맞은쪽 침대에 앉아 침대 스프링 상태를 점검하듯이 몇 번 엉덩방아를 찧어 본 후에 말했다.

"이만하면 괜찮은데. 유럽의 기차처럼 세면대까지 갖춰져 있으면 더 좋겠지만. 아마 이 기차에 2인용 컴파트(객실)도 분명 있을 거야. 이것 말고는 만실이라 하니 선택하고 어쩌고 할 수가 없었어. 그 사람들이 권하는 대로 그냥 오케이 해버렸지. 네 사람용인 줄 몰랐어. 나머지 한 쌍이 타지 않는 행운이 따르기만 바라야겠군."

그녀의 남편은 더 비싼 침대칸을 예약하지 못한 것을 변명하듯 말하면서 윗옷을 벗어 옷걸이에 걸고 그녀에게 한쪽 침대는 손대지 않는 게 좋겠다고 했다.

"아직은 모르니까 이쪽으로 와. 다른 승객이 들어왔다가 어질러 놓은 것을 보면 기분 나쁠 거 아냐. 이따 잘 때는 내가 위 칸으로 올라갈 테니까. 그나저나 점심 준비를 하지 않고 탄 게 걱정스러워. 일본 사람들은 기차를 탈 때는 하나같이 '오벤또'를 들고 타거든. 식당차에 오가는 게 번거롭기도 하고 엄청나게 비싸기도 하니까."

"JR 패스를 가져왔는데도 침대 값을 따로 지불하는 것 같던데, 도대체 그게 얼마였어요?"

"1인당 우리 돈으로 거의 10만 원 가까이 돼. JR 패스가 있으니까 그 정도지. 일본 교통비가 얼마나 비싼지 당신도 잘 알잖아. 하룻밤 호텔 값이라 생각하면 돼."

시어머니에게 손찌검을 한 그날, 그녀는 남편에게 일본 여행을 하자고 제의했다.

"이쯤에서 한번 여행이라도 다녀오지 않으면 무슨 큰일을 저지를지 자신이 없어요. 때마침 당신 칠순이기도 하고."

그날 손바닥에 느껴지던 미묘한 패륜감은 쉽게 지워지지 않았다. 그나마 강도 높은 또 다른 폭력으로 이어지지 않았던 것은 옷을 벗기기 좋은 기회를 놓칠 수 없었기 때문이기도 했지만, 그것이 첫 번째 경험이어서 가능했다는 생각이 들었다. 습관이 되면 얼마든지 폭력도 행사할 수 있을 것 같았다. 어쩌면 죽음에 이르는 폭력도 가능할 것 같았다.

그때 잠깐 느낀 패륜감은 얼마나 유혹적이었던가.

그들 부부는 몸과 마음이 한계에 도달했다 싶으면 일본 여행을 하곤 했다. 일본은 가까우니까 노인에게 무슨 일이 일어나도 금방 달려올 수 있다는 이점이 있고, 노인 본인이나 그들 대신 노인을 돌보는 동생네에게서 외국이니까 아주 급박하지 않는 한 돌아오지 않아도 된다는 묵인을 받을 수 있다는 이점이 있었다. 무엇보다 외국에 간다고 해야 노인이 내가 짐짝이냐 이리저리 옮겨 놓게, 하며 불평을 하면서도 못 이긴 척하며 작은 아들네로 가주기 때문이었다.

그런 우여곡절 끝에 가고도 며느리가 여행 준비하느라 채 떠나지 못하고 있는 동안 하루에도 몇 차례 전화해서 며느리가 전화를 받으면 집에 있음이 확인되어 일변 더없이 반갑기도 하고, 일변 집에 있으면서 나를 쫓아 보냈느냐 하는 섭섭함이 묻어 있는 목소리로 에미 아무 데도 안 갔구나 혹은 에미 벌써 다녀왔구나 나 집에 가면 안 돼, 나 지금 가고 싶은데 하며 보채기 일쑤인 것이다.

바다에 닿기까지 내륙을 지나는 동안에는 철로변의 집들이 단정하고

158

깨끗하고 정원의 단풍들은 화려함의 절정이어서 눈을 즐겁게 했다. 교토를 지나면서 보이기 시작한 비야코 호수는 벌써 바다가 보이는가 하고 착각할 정도로 망망대해 같았다. 끝이 없을 것 같던 호수가 사라지고 오래잖아 왼쪽으로 바다가 보이기 시작했다.

안내방송에서 다음 역이 '쓰루가'라고 하자, 그녀의 남편이 놀라서 소리쳤다.

"지금 쓰루가라고 했지? 여기서 도시락을 사야 해. 고등어 스시로 유명한 곳이야."

기차가 쓰루가 역에 닿자마자 뛰어내려 매점으로 달려간 그녀의 늙은 남편이 점심 저녁 두 끼 치 오벤또 네 개를 사 들고 청년처럼 의기양양해서 들어왔다.

"내가 떨이를 했어. 나보다 늦게 온 일본 사람들이 못 사고 돌아가는 게 아주아주 고소했어."

점심을 먹으면서는 물론이고 먹고 나서도 그녀의 남편은 고등어초밥 맛에 대한 감탄과, 벤또 떨이한 무용담을 두고두고 우려먹었다. 시간은 너무 많고 달리 할 이야기가 없기는 했다. 두고 온 집에 대해서, 노인에 대해서 생각하거나 이야기하지 않기로 암묵의 약조가 되어 있었기 때문이다.

"하나도 비리지 않고 고소하지? 정말로 맛있지? 조금만 늦었어도 못 살 뻔했어. 기차가 역으로 들어갈 때 매점 위치를 잘 봐두지 않았으면 반대 방향으로 뛸 뻔했지."

점심을 먹고 그녀가 세면실에 가서 이를 닦고 자리로 돌아왔을 때쯤 기차는 가나자와에 도착했다. 끝내 타지 말았으면 하던 나머지 한 쌍의 승객이 객실로 들어왔다.

그들보다 10년쯤 젊어 보이는 일본인 부부였다. 고등어초밥 맛과 벤또 구입 이야기를 되풀이하던 그녀의 남편이 새로운 말상대를 만나 이야기를 나누는 동안 그녀는 창가에 붙어 앉아 바다를 내다봤고, 일본인 여자는 그들의 침대 출입문 쪽에 앉아 짐을 정리하고 있었다.

잘 알아듣지 못하는 일본말이었지만 두 남자가 테러와의 전쟁에 파병하기로 한 고이즈미의 결정을 비판하고 있다는 것은 눈치챌 수 있었다. 그래서 정치 이야기를 계속하는 줄 알았는데, 수평선 근처가 불그스름해질 즈음 일본인 남자가 '로만틱'이니 '신깐센'이니 하는 걸 듣고는 이윽고 여행 이야기로 바뀌었구나 생각했다.

그때 안내 방송을 통해 그녀의 귀로 '도아이라이또 하이라이또'란 단어가 들려왔다. 그녀가 남편에게 물었다.

"여기가 트와일라잇의 하이라이트 지점인가 보죠?"

"응 애석하게도 구름 때문에 오늘은 하이라이트를 충분히 즐길 수 없다는 말이야. '애석하게도'를 몇 번이나 강조하고 있어."

아닌 게 아니라 석양빛은 희미했다.

"이제 시작인가 했더니 이게 절정이란 말이죠. 애석하지만 할 수 없지. 날씨가 좋았으면 정말 굉장하겠네. 하지만 이 정도로도 좋아요. 저 희미한 석양빛 자리에 진홍의 노을을 상상으로 그리면 돼요. 신칸센 타고 정신없이 휙휙 지나가며 보는 경치에 비하려구요."

이 사람들도 방금 그런 이야기를 하던 중이었어. 젊은 사람들은 빠른 비행기나 신칸센을 이용하지만, 늙어서 그런지 로맨틱한 게 좋아서 이 기차를 선택했다는 거야. 삿포로 사람들인데 가나자와에 볼일이 있어갈 때는 동북선으로 신칸센 타고 후딱 내려갔다가 올라올 때는 이쪽을 택했대.

일본인들이 그녀와 그녀 남편의 대화 때문에 그들이 외국인이라는 걸 그제야 알고 약간 당황하는 것 같았으나, 자기들이 대화의 주인공이란 걸 눈치챘는지 미소를 띠며 듣고 있었다.

처음 만난 외국인 부부와 한방에서 하룻밤을 보낸다는 것은 서로에게 모두 불편한 일일 것이다. 밤새도록 대화를 나눌 수만은 없고 아무리 커튼으로 가린다 해도 어느 땐가는 부스럭거리며 잠옷으로 갈아입고 잠자리에 들지 않을 수 없는 일이니까.

각자 준비해 둔 도시락으로 저녁 식사까지 끝내고 일본인들이 마침 지나가는 승무원을 불러 빈 방이 있으면 한 쌍씩 편하게 잘 수 있도록 옮기게 해달라고 부탁했다. 자기들의 불찰인 듯 빈 방이 당장은 없다고 송구해하며 승무원이 물러간 다음 일본인 남자가 할 수 없지 뭐, 하는 시늉을 하며 위 칸으로 올라가 잠자리를 봐놓고 내려왔을 때였다.

아까와는 달리 표정이 밝아진 승무원이 와서 마침 방이 하나 비었다, 두 쌍 중 아무 쌍이나 옮기셔도 되게 되었다, 아무도 불편한 위 칸으로 올라가지 않아도 되고, 아래 칸에서 모두 편안히 여행하실 수 있게 되어 자신도 몹시 기쁘다고 했다.

일본인 부부가 주무시라는 극진한 인사를 남기고 기꺼이 옮겨 가고 난 후, 이 모든 경위를 눈치로 짐작하고 있던 그녀에게 그녀의 남편이 다시 상세한 말로 재현해 주었다.

두 사람만 남게 되었을 때 창밖은 깜깜해서 볼 게 없었고 책을 읽기에는 피곤해서 그들은 일찌감치 잠자리에 들기로 했다. 아래 칸 침대 하나씩을 차지하게 된 것을 더없이 행복해하며.

아직 갈 길이 멀고도 멀었는데 기차는 벌써 지친 듯 예사롭지 않게 끽 끽거리는 바퀴 소리를 내고 있었다.

잠을 잔 듯 만 듯 얼마나 누워 있었을까 다시 안내방송이 있었다. 그녀가 묻기 전에 남편이 동시통역을 했다.

"잠시 후 열 시가 되면 소등하겠다, 취침하시는 데 방해가 되니까 앞으로 안내방송도 하지 않겠다, 내리실 분들은 이 점 잊지 마시고 각자 알아서 잘 해주시기 바란다, 본인은 내일 새벽 여섯 시에 다른 승무원에게 인계하고 조용히 물러갈 것이다, 그럼 즐거운 여행하시고 안녕히 가시라."

〈사운드 오브 뮤직〉에서 가족들이 하나씩 작별하고 무대에서 조용히 퇴장하던 장면을 연상시키며, 안내 방송이 끝나자마자 불이 모두 꺼지고 커튼 사이로 보이던 불빛까지 사라졌다.

이젠 완벽한 어둠과 힘들여서 다리를 끌듯이 구르는 기차바퀴 소리밖에 없구나 하고 누워 있는데, 또 다른 뭔가 새롭고 놀라운 일이 벌어지는 기척이 있었다. 소리 없이 감각을 집적이며 다가오는 그 무엇에 놀라 어느 쪽이 먼저랄 것도 없이 그들 부부는 거의 동시에 시트를 젖히고 벌떡 일어나 앉았다.

달빛이었다.

블라인드를 내려놓지 않은 차창으로 달빛이 기웃거리고 있었다. 차가운 차창에 머리를 대고 내다본 바깥에는 흥건한 달빛 아래 기차 바퀴 밑으로 맹목적으로 달려드는 파도가 있었다. 심술궂게도 석양빛을 뭉개 놓던 희뿌연 구름은 이제 명확히 윤곽을 드러내며 뭉쳐 뭉게뭉게 떠

돌고 있었고, 그런 구름 사이로 보이는 맑은 하늘에 달이 얼굴을 분명히 드러내고 쏴아 소리를 내며 빛을 쏟아 붓고 있었다.

"도아이라이또 이쿠스프레스가 아니라 문라이또 이쿠스프레스예요."

젊을 때는 달이 밥 먹여 주냐 달만 보면 미치게, 하며 그녀를 핀잔하던 남편이 달빛에 흰 짐승처럼 끝도 없이 달려드는 파도를 한참 내려다보다가 말했다. 파도의 영속성 때문이었을 것이다. 죽지 않고 영원히 살 것처럼 건강한 그의 어머니를 떠올린 모양이었다.

"어머니가 저렇게 건강하시니 앞으로 5년을 더 사실지 10년을 더 사실지 모르는 일이야. 내일 당장 돌아가실지도 모르는 일이지만. 5년을 더 사시면 나는 일흔다섯이 되고 당신은 일흔이 돼. 말이 안 되지."

그녀가 전자총이라도 맞은 듯 펄쩍 뛰며 소리쳤다.

"그런 말 하지 말아요. 제발 그런 말 하지 말아요. 생각지도 말아요."

그러나 그 생각은 이미 봇물처럼 터져 나와 그녀 쪽을 더 강타했다. 북받쳐 오르는 울음을 틀어막기 위하여 그녀는 지껄이기 시작했다.

"용서할 수 없어. 나는 용서할 수 없어. 어머니의 장수를 용서하고 싶지 않아. 내 운명도 당신도 다 용서하고 싶지 않아. 아무도 용서하고 싶지 않은 이 마음이야말로 내가 살 수 있는 힘의 근원이니까."

그녀는 끝내 말로써 울음을 막지 못하고 흑흑거렸다. 흑흑거리면서 말했다.

"내가 무슨 죄를 지었지? 죄 갚음 아니고는 이럴 수 없어. 이승에서 짓지 않았으면 저승에서라도 죄를 지었을 거야. 할머니 노릇 하고 시어머니 노릇 해야 하는 나이에 손자 한번 제대로 안아 주지 못하고 며느리 노릇 하느라 이 난리니. 좀 생각해 봐요. 내가 무슨 죄를 지었는지. 죄인 줄 모르고 지은 죄가 분명 있을 거야. 첫아이 소파수술 한 거? 피임법도 변변치 않으면서 출산만 억제하며 인구 문제를 해결하던 그 시절에 소파수술 한 번 안 한 사람 몇이나 있었어요? 그건 아닐 거야. 남들다 짓는 죄 말고 다른 게 분명 있었을 거야. 아, 맞아. 살상현장에 있었던 죄일 거야. 살상집단의 공범자. 난 아무렇지도 않다는 걸 과시하며 냉철한 관찰자인 양 까불며 살상현장을 신기함의 보고라고 왜곡한 죄일 거야. 저항하던 놈도 결국 잡혀 죽는 줄 알면서 저항하지 못하는 놈은 마땅히 죽어 싸다고 우긴 죄일 거야."

그녀의 남편은 어느새 잠이 들었는지 코를 골고 있었다.

달빛과 파도에 작별하고 그녀도 잠자리에 들었다.

언제 해저터널을 지났는지 하코다테를 지났는지 잠에서 깨어나 바다가 있겠거니 하고 내다본 바깥에는 드넓은 초지와 구릉에 가는 비가 내리고 있었다. 밤새 기차가 일본이 아닌 딴 대륙으로 와 있는 것 같았다. 기찻길 옆 마을 주변에는 활엽수의 단풍들이 화려했고, 먼 구릉 여기저기에는 노란 물감을 잔뜩 머금은 붓대들이 서서 사열식을 하듯 낙엽송들이 도열하고 있었다.

혼슈를 지나는 동안 기차 왼쪽에 있던 바다가 오른쪽으로 옮겨와 있었다. 오는 듯 마는 듯하는 비 때문에 전날의 낙조처럼 색 바랜 새벽노을이 그쪽 바다 끝에 초라하게 걸려 있었다.

미나미 치토세에서 구시로행 기차로 바꿔 탈 수 있다는 안내방송을 듣자마자 그들은 노부부 망명객처럼 전격적으로 목적지를 바꾸기로 하고 기차에서 내렸다. 장장 스무 시간 만이었다. 기차 바깥에는 가을은이미 가버리고 한겨울이 와 있었다. 두꺼운 윗옷을 꺼내 입을 새도, 맨

164

손 체조 한번 해볼 새도 없이 허둥지둥 기차를 바꿔 타야만 했다.

그들이 무엇에 씐 듯 애초에 작정했던 삿포로행을 뒤로 미루고 구시로로 행선지를 바꾼 것은, 마치 이튿날 구시로에서 습원을 끼고 아바시리로 가는 한 량짜리 구식 기차여행을 하도록 운명 지어져 있었기 때문인 것 같았다.

광활한 습원에는 아무도 손대지 않은 채 물은 물의 원리로 존재하고 나무는 나무의 원리로 존재하고 새는 새의 원리로, 땅은 땅의 원리로 존재했다. 습원 식물의 황금빛 주단 위에 제멋대로 솟아 있는 잎 떨어진 나무들. 키 큰 나무, 키 작은 나무, 바로 서 있는 나무, 기울어진 나무, 덤불로 뭉쳐 있는 나무, 다른 나무에 얹혀 있는 나무. 기울어졌다고 바로 세워주지도 않았고 넘어졌다고 치우지도 않았고, 죽은 나무는 죽은 채로 산 나무는 산 채로 나무들이 나무로 존재했다.

냇물이다가 늪이 되는 물, 괴어 있다가 흐르는 물, 아무도 길을 터주거나 괴게 해주지 않는 물이 그냥 물로 존재했다. 습지에 앉아 있는 새, 물위를 헤엄치는 새, 하늘을 나는 새. 새들은 아무에게도 사는 법에 간섭당하지 않고 살 장소를 지정받지 않은 채 제 뜻대로 존재하고 있었다. 오두막 목조역인 습원역도 나무나 새의 친구처럼 서 있었다. 신조차도 간여하지 않았을 것 같은 제멋대로의 생사를 연출한 자연의 난장판을 보면서 그녀의 가슴이 그토록 먹먹해진 이유는 무엇이었을까. 가슴이 먹먹하다 못해 목이 멘 이유는 무엇이었을까.

그것은 분명 처음 겪어 보는 이상한 증세였다. 특별한 통증은 없으면서 아픈 것 같기도 하고 답답한 것 같기도 하고 어쩌면 기쁨 같기도 하고 회한 같기도 했다. 모든 생명체의 태어남과 죽음에 아무 의사도 의지도 작용하지 않았음을 확인했기 때문인지 모른다. 바다 건너 내 나라 내 집에서 날이면 날마다 어느 누구의 죽음을 기다리던 그녀 자신의 애달픔에 대한 회한이었는지 모른다. 그것은 뉘우침이라기보다 덧없음의 확인이었는지 모른다.

그녀는 증세의 지속 여부를 알아보기 위해 일어나서 반대편 창가의 빈 의자에 앉아 보았다. 그쪽에서 보는 습원은 더 광활했고 가슴의 증세도 더했다. 높은 고도에서 귀가 먹먹한 것처럼 가슴이 먹먹한 게 확실했다.

그녀는 감동이란 말의 신체적 증세가 바로 이런 것이구나 했다. 태어나기를 기다리지도 않고 죽기를 기다리지도 않는데, 태어나기도 하고 죽기도 하는 것을 마냥 내버려 둠에 대한 외경감인 것 같았다. 사람의 작품도 신의 작품도 아닌, 그냥 그들 존재하는 것들 자신의 작품인 것에 대한.

습원이 끝나고 다시 호수가 보이기 시작할 때 그녀가 남편의 옆자리로 옮겨 앉아 한숨을 쉬며 말했다.

"죽는 것과 태어나는 것에 인간의 뜻을 부여하지 않는 저런 광경을 보고 감동을 받았다고 해서 집으로 돌아가면 생사에 초연해질 수 있을까요? 초등학생들의 그림일기처럼 나는 오늘 그런 광경을 보고 다시는 산사람이 빨리 죽기를 바라지 않기로 결심했습니다, 하고 일기에 적어야 할까요?"

"뚱딴지같이 무슨 소리를 하는 거야?"

"그게 바로 달관이란 것이겠는데, 내가 그런 경지에 도달할 수 있을까 하는 거예요. 또다시 매순간 어느 분의 죽음을 기다리며 안달하겠죠. 그분이 돌아가시고 안 계시는 세상이라고 달라질 것도 없을 텐데. 우주에 먼지 하나가 더 있고 덜 있다고 달라지는 게 없는 것처럼 말이죠. 그분도 먼지 알갱이이고 안달하는 나 역시 먼지 알갱이에 불과하잖아요. 물론 우주 안에서 나나 그분은 한 톨의 먼지 알갱이에 불과하지만, 먼지 알갱이 개개의 입장에서는 먼지 알갱이 자체가 우주니까 문제죠."

"아주 득도를 하셨구먼."

"그런가? 내 사주에 말년에 고승이 된다고 되어 있는 거 알아요? 하지만 중도 속(俗)도 되긴 다 틀렸어요. 아직도 용서하고 싶지 않고, 미워하는 마음을 버릴 생각이 전혀 없거든요. 그것조차 없으면 못 버틸 것 같아요. 그러니 산 사람을 죽어라 죽어라 하며 앙알대는 고승이 무슨 고승이겠냐구요. 실은 은근히 고승 쪽보다는 좋은 작가가 되고 싶었기 때문에 마음을 비우는 것보다 나 자신을 갉아먹는 감정에조차도 치열해야 한다고 생각하는 편이었어요. 그런데 그 감정에 얽매이다 보니 세상을 보는 눈이 좁아져서 그분과 나밖에 아무것도 보이지 않는 거예요. 나는 다 틀렸어요."

"당신은 이미 고승의 길에 들어섰어."

"뭐라구요? 지금 농담하자는 거예요?"

"내가 이 마당에 왜 농담을 하겠어? 생각해 봐. 꼭 머리 깎고 절에 들어가야만 중이 되는 건 아닐 거 아냐. 부처의 마음 아니고는 살 수 없는 일을 매일 겪으며 사는 사람이니 어느 날엔가는 득도할 거라는 말이야."

그녀의 남편이 위로한답시고 농담인지 진담인지 모를 말을 하고 있었다.

"싫어. 그럼 나는 이미 내 사주대로 살고 있다는 뜻이잖아. 나는 그 사주가 싫어. 그럴 수는 없어."

기차는 어느새 아바시리 역으로 들어가고 있었다.

〈황해문화〉 2002년 가을호(통권 36호)

아버지의 작고 검은 손금고

    역의 위치가 옛날과 달라져 옛 역의 정반대 쪽에 있는데도, 그는 ㅁ역에서 기차가 움직이기 시작하면 으레 그의 아버지를 생각하는 버릇이 있다. 그가 어릴 때 ㅁ시의 친척집에 다니러 왔다가 역에서 기차를 타면 그 기차가 부산으로 가든 진주로 가든 일단 같은 방향으로 달린다는 게 도저히 납득이 되지 않아서 한번 그의 아버지께 물어본 적이 있기 때문이다.

    그의 짧은 소견으로는 부산과 진주가 방향이 다른 게 분명한 이상 기차도 출발 때부터 가랑이를 찢듯이 서로 갈라져서 달려야 한다는 것이었다. 진주는 서쪽으로 부산은 동쪽으로 가야 한다는 생각에서 도저히 벗어날 수 없어 기차가 움직이는 순간 번번이 혹시 기차를 잘못 탄 게 아닌가 겁이 덜컥 났고, 아무리 아버지라 하더라도 기차를 잘못 타는 수가 있을 거라는 생각이 들어 물어봤던 것이다.

    "쩌분에 부산 갈 때도 이리 갔는데 요분에도 와 이리 갑니꺼?"

    그때 그의 아버지는 그가 질문하게 된 속뜻을 전혀 이해하지 못하는 듯했다. 그의 아버지는 그가 그런 의문을 가진다는 사실조차 이해하지 못했을 것이다.

이놈아가 무신 귀신 씻나락 까묵는 소리를 하노, 하는 듯한 표정이었다.

"부산 가는 표를 끊어서 부산 가는 차를 타모 부산으로 가고, 진주 가는 표를 끊어서 진주 가는 차를 타모 진주로 가는 기지."

아버지가 그의 의문의 핵심을 전혀 이해하지 못한다는 것을 알아채자 그는 더 이상 물어보지 않기로 했다. 그는 아버지가 그의 의문의 핵심을 알 수 있도록 설명할 자신이 없었다.

만일 아버지가 그때 기차는 기찻길로만 다니는 것이고 그 기찻길을 놓는 일은 무척 어려운 일이므로 ㅁ시와 부산 간 따로, ㅁ시와 진주 간 따로 한 가닥씩 놓을 수는 없다, 가능한 한 선로 놓는 일을 한 번으로 줄여야 경제적이기 때문에 좀 돌더라도 하나를 사용할 수 있는 곳까지는 같이 이용하는 것이라고 설명했더라면 납득이 갔을지도 모른다고 그는 훗날 생각하곤 했다. 지역과 지역 간마다 직행하는 선로를 놓다가는 수천수만 가닥의 선로로 우리 땅이 모두 덮여 버릴 것이라는 점도 이야기해 주었더라면 그는 알아들었을 것이다.

기차역이 ㅁ시의 안쪽 끝에 있으므로 일단 시내를 빠져나가야 부산 방향과 진주 방향으로 갈라진다는 사실은 좀더 자란 후에 스스로 터득한 진리였다. 서울로 가자면 곧장 북쪽으로 달리면 되고 부산으로 가자면 곧장 동쪽으로만 달리면 되는 줄 알다가, 삼랑진까지 가야 서울 방향과 부산 방향으로 갈라진다는 사실을 안 것도 역시 한참 자란 후였다.

그 단순한 진리를 깨닫는 데도 그만한 시간과 생각이 필요했다.

기차는 어느새 삼랑진역을 지나 북쪽으로 달리기 시작했는지 서창으로 오후의 해가 자주 널름거리고 있었다.

창 쪽에 앉은 여인에게 훈목은 커튼으로 창을 좀 가렸으면 좋지 않겠느냐고 말했다. 여인은 아무 말 없이 눈을 흘기듯 그를 한 번 돌아보고 다시 창밖으로 고개를 돌려 버렸다.

훈목은 의자를 젖히고 등을 기대며 눈을 감았다. 또다시 아버지의 손금고 안이 궁금했다. 빨리 확인해 보고 의문을 풀고 싶어 안달이 날 지경이었다. 아버지와는 무관한 일을 가지고 그의 섣부른 상상이 아버지에게 누명을 씌우는 것이기를 제발 바랐다.

아무리 그래도 네댓 시간 후에나 볼 수 있을걸. 마음을 가라앉히고 잠이나 자야 시간이 빨리 지나가겠지.

이른 봄이라 해도 넓은 차창을 통과하며 더 넓게 더 강하게 무르익은 햇빛은 무자비하게 쏟아져 들어오는 느낌이었다.

그는 안 되겠다 싶어 자리에서 벌떡 일어나 여인이 잡고 있는 커튼 자락을 뺏어 왈칵 차창을 가려 버렸다.

"안 돼요."

그가 말로 간청할 때는 벙어리처럼 대답 한 마디 없던 여인이 마치 강간범에게 항거하듯이 황급히 소리 지르며 그가 닫아 놓은 커튼을 다시 열어젖혔다. 고집스럽고 속이 탐욕으로 가득 찬 여인일 것 같았다.

씨이발. 앞으로 몇 시간 애깨나 먹겠군. 씨이발.

훈목은 속으로 그 욕설을 필요 이상 여러 번 뱉어 보았다. 그 물건은 더운 목욕물처럼 헤프게 쓰면 쓸수록 몸과 마음이 편안하게 풀어졌다. 그것의 놀라운 효력은 바로 그날 오전 첫 교시 그의 강의실에서 증명되었다.

"이 씨발눔에 자슥들아. 눈 떠. 지금이 어느 땐데 자불기만 하노?"

과연 아침부터 꾸벅꾸벅 졸고 있던 학생들이 심 봉사가 딸의 목소리를 듣고 눈을 떴듯이, 눈을 번쩍 뜨고 생생한 눈빛으로 그를 보던 것이다. 충격과 의외성을 좇는 학생들에게 과연 주효한 연기였던 모양이었다. 아니, 그들 학생들이 만성적인 질병 같은 졸음에서 깨어난 것은 교수라는 사람이 거침없이 입에 올린 의외의 단어 때문이라기보다 '지금이 어느 땐데'라면서 위기감을 조성하며 협박했기 때문이었는지 모른다.

그 역시 지금이 어느 땐지 가늠할 수 없는 멍한 상태에서 '지금이 어느 땐데' 하며 시사성 짙은 말을 흉내 낸 자신에게 고소를 금치 못했다. 그도 모르는 사이에 그의 서울 아파트 아래층에 사는 학생이 몇 년 전에 그에게 한 말을 새삼 흉내 낸 것임을 깨닫고는 더욱 그랬다.

그러고 보니 명후의 그 한 마디는 줄곧 그의 의식 속에서 떠나지 않고 세균처럼 잠복하고 있다가 적절한 시기에 돌출하는 모양이었다. 실지로 이 땅의 현실이 지속적으로 '지금이 어느 땐데'라고 할 수 있는 거리를 제공해 주고 있기 때문일 것이다.

의식 있는 사람이라고 자부하는 사람들치고 '지금이 어느 땐데'에 걸려들지 않는 사람은 없다. 그 역시 그랬다. 등 따습고 배부르고 두 아들 모두 유학 보내 놓고 교양 있고 재력 있는 마누라와 담소하며, 그저 괴롭고 힘든 일이라고는 지방 교수, 지방 작가라는 말을 듣지 않기 위하여 양쪽에 집을 두고 풀밭구리에 쥐 드나들 듯이 서울과 ㅁ시를 오르내리는 일뿐이면서 누군가가 '지금이 어느 땐데' 하는 말만 들으면 죄지은 사람처럼 어이쿠 싶은 것이다.

과연 지금이 어느 때인가?

그날그날 신문 제목의 굵기가 지금이 어느 때인지 결정해 준다면, 지금은 배신의 문제와 생선 회칼의 문제가 걸려 있는 때일 것이다.

그는 토요일 오후 무궁화호 특실에 앉아 ㅁ시에서 서울로 가는 사람들을 둘러보았다. 겉으로 보기에 지금이 어느 땐데 하며 위기감을 느끼거나 배신당했다고 분해하는 사람은 없는 것 같았다.

훈목은 지난번 대통령 선거 때 그 지방 출신 입후보자를 맞는 구름 같은 군중들을 보고 '내 같으모 지금 고마 딱 죽어 삐리겠는데' 하던 친구를 생각했다. 그 친구는 지금 배신감을 느끼고 있을까, 여전히 그 정치가를 일편단심 지지할까 하고.

그 친구의 말은 지지하고 좋아하는 사람이 그렇게 많은, 바로 절정의 순간에 죽어 버리는 게 행복하지 않겠느냐는 말이었는데, 그게 정말로 죽어 버리라는 뜻이라기보다 친구 자신이 지지하는 사람을 수많은 사람들도 같은 마음으로 지지하는 게 너무 좋아서 흥물 떠느라고 한 말이라는 것을 그는 충분히 알아들었다.

기차 안의 사람들 역시 그와 마찬가지로 지금이 어느 때인지 아무도 깨닫지 못하는 얼굴이었다. 어쩌면 그들 역시 너무 오랫동안, 너무 자주 지금이 어느 땐지 깨닫도록 강요당하며 살았기 때문에 만성이 된 상태인 것 같았다. 언제부터인지 항상 '지금이 어느 땐데'를 말하며 위협하는 소수는 있었고, 그 말을 들으며 죄의식을 느끼는 다수가 있어 왔던 것이다. 그 소수 역시 둘로 세분되어서 한쪽은 지금이 어느 땐데 날뛰어 국가와 민족의 발전을 저해하는가였고, 다른 한쪽은 지금이 어느 땐데 혼자 편히 살 궁리를 하는가, 일어나라였다.

그의 아내 역시 '지금이 어느 땐데'를 곧잘 써먹는 사람 중의 하나였다.

노사 분규로 거제도에서 결국 근로자 한 명이 죽는 일까지 일어난 그해 여름 어느 날이었다. 아내가 말했다.

"지금이 어느 땐데 걔들이 데모를 해요? 파업을 한다구요? 로봇에게 시킬 일을 저희들에게 시키면 고마운 줄 알아야지. 밥 벌어먹으려면 로봇에게는 시키지 못할 일, 저 아니면 안 되는 일을 할 수 있도록 노력해야 할 거 아냐? 쩍하면 파업하겠다고 으르기는. 로봇에게 시켜도 되는 일을 시켜 주면 아무 소리 말고 일이나 꾸역꾸역 해야지, 더 달라 소리는 하는 게 아닌 거야. 영국 같은 나라도 다 겪었잖아요. 자꾸 근로자들이 시끄럽게 굴면 우리도 회사 문 닫을 수밖에."

그의 아내는 마치 그녀 자신이 회사 경영인이나 되는 것처럼 단호하게 말했다. 그는 아내의 사람 잡는 선무당 소리를 더 참고 들을 수 없어 소리 질렀다.

"수십 년 전에 영국이 겪은 일을 거울삼을 사람이 왜 꼭 근로자들이라야 해? 기업인들은 거울삼으면 안 되나? 회사 문 닫는 사태가 근로자의 권익 주장에 원인이 있는 게 아니고, 기업가들이 근로자의 권익을 무시하는 데 원인이 있는 거야."

"이 양반 큰일 낼 사람이네. 경영이라고는 '경'자도 모르는 양반이 행여 강의실에서 그런 소리 할라? 근로자의 권익이라고요? 편편 노는 날 많겠다, 그래도 월급 꼭꼭 주겠다, 한 달 후면 추석일 텐데 그때 봐요. 얼마나 많이 노는가. 쥐뿔도 없는 것들이 놀기만 좋아서. 세계에서 가장 놀기 좋아하는 사람들이 우리나라 사람들이래요. 외국인들이 흉본대요."

"당신같이 진짜 일 안 하고 노는, 불로소득 많은 투기꾼들이 그런 소리 하는 거야. 당신은 어디서 그따위 허위 정보를 듣는지 모르지만, 우리 근로자들이 세계에서 가장 노동 시간이 많다는 통계는 못 봤어?"

훈목은 서서히 파랗게 질려 가는 아내의 얼굴을 보며 회심의 미소를 띠었다. 아내가 이 세상에서 가장 듣기 싫어하는 말이 불로소득과 투기꾼이라는 것과, 그녀 자신 부지런히 일하면서 시도 쓰는 지성인으로 행세하기 좋아한다는 것을 너무도 잘 알기 때문에, 파국으로 몰고 가고 싶은 충동이 일어날 때 그는 그 말들을 즐겨 입에 올리는 것이다.

그도 지금이 어느 땐데 졸기만 하느냐고 학생들을 협박했지만 그건 그 자신조차 전혀 예상하지 못했던 말이다. 더욱 난감한 것은 그의 입에서 좀더 강도 높은 다음 말이 이어지기를 기대하는 학생들의 간절한 눈빛이었다. 으르렁거리며 잠을 깨웠으면 맨날 하는 그 맥 빠진 소리는 집어치우고 뭔가 확실한 태도를 똑 부러지게 보여야 할 것 아닌가 하는 항의 같은 게 학생들의 눈빛에 서서히 일어나던 것이다. 그는 더럭 겁이 났고 서둘러 강의를 끝내고는 그의 고향으로 도망치듯 갔던 것이다.

그 역시 '지금이 어느 때라고' 하며 외치는 주체이던 때가 있었다. 하루도 더 견디기 어려울 정도로 숨이 막히고 답답하고 절망적이어서 태평하게 길을 걷는 사람 아무나 붙들고 지금이 어느 때라고 하며 소리치고 싶던 적도 있었던 것이다.

적어도 그의 민주화에 대한 열망이나 정의감이라는 명색과 아내의 아세(阿世)가 정면으로 마주치기 전까지는 그는 변함없이 그쪽이었던 것이다. 지금도 그는 '유신철폐'와 '학원 민주화'를 외치는 쪽의 군중들 앞에 섰던 그와 '유신만이 살 길이다, 학생들은 자중하라'는 쪽의 앞에

섰던 아내가 맞부딪치던 순간을 생각하면 허파에서 바람 빠지는 소리를 내며 웃는 것이다.

선두 학생들과 같이 의거탑 앞으로 진출하고 있는데, 반대편에서 맞불을 놓으며 다가오는 무리들 중에 일찍이 지방 여성계의 유지이며 비록 실패는 했지만 통대(통일주체국민회의 대의원)에 출마했던 경험이 있는 아내가 보였던 것이다.

겁도 없이. 여기가 어디라고.

그런데 이상한 것은 그의 마음이었다. 아내의 낯익은 얼굴을 보자 그의 마음이 턱 놓이고 이젠 됐다, 살았다 싶던 것이다. 마치 그의 아내가 집안 살림의 어려운 고비를 때맞춰 해결해 주었듯이 그가 그만치서 꽁무니를 빼고 싶을 때 아내가 그에게 좋은 빌미를 제공해 주려고 때맞춰 나타나 준 것 같았다.

정문 앞의 경찰들을 피해 학생들과 같이 옆문으로 빠져나갈 때만 해도 그의 열기는 학생들의 열기를 앞지르는 듯했다. 그러나 그의 열기와 분노가 같은 농도로 지속되기에는 도시 끝에 있는 학교에서 의거탑까지는 너무나 거리가 멀었고, 그 과정에서 그의 열기와 분노를 희석시키는 장애 요소가 너무도 많았다. 경찰과의 충돌이 있을 때마다 그의 열기는 조금씩 식어 갔고 그 대신 두려움의 양이 조금씩 불어나던 것이다.

핑계는 좋았다. 부부가 대치할 수는 없는 일이었다. 그런 희극적이기도 하고 비극적이기도 한 상황을 지워 버리기 위해서는 둘 중 하나가 없어져야 했다. 아내 쪽이 물러나 주면 더할 나위 없이 바람직스러웠겠지만, 그런 상황을 곤란하게 느껴 물러날 사람 같으면 애초에 그런 일을 떠맡고 나서지도 않았을 것 아닌가. 창피스러운 꼴을 당하기 전에 그는 슬그머니 열에서 빠져나와 버렸다.

큰아이가 대학에 들어가자마자 아내는 서울에 아파트 한 채를 장만하고 서울의 부동산 투기꾼 대열에 과감히 뛰어들어 돈을 벌기 시작하더니 어느새 시인 자리까지 하나 따내던 것이다.

그는 아내와 동년배로 보이는 옆자리의 여인을 돌아보았다. 여인은 그가 다시 덮칠까 겁이라도 나는 듯이 커튼 자락을 완강하게 움켜쥐고 벌거벗은 유리창으로 쏟아져 들어오는 햇볕에 얼굴을 노출한 채 줄기차게 밖을 내다보고 있었다. 그 여인이 아내와 동년배로 보인다는 이유만으로 그는 그녀가 탐욕과 이기심으로 꽉 차 있을 것이라 단정했다.

그는 혐오감을 억누르며 얼른 고개를 반대편으로 돌렸다.

서울에 있는 동안 훈목은 이웃에 사는 대학생들과 아파트 앞 한길 건너 골목 안에 있는 '마이웨이'라는 카페에서 자주 어울렸다. 그가 대학생들과 어울려 술을 마시는 그 행위 때문이었겠지만, 어떤 이유로든 그가 젊은 세대들의 세계와 그들의 고통, 그들의 생각을 이해하고 동조하는 교수로 알려지게 된 것을 그는 은근히 즐기는 편이었고, 실지로 그자신 그런 교수를 자처하기도 했다. 그런 그가 명후에게서 보기 좋게 한 방 먹은 것도 바로 그 카페에서였다.

그날은 웬일인지 여느 날과 달리 카페 안이 한산했다. 혼자서 한잔 마시고 그만 일어나려는데 명후가 나타났던 것이다.

"선생님, 저 술 좀 사주세요."

평소에 다른 학생들이 그에게 스스럼없이 술을 사내라고 할 때 명후는 그를 경멸하는지 그와 어울려 노닥거리는 다른 학생들을 경멸하는지

묘한 표정을 짓고 외톨이로 앉아 있곤 하던 것이다. 그는 그런 명후가 자신의 허위의식을 꿰뚫고 있는 것 같아 늘 마음이 불편했고, 그래서 명후가 거기 나타나면 그 술집을 나와 버리고 싶어 했다.

"그래. 좋지. 자네가 내게 술을 사라고 할 때도 있군."

"철이와 이별하는 의식을 치르고 과 사람들과 한잔하고 왔어요."

이렇게 이야기하면 술을 사라고 하는 이유는 충분히 설명되지 않았느냐는 표정이었다. 그런데 불행하게도 훈목은 당연히 알아야 할 말뜻을 알아듣지 못하고 묻고 말았던 것이다.

"철이라니?"

그는 명후를 그 당시 세상이 다 알게 죽은 철이와 관계가 있으리라고는 꿈에도 생각해 보지 않았던 것이다. 질문을 던지자마자 명후가 고문으로 죽은 철이와 같은 학교 같은 과라는 게 퍼뜩 생각났으나 때는 이미 늦어 버렸던 것이다.

아니나 다를까 명후의 표정이 순식간에 상스럽고 험해지더니 내뱉은 말도 표정만큼이나 상스럽고 험했다.

"씨이발. 좆도. 대학 교수라는 게 지금이 어느 땐데 철이도 몰라? 깜짝 여사 남편이라 다르긴 다르군. 학생들과 어울려 술 마실 때는 세상 고뇌 혼자 다 하는 것처럼 떠들더니."

훈목은 명후의 버르장머리 없는 언사에 대처하기보다 본능적으로 술집 안부터 빠르게 둘러보았다. 다행히 술집 안에는 다른 손님이 없었고, 주인 부부조차 늦은 저녁밥을 먹는지 뒷방에서 달그락거리는 소리만 났다.

명후가 그에게 품고 있는 듯한 경멸감과 그가 명후에게 갖고 있는 자격지심 비슷한 것이, 아래윗집에 사는 사람들끼리 서로 저쪽이 내 똥창까지 들여다보고 있지 않나 하는 우려 때문에 생긴 것이라 짐작해 온 훈목은 명후의 지금 태도 역시 그 연장이겠거니 생각하기로 했다. 똥창속을 건드리면 건드릴수록 냄새는 더 날 것이었다. 사실 안방 목욕탕 안에서 가만히 귀를 기울이면 명후의 양친이 서로 주고받는 말소리까지 들리지 않던가 말이다. 그쪽도 마찬가지일 테니까.

"이 사람아. 자네 말투로 봐 철이는 그 철이라는 걸 이제 알겠는데, 깜짝 여사라는 건 또 뭔가? 우리 집 안사람 별명이 깜짝 여산가?"

명후는 훈목의 그런 물러 빠진 대응에 맥이 빠진 듯 빙긋 웃었다. 그는 언제 그런 불량기를 보였던가 싶게 평소의 온순한 표정으로 돌아와 있었다.

"버릇없이 굴어 죄송합니다, 선생님. 우리들의 학교 선배님이시고 교수이신 분이 철이의 죽음의 의미조차 생각하시지 않는 듯이 보여 참을 수가 없었어요. 철이가 잡혀가기 전에 신림동 포장마차에서 마지막으로 친구와 술을 마셨다는 사실은 신문에서 읽으셨겠죠. 그 마지막 술친구가 바로 저였어요. 바로 몇 시간 후에 일어날 사건 같은 건 짐작도 못하고 희희낙락했던 우리의 무지가 한심하고, 마주 오는 운명 앞에 아무 대책 없이 철이를 내주고는 지금 와서 그의 영정을 안고 추모식밖에 할 수 없는 우리의 무능력이 어이없었어요. 철이가 당했을 그 고통만 생각하면 … ."

명후는 눈물을 흘리지 않으려고 애를 쓰는 듯했다. 숨을 가다듬고 그는 말을 계속했다.

"그 웬수 놈의 건물은 왜 또 거기 있는지. 버스를 타고 시내로 나가려면 철이가 살해당한 건물을 보며 지나게 된다는 건 아세요?"

훈목은 죄지은 듯 미안해 어쩔 줄 몰라 하며. 모른다고 머리를 가로 저었다.

"저는 그 건물이 징그럽고 보기 싫어서 처음 몇 번은 마포로 돌아서 시내로 나갔어요. 하지만 이제 그러지 않기로 했어요. 그 앞을 지나다 니며 철이의 고통을 더 생생히 내 것처럼 느껴보기로 했어요. 증오심과 분노의 농도는 시간이 가면 갈수록 묽어지는 속성을 지녔잖아요. 증오 심과 분노만큼 활력의 원천이 되는 게 또 달리 있나요? 그 점이야 우리 못지않게 선생님 세대도 잘 아시잖아요. 분노의 분출이 얼마나 큰일을 해내었는지."

훈목의 얼굴이 그 대목에서 더욱 붉어진 것은 술 탓만이 아니었다. 그는 부끄러움을 참을 수 없어 얼른 술잔을 입으로 가져갔다.

4·19 당시의 분노의 염은커녕 며칠 전에 느꼈던 분노조차 깡그리 사 그라지고 남은 것은 멍한 타성뿐이었다. 철이의 일조차 명후가 일깨워 주기 전에는 그새 잊어버리고 있었던 게 사실이었다.

그런 그의 난감해하는 마음속을 꿰뚫어 본 듯, 명후는 말머리를 그의 아내 쪽으로 돌려 주던 것이다.

"사모님이 얼마 전 밤중에 일으킨 소동도 모르고 계시겠군요. 선생님 이 서울에 계시지 않은 날이었던 모양이던데요."

그가 이튿날 오전 강의 때문에 ㅁ시에서 자는 날은 그의 장모가 혼자 있는 딸에게 전화로 밤 안부를 묻는 날이기도 했다. 당시의 신문 사회 면은 연일 '아파트 강도, 혼자 집 지키는 여인을 칼로 찌르고…', '아파 트 강도, 혼자 집 지키는 가정부를…', '혼자 집 지키는 노인을…'이었다. 매일 신문의 정치면 사회면 문화면 할 것 없이 모조리 읽고 '이 죽일 놈들', '이 짐승 같은 놈들' 하며 칠순 노인답지 않게 정력적으로 정치가도 죽이고 범죄자도 죽이고 재벌도 죽이고 여당도 죽이고 야당도 죽이는 장모가 혼자 집 지키는 딸을 혼자 집 지키다가 피살당한 여인들과 환치시키는 것은 너무도 쉬운 일이었다.

그날 역시 걱정이 되어 친정어머니는 잠자리에 들기 전에 전화를 걸어 딸이 무사한 것을 확인했던 터였다. 안심하고 두어 시간 잠을 잤는데 문제의 전화가 걸려 왔던 것이다.

밤중의 전화가 으레 그렇듯 지레 놀라 '이 밤중에 웬 전화야?' 중얼거리며 송수화기를 귀에 대자마자 '여보세요' 하던 여자 목소리가 뚝 그치고 전화가 끊어졌던 것이다. 노인의 귀에는 분명 딸이 어머니에게 도움을 요청하는 전화로 들렸던 것이다. 밤중에 전화 소리를 들었을 때 이미 딸부터 생각하며 송수화기를 들었으니 여자의 '여보세요' 하는 외마디 소리가 그렇게 들릴 수밖에 없지 않았겠는가. 그녀는 전화가 끊어지자마자 몇 차례 딸네 집 전화번호를 돌려 보는 침착성은 지닌 노인이었다. 단정해 버리기에 앞서 확인 전화를 한 것인데 몇 번을 돌려도 신호만 울리던 것이다.

"애비야. 누나한테 무슨 일이 생긴 모양이다. 빨리 서둘러라."

급히 차를 몰아 딸의 아파트로 간 친정어머니와 남동생이 초인종을 누르고 문을 두드리고 소리치고 별짓을 다 해도 안에서는 기척이 없었다. 소란에 놀란 수위가 합세했고 이웃 사람들이 호기심에 차 내다본 것은 물론이었다.

"일을 당한 게 분명해. 이 일을 어쩌면 좋지? 혼자 있는 날이 많아 항상 위태위태하더니 결국 일을 당한 거야."

최악의 경우를 상상하는 노인이 말 기운은 남아돌아서 잠시도 입을 쉬지 않았다. 넋두리를 늘어놓던 노인이 문득 길 건너에서 연둣빛 무궁화 꽃을 이마에 달고 있는 파출소를 보고는 거기로 달려갔다.

"길 건너 아파트에 강도가 들었어요. 내 딸이 거기 사는데 일을 당했나 보오."

"할머니가 그걸 어떻게 아세요?"

"나한테 전화를 걸어 외마디 소리만 지르고는 기척이 없으니 분명 당한 거지 뭐요? 그래서 전화를 나 쪽에서 걸어 봤는데 전화를 받지 않아요. 우리 아이가 여류 시인이오. 그래서 그런지 유난히 예민해서 조그만 소리에도 깜짝깜짝하는 사람인데 밤중에 전화 소리도 못 듣고 잘 리가 있나요? 텔레비에서도 봤잖소. 전화하다가 일을 당하면 수화기가 대롱대롱 매달려 있는 거."

"할머니. 수사극을 너무 많이 보셨군요."

말은 그렇게 했어도 경찰관은 가보지 않을 수 없었다. 경찰관 역시 똑같은 절차로 초인종도 눌러 보고 문도 두드려 보고 소리도 질러 봤지만 안에서는 여전히 아무 기척이 없었다. 경찰관은 수위를 아파트 관리 사무소로 보내 마스터키를 갖고 오게 해서 결국 문을 따고 들어갔는데 글쎄 평소에 신경이 섬약해 놀라기를 하도 잘해서 깜짝 여사라는 별명까지 붙은 홍 여사께서는 때가 어느 때인지 세상이 어느 세상인지 모르고 네 활개 벌린 채 쿨쿨 자고 있었던 것이다.

경찰관과 수위와 이웃 사람들이 하나같이 "체, 아무 일도 아니잖아." 하며 서운해했던 것은 물론이었다. 특히 이웃 여자들은 자다가 일어났을 텐데도 서운한 마음을 안은 채 그냥 물러나기가 싫어서 복도에서 오랫동안 웅성거렸는데, 주로 별명을 '깜짝 여사'로 붙이지 않을 수 없었던 그 여자의 평소의 작태에 대한 이야기를 하느라고 그랬던 것이다.

"꼭 내가 그 여자 핸드백 속에 든 돈을 노리고 쫓아간 것 같다니까요."

"맞았어요. 꼭 그래요. 우연히 뒤따라가게 된 사람에게 그런 느낌이 들게 행동해요."

"얼마나 돈이 많은지는 몰라도 항상 자기 뒤에 도둑이 따라다니는 줄 안다니까요."

"도대체 그 여자가 어쩌길래 다들 그래요? 나는 무슨 소린지 통 모르겠네."

"바로 옆집에 살다 보니까 내가 가장 많이 당한 사람일걸. 다른 분들은 어디서 당했는지 몰라도 나는 주로 엘리베이터를 타러 나가다가 당해요. 우연히 깜짝 여사 바로 뒤에서 따라갈 때가 있지 않겠어요. 무심코 걸어가는데 문득 앞서가던 그 여자가 '아이 깜짝이야' 하며 우뚝 멈춰서죠. 깜짝 여사보다 뒤에 따라가던 내가 실은 더 놀라 나자빠질 정도로 '아이 깜짝이야' 하는 소리와 몸짓이 특이하고 볼륨이 있어요. 놀라기만 하는 게 아니에요. 뒤에서 당한 사람은 묘한 모욕감까지 느끼게 돼요. '아이 깜짝이야' 하면서 그놈의 잘난 핸드백을 꼭 감추듯이 가슴에 끌어안거든요. 내가 그 핸드백을 뺏으려 한 것같이 그런다니까요.

어떤 때는 엘리베이터에서 무심코 내리는데 복도 난간에 붙어 서서 아래를 내려다보고 있다가 '아이 깜짝이야' 하면서 돌아서기도 해요. 엘리베이터 앞에서 돈을 세고 있다가 그럴 때도 있죠. 그런 피해망상증이 있는 사람이 왜 밖에 나와 돈을 세고 있는지 도무지 이해가 안 돼요. 요즘은 내 앞쪽에 깜짝 여사가 가면 아예 멀어질 때까지 가지 않고 기다리고 서 있기로 했어요.

한 번은 그 여자 남편도 그런 경우를 당하는 걸 목격했는데, 참으로 우습더군요. 깜짝 여사가 집을 나온 후 아마 예정이 없이 그 남편이 뒤따라 나왔나 봐요. 그러니까 깜짝 여사 다음에 그 여자의 남편, 그다음에 나, 그렇게 일렬종대로 엘리베이터 쪽으로 걸어가다가 맨 앞쪽의 그 여자가 갑자기 '아이 깜짝이야' 하며 우뚝 선 거죠. 그 남편이 더 놀라며 얼른 나를 돌아보는데 그 표정이 아주 묘하더군요."

"나는 저기 아파트 마당에서 한 번 그런 경우를 당했어요. 넓은 마당에서 그렇게 놀라는 사람은 처음 봤어요. 체격도 크고 시원시원하게 생긴 여자가 섬약한 척 쇼하는 것 같아 참으로 이상하게 보이데요."

"나는 버스 정류장에서 당했어요. 우리 모두 그 여자를 놀래 주는 가해자들이네요. 가엾은 것."

깜짝 여사가 이웃 주민들로부터 적대적인 존재가 된 결정적인 이유는 그녀의 '아이 깜짝이야' 하는 버릇 때문이라기보다, 아파트 난간으로 옆집 학생을 내몬 사건 때문이라는 것도 그날 밤 이웃 여인들의 이야기에서 알 수 있었다.

"들자니까 그 여자 시인이라던데, 시인이란 여자가 그럴 수가 있어요? 냉혹한 이기심으로 꽉 찬 여자가 어떻게 시를 쓰는지 의심스러워요. 나 같은 문외한이 생각해도 시인이란 무엇보다 생명을 존중해야 될 사람들인 것 같은데 영 그렇지가 않아요. 내 이야기를 들어 보세요.

어느 날 내가 외출에서 돌아와 보니까 깜짝 여사가 글쎄 우리 집 거실에서 설치고 있어요. 내가 집을 잘못 들어갔나 착각할 정도로 제 집에서 제 집 식구들에게 뭔가를 지시하는 그런 자세로 내 식구를 지휘하고 있더라니까. 우리 아들을 베란다 난간에서 재주를 부리게 하고 있어요. 무슨 일인가 했지만 우선 아들에게 내려오라고 소리부터 쳤죠. 깜짝 여사가 무안한 얼굴로 우리 집에서 슬그머니 나가더군요.

내막을 들어보니까 기가 막혀서. 내막인즉 그 여자가 외출에서 돌아왔는데 어떻게 되어서 그런지는 몰라도 현관의 쇠줄 걸쇠가 안에서 척 걸려 있었다는 거예요. 처음에는 우리 집에서 젓가락도 빌려 가보고 식칼도 빌려 가보고 쇠막대기도 빌려 가보고 한참 수선을 떨더니 안 되겠다면서, 우리 아들에게 난간을 타고 자기 집으로 건너가서 문을 따달라고 하더라는 거예요. 젊은 사람이면 능히 할 수 있는 일 아니겠느냐면서 한 번 해보라고 조르는데 그 말투가 그렇게 교묘할 수가 없더래요. 그걸 못하겠다 하면 겁쟁이나 바보로 몰릴 것 같은 생각이 들게 하는데, 바보 같은 우리 아들 녀석이 그 단수에 그만 걸려든 거예요. 한번 해볼 만한 일인 것 같은 생각이 들더라나. 그래서 5층 베란다 난간에 올라서서 재주를 부리는 중이었던 거예요. 내가 그때 때맞춰 들어오지 않았더라면 무슨 일이 벌어졌을지 생각만 해도 아찔해요.

열쇠쟁이 불러서 단 몇천 원이면 해결할 수 있는 일을 남의 귀한 자식 목숨 걸고 하라고 부추기다니 그게 말이 되나요? 시인은커녕 사람 같아 보이지도 않아요. 상식적인 사람 같으면 수리공부터 찾지, 어떻게 감히 그런 생각을 할 수 있겠어요? 참 알 수가 없었어요.”

“하여튼 보통 사람은 아니군요.”

훈목은 그날 밤 동네 여자들이 했다는 이야기를 들으며 난감해하는 자신에게 실은 시시하게 여자들 이야기나 옮기는 게 목적이 아니라 중요한 이야기는 이제부터라는 듯 엄숙한 표정으로 덧붙이던 명후의 말을 생각했다.

"실은 그때가 제가 철이와 술을 마시고 헤어져 돌아온 때였어요. 위층에서 하도 소란스러워 우리 집으로 들어가지 않고 올라가 봤죠. 무슨 화끈한 일, 가령 살인 사건 같은 것 말이죠. 죄송한 말씀입니다만, 솔직히 고백하면 사모님이 살인강도에게 당했기를 기대하며 올라갔는데 아무 일이 없었어요. 태평하게 주무시다 깬 사모님을 보니 웃음만 나왔죠.

그런데 선생님, 후에 생각해 보니 그때가 아무 일이 없는 때가 아니었더란 말입니다. 그 순간이 바로 거기서 별로 멀지 않은 곳에서 내 친구 철이가 고문을 당하기 시작한 시간이었단 말입니다. 어쩌면 그 순간이 바로 철이가 더 이상 견디지 못하고 죽은 순간이었는지도 모르죠. 놈들은 철이를 승용차로 데려갔고, 저는 대중교통 편을 찾느라고 길에서 한참 시간을 보냈거든요. 선생님 생각해 보세요. 그러니까 그때가 별일 없는 때가 아니었단 말입니다. 우리가 모르고 있을 뿐이죠.

지금 이 순간도 우리가 볼 수 없는 곳에서 무슨 일이 일어나고 있는지 모릅니다. 이 땅에 살면서 우리가 매순간 지금이 어느 때인가를 묻고 생각하며 살아야 하는 이유가 거기에 있는 거죠. 지금이 어느 때인가 말입니다. 저도 물론 까맣게 몰랐어요. 철이의 죽음을 확인한 의사가 세상에 알리고 세상이 놀라 와글와글할 때야 나 자신이 죽은 철이와 마지막으로 술을 마신 장본인이란 걸 알게 된 거예요."

그래. 과연 지금이 어느 때인가?

기차가 굴을 지나려는 때였다. 50년대 말부터 서울과 ㅁ시 사이를 수 없이 타고 오르내린 덕택에 지금 기차가 어디쯤 지나고 있는지 그는 보지 않고도 본능적으로 알 정도였다. 그가 눈을 감자마자 기차는 어김없이 굴속으로 진입했는데 그와 동시에 옆자리의 여인이 신음인지 감탄인지 모를 소리를 아 하고 낮게 질렀던 것이다.

훈목은 속으로 '왜 또 이러시나' 하며 눈을 가늘게 뜨고 여인을 훔쳐보았다. 그녀는 그녀 자신의 얼굴과 그 얼굴을 배경으로 훈목이며 통로 건너 쪽의 몇몇 승객을 실은 기차 속 풍경을 비쳐 보일 뿐 정작 밖의 것은 아무것도 보이지 않는 창밖을 이쪽저쪽 살피느라고 차창을 뚫고 나갈 것처럼 의자를 삐걱거리며 요동을 치는 것이었다.

기차가 굴을 다 빠져나갔을 때 여인은 그제야 반쯤 일으켰던 몸을 도로 주저앉혔고 다시 조용한 얼굴로 차창에 비치는 햇빛을 맞으며 뜻 모를 말을 중얼거리는 것이었다.

"꼭 36년 만이네."

훈목은 놀라 그녀를 돌아보았다.

그럼 내가 알던 여자란 말인가.

여인의 말은 마치 36년 만에 그를 만났다는 말처럼 들렸던 것이다. 여인이 의아해하는 그를 돌아보고 그의 표정의 의미를 알았는지 부연했다.

"36년 만에 기차를 타본 거라구요. 어제도 탔으니까 따지자면 오늘은 두 번째인 셈이죠. 어제는 경황이 없어 언제 굴을 지났는지 몇 년 만에 타는 기차인지 생각해 볼 수도 없었거든요."

"정말 기차를 36년 만에 탔습니까?"

"그럼요. 6·25전쟁 후 부산에서 서울로 돌아갈 때 타보고는 이번이

처음이니까요. 따져 보세요."

이번에는 그가 아 하는 감탄사를 토했다. 그 신기함이란 찌든 타성의 퇴적물에 떨어진 빗방울 같았다 할까. 그날 오전처럼, 가보고 싶은 충동을 받을 때면 언제나 ㅁ시에서 버스로 40분 거리에 있는 그의 고향 마을에 가서 억 년 전의 빗자국 화석을 보며 느끼는 것과 거의 같은 느낌으로 그는 그녀를 보았다.

관절염 때문에 그와 헤어진 다음 해부터 삼십 몇 년 동안 같은 자리에 누워 있다던 그의 눕뱅이 여자친구를 방문했을 때의 느낌과도 같았다 할까. 또는 그가 인지했을 때보다 훨씬 전부터 있어온 새터 방앗간 주인의 문패가 어느 날 문득 친구 아버지의 이름 대신 친구의 이름으로 바뀌어 있는 것을 목격했을 때의 느낌과도 비슷했다.

그는 그의 고향 마을의 서동 차부에서 내리면 읍내의 서쪽 끝인 새터로 일단 가서 거기서부터 어떤 경건한 의식을 치르듯이 차근차근 훑어 동쪽으로 가는 것이다. 서동 끝에는 안성맞춤이듯 시간이나 세월의 무상함을 일깨워 주는 화석 빗자국이 있었다. 그 비문의 전문은 이랬다.

화석 빗자국

천연기념물 제196호

약 1억 년 전 부드러운 퇴적물 위에 빗방울이 떨어져 만들어진 빗자국이다. 당시 가뭄으로 한때 호숫물이 줄어서 호수 바닥에 쌓였던 퇴적물이 호숫가에 노출되었고 그 위에 떨어진 빗방울의 충격으로 자국이 생긴 것이다.

빗방울 자국이 생긴 부드러운 퇴적물의 표면이 마르고 그 위에 새로운 퇴적물이 쌓인 후 오랜 시간이 흐르는 가운데 지층이 굳어져 돌로 변하였다. 이 빗방울은 신라층군의 사암의 층리면에 보존된 것이며 1976년에 발견되어 천연 기념물로 지정되었다.

훈목은 시루떡같이 켜로 되어 있는 잿빛의 암반 위에 마치 가벼운 천연두 자국처럼 보일 듯 말 듯 자국이 난 억 년 전 빗방울 흔적을 보며 자칫 그 방대한 시간의 이미지가 생활과 이념과 전쟁 따위 모든 현실적인 것들은 잠식하고 무의미하게 하는 마법에 걸려들지 않도록 안간힘을 써야만 했다. 언제나 그랬다. 그 무지막지하게 방대한 시간과 마주하면 그 자신의 존재조차 1억이란 숫자 속에 여차하면 파묻힐 것 같아 두려워지는 것이다.

그 빗자국의 이미지는 임진란 때 그 고장에서 분화같이 일어났던 의병의 일이며, 홍의장군의 의미며, 6·25전쟁 때 정암 백사장에 즐비했던 시체의 의미며, 이 땅에 산재한 현실적인 질곡까지 깡그리 무화시켜 버리는 마력을 지니고 있던 것이다. 현재와 미래만 아니라 오직 빗자국을 낸 억 년 전이란 정지된 시간 외에 모든 과거까지도 무화시켜 버리는 마력을 지니고 있는 듯했다.

1976년 1억 년 전의 것이라 했으니 이 시점에서는 1억 14년 전이어야 하는데 계속 1억 년 전이라는 숫자는 요지부동이니까 벌써 14년은 무화시켜 버린 셈이 아닌가. 우리의 현재는 계속 1억 년에게 먹혀 소멸되고 있는 것이다. 1억 년 전이란 말은 해도 1억 1년 전이라는 말은 없지 않는가. 언제부터 1억 년 전인 것이 언제까지 1억 년 전으로 버틸까. 그 팻말을 2억 년 전으로 바꿔 쓸 수 있는 때가 과연 오기는 올까.

시간의 퇴적층, 역사의 퇴적층 속에 파묻힐 현재라는 시간에 매달려 있는 우리가 화석으로 남는 빗방울만도 못한 존재가 아닌가 하는 허무의 최면에 걸리지 않게 하는 것이 그가 화석 빗자국을 떠날 때쯤에 잊어버리지 말고 챙겨야 하는 당연한 사고의 순서였다. 그게 예정된 절차였으니까.

기실 그가 억 년 전 화석 빗자국을 찾을 때는, 그 화석 빗자국이 있는 그의 고향을 찾을 때는 은밀하고 달콤한 허무주의에 빠지고 싶은 때이기도 했지만 역설적으로 허무주의에 빠지려는 그를 건져 올리기 위한 절차상 필요한 방문이기도 했다. 실로 사치스럽고 유희적인 방문인 것이다.

만용을 부리며 세상을 자기의 전유물인 양 갖고 노는 사람들을 볼 때, 그들과 맞서 싸우는 사람들을 볼 때, 이쪽도 저쪽도 아닌 그 자신의 나태나 타협이나 소유욕 따위를 깨달을 때 훈목은 도망치듯이 고향을 방문하는 것이다.

그러나 바로 한길 옆에 있는 화석 빗자국이나 그 비석 앞에 우두커니 서 있는 그의 존재 같은 건 아랑곳없이 옆눈도 팔지 않고 자전거를 타고 가는 그곳 주민을 보면, 그는 꿈에서 깨어나듯 허무의 최면에서 깨어나게 된다. 그 자전거의 사내야말로 시간을 억 년 단위로 묶을 수 있는 것과 마찬가지로 그 억 년 속에 헤아릴 수 없이 많은 작은 단위의 시간과 존재가 있다는 사실을 깨닫게 해주는 것이다.

아내도 자식도 이웃도 있고, 야당도 여당도 있고, 보수도 혁신도 있고, 학생도 민중도 있고, 너도 나도 있고, 사랑도 미움도 있고, 지금도 아까도 나중도 있고, 어제도 내일도 있다는 것을 새삼 확연히 깨닫는 것이다.

내가 존재하지 않는 시공의 크기가 아무리 방대할지라도 내가 사는 한 뼘 땅과 내가 살고 있는 일순간보다 클 수 없고, 나의 자유 나의 억압 나의 사랑 나의 증오 나의 진실 나의 허위가 있는 이 짧은 현재의 의미가 그 어느 방대한 시공보다 더 큰 것이라는 것을 국민학교('초등학교'의 전용어) 1학년이 제 이름 석 자를 종합장에 확실히 쓰게 되듯이 생생하게 확인하는 것이다.

훈목은 삼십 몇 년 동안 같은 자리에 누워 있는 그의 여자친구 집 앞을 지나고, 향교도 지나고, 국민학교 교문 안으로 들어가 전쟁 전 그가 다닐 때의 학교 모습을 잠시 떠올려 보고, 다시 나와서 군청 앞까지 갔다. 산상 수도를 끝내고 하산하는 도인처럼 필요한 사고의 절차를 밟고 고향을 떠났음에도 불구하고 여느 때와 달리 훈목의 마음이 잔잔하지 못한 것은 그가 군청 앞 게시판의 그 흥미진진한 104호 공고문을 읽었기 때문이었다. 그 공고문은 '무주 부동산 공고'였다.

무주 부동산 공고가 뭘까? 주인 없는 땅이란 말인가 본데, 남의 땅도 내 것이라 빼앗고 훔치고 사기 치는 세상에 주인 없는 땅이 있다니. 그것도 국가에서 정당한 권리자를 찾아 주겠다고 애를 쓰다니.

그는 화석 빗자국 비석을 처음 읽었을 때와 같은 신기함을 느끼며 그 공고문을 읽어 내려갔다.

무주 부동산 공고. 다음 표시의 재산에 대하여 정당한 권리가 있는 자는 다음 공고 기간 내에 신고하기 바랍니다. 대장상 소유자 松本光商 대지 $89m^2$, 대장상 소유자 東洋拓植 전(田) $2,003m^2$, 대장상 소유자 菊井佐世子 대지 $8m^2$.

대장상(臺帳上) 소유자는 대개가 동양척식으로 되어 있었고, 그 외의 것도 松本光商이나 菊井佐世子 등 극히 소수의 몇 사람이 중복 소유하고 있었다.

훈목은 그 공고문을 읽어 내려가면서, 그 공고문 중의 어떤 이름을 거듭거듭 보면서 차츰 그의 아버지의 작고 검은 손금고 안을 생각하기 시작했다. 그의 아버지가 남긴 손금고 안에 있는 서류에서 본 이름과 공고문 중에 올라 있는 토지 소유자의 이름이 차츰 겹쳐지기 시작했던 것이다. 그 사실은 그의 잔잔해진 마음을 흔들어 놓기 충분했다.

정당한 권리가 있는 자는 바로 내가 아닐까?

그는 어떤 즐거운 예감 때문에 소용돌이치는 가슴을 눌렀다.

어쩐지 오고 싶더라니. 저 공고문이 붙어 있는 기간 중에 내가 여기 오고 싶은 충동을 받았다는 건 예삿일이 아니야. 이런 행운이 내 것이 되게 하기 위하여 누군가의 힘이 나를 오늘 여기로 이끌었어. 아버지의 뜻일까?

실은 그의 아버지의 작고 검은 손금고는 오래전에 그의 서울 아파트의 벽장 속에 버리듯이 처박아 두었기 때문에 그 서류상의 토지 소유자 이름이 어땠는지 확실히 기억되지 않았다. 단지 일제 말 그의 창씨개명한 이름이 金村英郎이었고, 따라서 그들의 성이 金村이란 것은 확실하므로 그 서류 속 이름이 아버지의 이름이 아니라는 것만은 확실히 기억할 수 있었다.

한때 그는 남의 토지 등기서류가 아버지의 금고 속에 왜 들어왔는지 궁금하게 생각한 적이 있었다. 그의 아버지가 돌아가시고 난 후 집 한 칸 없이 가난할 때였다. 그런 기간이 지나자 아무 소용없는 물건임을 깨닫고 버리려다가 그래도 그냥 둔 것은 그 서류 속 토지의 소재지가 아주 알 수 없는 곳도 아니고 그의 고향 땅의 일부라는 사실 때문이었다. 그 사실이 그와 생판 상관없는 서류는 아닐 것 같은 막연한 기대감을 안겨 주던 것이다. 여러 차례 버리자고 하는 아내의 말을, 아버지의 유품이라고는 그 작고 검은 손금고뿐이지 않느냐는 대답으로 일축할 수 있었던 것도 그런 기대감을 품고 있었기 때문이었다.

그런데 이제 와서 松本이라는 사람의 이름을 여러 번 읽다 보니까 그 금고 속 서류의 소유자 이름이 그와 같지 않았던가 하는 생각이 들기 시작했다.

아내는 속의 서류는 말할 것도 없고 금고조차 귀신 단지 같다면서 버리지 못해 안달을 하곤 했다.

"저따위 고물이 뭐 그리 대단하다고 끼고 살아요? 고물 장수에게 줘버리지. 큰집 사람이 은장도 찬다니까 저는 식칼 차더라고, 재벌들이 유산 유산 하니까 저따위 고물을 유산이랍시고 부둥켜안고 있는 걸 보면 정말 코웃음 나네. 내 요새 나오는 세련된 서류 상자 하나 사줄 테니 저 고물은 당장 버려요."

"내가 서류 상자가 필요해서 그래? 아버님이 남기신 거라고는 그것뿐이니까 소중히 하자는 거지. 서류 상자 같은 거야 나보다 부동산 많이 가진 당신이 더 필요하잖아? 사서 당신이나 가져."

"내 땅이 어디 있어요? 당신 거지. 남자가 빈정거리기는. 내가 재산을 불리는 거하고 자기하고는 아무 상관없는 일같이 그런다니까. 그래 나는 진흙탕이고 당신은 연꽃이오. 어디 한번 물어봅시다. 정말로 가지는 게 싫어요?"

그는 아무 말도 못하고 "위선자" 하고 아내 입에서 그다음에 튀어나옴 직한 말을 속으로 뇌어 보았다.

훈목은 아내가 멸시하고 천대하던 아버지의 작은 손금고로 인하여 땅을 갖게 될지 모른다는 사실을 아내에게 빨리 알리고 싶었다. 아내 가 좋아할 것이라는 생각을 하니 그는 한동안 꽤 괜찮은 기분에 잠길 수 있었다.

그러나 그런 기분도 잠시뿐, 왕뒤 쪽에서 이른 봄바람이 여봐란 듯 몰아쳐 와 뒤죽박죽 흥분 상태에 있는 그를 깨어나게 했고, 이어서 그 곳 사람 아무도 눈여겨보지 않는 황당한 공고문을 읽고 있는 그를 누군 가가 일확천금을 노리는 투기꾼이나 토지 사기꾼으로 보지 않을까 우려 하는 마음이 생기던 것이다.

그는 게시판에서 몇 발짝 물러나 군청 건물이 등지고 있는, '왕뒤'라 고 불리는 산 위로 펼쳐진 푸른 하늘을 보았다. 마치 추위의 근원인 것 같던 차고 맑은 하늘은 옛날 운동장 조회 때의 하늘 그대로였다. 그때 의 추위가 생생히 되살아나 훈목은 몸을 부르르 떨었다.

못 본 걸로 하고 그냥 가버려?

좀 전에 커다란 행운을 잡은 듯하던 흥분이 조금씩 식으면서 문득 귀 찮다는 생각이 들기 시작했다.

보지 않았으면 좋았을 것을. 만일 이곳에 오고 싶은 생각이 미친 듯 이 들지 않았다면, 그래서 저따위 공고문을 보지 않았다면, 내가 모르 는 사이에 공고 기간이 지나 저 토지들이 국가 재산으로 귀속되었다면, 그랬다면 나와는 영영 상관없는 일이었을 텐데. 이런 치사한 미련이나 욕심 같은 건 없었을 텐데.

그는 정말로 훌훌 털고 도망가고 싶었다. 그 공고문을 보기 전의 상태로 돌아가고 싶었다. 땅이니 재산이니 하는 문제에 얽매이고 생각할 사람은 그의 아내지 그가 아니었던 것이다. 그는 그런 치사한 문제에서 자유로울 권리가 있는 사람이었다. 그는 억 년이라는 시간의 의미나 존재의 의미만 생각하면 되는 것이었다.

그가 손만 뻗치면 잡힐 행운을 목전에 두고 그따위 생각을 하며 꽁무니부터 뺄 작정을 한다는 것을 아내가 알면 어떤 반응을 보일까 그는 생각해 봤다. 틀림없이 그 여자는 그럴 것이었다.

시간이니 존재니 하는 단어가 밥 먹여 주는 거 봤어요?

차마 못 본 걸로 하고 그곳을 떠날 수는 없었다. 공교롭게도 때맞춰 그가 그곳에 가서 그런 공고문을 보았다는 건 예삿일이 아니다, 이건 계시인지도 모른다는 생각이 다시 고개를 들기 시작했다. 내 것으로 만들라는 계시라는 생각이 그를 괴롭혔다.

그래서 그곳을 과감히 박차고 떠나지 못하고 군청 앞 늙은 느티나무 아래 서성이고 있을 때 마침 군청에서 나오던 한 사나이가 그를 알아보던 것이다.

"김훈목 교수님이 아니십니까? 어쩐 일입니까? 누굴 만나려고요?"

그렇게 반가워하는 사람이 언젠가 향우회 일로 한 번 인사한 적이 있는 군청 재무과의 윤 계장이라는 것을 알자, 그는 또 한 번 공교롭게 되어 간다는 생각을 했다.

"아닙니다. 그냥 한번 다녀가고 싶어서 왔던 길입니다. 마침 재미있는 공고문이 보이길래 구경 좀 했죠. 아 참, 저 공고문 내용에 대해서 잘 아시겠군요."

"뭐 말입니까?"

"저 무주 부동산 공고 말입니다."

윤 계장은 그가 흥미를 느끼고 있는 게 무주 부동산 공고라는 걸 알자 입가에 묘한 웃음을 무는 것 같았다. 훈목의 자격지심이 지레 그렇겠거니 하고 봐서 그랬을까. 하여튼 윤 계장의 그런 웃음을 보자 훈목은 주춤했지만 곧 에라 시작한 김에 더 물어보자 하는 마음이 되었다.

"어떤 조건을 갖춰야 저 공고문에서 말하는 정당한 권리가 있는 자라 볼 수 있을까요? 다시 말하면 어떤 사람이 신고를 할까요?"

윤 계장은 군청 앞에 있는 백산 기념 도서관 뜰의 나무 의자로 가서 앉아 훈목에게도 옆에 와 앉으라고 손짓을 하며 그의 질문에 대답했다.

"저기 공고된 땅의 소유자 이름이 일본식 이름들이니까 그 당시 창씨개명 한 자기 아버지 이름이 대장상 이름과 동일했다고 주장하는 사람이 있을 수 있고. 그런 경우에는 그 당시 이웃사람 중에 증인을 찾아야지요. 어릴 때 부르던 생각이 날 수 있을 거 아닙니까? '이치로'야 하고 불렀다든가, 성이 '야마모토'였다든가 '마쓰모토'였다든가. 후손 중에 등기서류를 갖고 나타나는 사람이 있으면 아주 맞춤이지요. 물론 그런 경우에도 정말 소유자의 후손인지는 조사해 봐야겠지만."

"만일 말입니다. 대장상 소유자의 이름과는 전혀 상관없는 사람이 공고문에 표시된 토지의 등기서류를 갖고 나타나면 어떻게 하시겠습니까?"

"그런 경우라면 일단 고려해야지요. 가장 중요한 게 서류일 수밖에 없는데, 그런 서류를 갖고 있는 사람이면 한번 캐어볼 만하지 않겠습니까? 어떤 경로로 입수하게 되었는지 따져 올라가면 연고자인 게 증명될 테지요. 물론 재판을 거쳐야겠지만."

"왜 저렇게 많은 땅이 이제껏 방치되어 있었을까요? 어떤 사람의 땅이었죠?"

"창씨개명 한 조선인일 수도 있지만, 대개는 일본인일 겁니다. 조선인이면 후손에게 등기를 넘기지 못할 이유가 있겠습니까?"

윤 계장은 마침 점심시간도 되었으니 식사라도 하자고 권했으나 훈목은 ㅁ시에서 서울 가는 기차표를 사놓고 기다리는 시간에 점심을 먹겠다고 사양했다.

松本은 일본인일까? 松本과 金村과의 관계는 도대체 어떤 관계일까? 친구였을까? 패전 후 일본으로 돌아가면서 아버지에게 서류를 맡긴 것일까? 아니면 자식이 없는 조선인 친구였을까?

우선 아버지의 금고 속 서류의 토지 소유자 이름이 松本 아무개인지 확인부터 해야 할 일이었다.

훈목은 윤 계장이 그가 무주 부동산에 대해서 그렇게 집요한 이유를 궁금해할 것 같았으나 한 가지 더 질문하고 싶은 것을 참을 수 없었다.

"공고 기간 동안에 혹시 신고한 자가 있었습니까?"

"한 건도 없었어요. 원체 절차상 공고한 거지 신고자가 있으리라 생각하지는 않았으니까요."

쌀쌀한 날씨에 식당으로 들어가자는데도 마다하고 질문만 거듭하는데 짜증이 났는지 윤 계장의 말투에서는 처음의 반가움과 친절이 사라지고 그 대신 그래 봤자 당신 떡이 될 리가 없는데 웬 침을 그렇게 흘리십니까 하는 말투였다. 그뿐만 아니라 기득권자로서의 우월감과 배타

심까지 비치는 듯했다. 땅 임자가 나타나지 않을 것은 뻔한 일, 저 땅은 내 거야 하는 것처럼 훈목에게 들렸다.

훈목 쪽에서도 모르는 소리 말아, 그 땅은 내 거야 하고 속으로 뇌었다.

"신고자가 없을 걸 예상하셨다니 저 토지의 소유자들이 어떤 사람들이었는지 대강은 아시나 보죠?"

윤 계장은 이제 노골적으로 자신의 영토를 넘보는 외부인을 단 한 칼로 격퇴시키려는 듯 단호한 음성으로 말했다.

"대강 짐작은 합니다. 예를 들어 마쓰모토(松本) 란 자 말입니다. 그 사람은 마산에서 큰 상점을 하던 일본인 부자였습니다."

'마쓰모토'에 대해서 말하는 윤 계장의 태도는 마치 그자에게서 전권을 위임받은 사람처럼 당당했다.

그것은 훈목으로서는 전혀 예상 못할 일이었다. 마쓰모토란 작자는 그의 아버지의 손금고 안에서 은밀히 잠자고 있어야 할 사람이었다. 그만이 끄집어낼 수 있는, 그와 손잡지 않으면 세상 밖으로 절대로 나올 수 없는, 어느 누구와도 교분이 있어서는 안 될 사람이었다.

하필이면 마쓰모토를 저런 식으로 입에 올리다니. 차라리 菊井을 올리지. 훈목은 마치 윤 계장과 104호 공고문과 마쓰모토에게서 크게 우롱당한 기분이었다.

그러나 다음 순간, 그는 벌에 쏘인 듯 서둘러 윤 계장과 작별 인사를 하고 골목으로 걸어가며 중얼거렸다.

"마산의 큰 상점이라 했나?"

그의 아버지가 마산의 일인(日人) 상점에서 트럭 운전을 했다는 사실이 퍼뜩 생각났던 것이다. 큰 키에 당꼬바지를 입고 '도리우치'란 모자를 눌러쓰고 트럭을 끌고 가끔 집으로 오던 그의 아버지가 생각났다.

해방이 되었다고 떠들썩할 때 아버지가 트럭에 가득 싣고 왔던 갖가지 물건들도 생각났다. 그중에 그가 아직도 생생히 기억할 수 있는 것은 '미깡'이라 하던 일본산 귤 맛과 일본 옷감 특유의 무늬가 있던 이불 보따리였다.

그럼 아버지는 그때 그 물건들을 뺏어 왔던 것일까? 훔쳐 왔던 것일까? 그 장물들 중에 금고도 들어 있었던 것일까?

그는 마치 악몽을 꾸고 있는 것 같았다. 조금 전까지 그의 몸속에 충만해 있던 행운에 대한 기대가 부끄러움의 덩어리로 변하여 부풀어 터져 나오는 것 같았다.

이제 그는 아버지의 금고 속에 들어 있던 서류 속의 토지 소유자 이름이 제발 마쓰모토가 아니기를 바라기 시작했다. 빨리 서울로 가서 확인해 보고 싶었다.

윤 계장이 '이 도둑놈의 자식아' 하고 소리치며 뒤쫓아 오는 것 같아 훈목은 얼른 출발하려고 움찔거리는 버스 속으로 뛰어들었다.

"열다섯 살 계집아이일 때 굴을 지나며 신기했던 일이 생각나요."

아 그랬지. 36년 만에 기차를 탔다 했지.

훈목은 잠에서 깨어나듯 생각에서 깨어났다.

"그럼 아주머니는 주로 버스로 여행하나 보죠?"

"여행은 뭣하러 다녀요? 살기 바쁜데 언제 여행까지 해요? 서울 밖을 나와 본 것도 피난 시절 이후 처음이에요. 버스는 멀미가 무서워서 탈 수도 없구요. 오늘도 꼭 기차를 타긴 타야겠는데, 보통실 차표가 떨어져서 할 수 없이 특실을 탄 겁니다."

훈목은 무슨 신기한 동물 보듯이 그 여자를 보았다. 아내의 나이와 비슷한 여자라는 이유만으로 탐욕과 이기심으로 가득 찬 여자일 거라 단정했던 것을 취소해야겠다고 그는 생각했다.

36년 만에 서울 밖을 나왔다는 말은 36년 동안 어지러운 세상과 접촉하지 않았다는 말로 들렸다. 그럴 때의 서울은 우리가 지금껏 알고 있었던 온갖 악과 비리와 추문의 온상으로서의 서울과는 다른 서울로 들렸다. 그녀의 서울은 서울 속 어딘가 한정된 미감(未感)지대란 뜻으로 들렸던 것이다.

그녀는 어린아이가 새로운 사물을 접할 때와 마찬가지로 모든 사물을 신기하게 받아들이는 것 같았다. 아직도 이 세상이 신기함으로 가득 차 보이는 그녀는 무척 행복해 보였다.

의자 팔걸이 속에 감춰져 있는 조립식 식탁을 어떻게 어떻게 하다가 찾아내어 무엇에 쓰는지 궁금한 듯 꺼냈다 집어넣었다 하며, 그녀가 중얼거렸다.

"바깥이 참 보기 좋아요. 텔레비에서만 본 들과 산을 직접 보니까 정말 좋은데요."

그녀는 좋다는 말을 거푸 했다. 훈목은 그녀가 창문을 가리기를 그렇게 완강히 반대한 이유를 그제야 알 것 같았다.

여인은 이야기가 몹시 하고 싶었던 듯, 훈목에게 자신의 피난시절을 이야기하기 시작했다.

"기차를 타니까 부산 피난시절이 많이 생각나요. 그중에서도 제 할머니 생각이 특히 많이 나요. 겨울이면 팥죽을 동이로 쑤어다 길에 내다 놓고 길 가는 지게꾼과 거지들에게 먹였어요. 저희 집은 가난하고 작은 집은 부자였기 때문에 할머니는 작은집에 계셨는데, 저도 거기서 할머니 조수 노릇을 했어요. 길가에 팥죽 동이를 내다 놓고 할머니는 길 가는 사람 중에 특히 배고파 보이는 사람을 불러요. 공짜로 손금 봐준다면서. 파는 팥죽인 줄 알고 안 먹겠다는 사람을 달래서 우선 팥죽부터 먹이죠. 배가 불러 느긋해진 듯싶으면 이번에는 손금을 봐주는 거예요. 그런데 그 손금 이야기가 누구나 똑같아요. 덕담만 골라 했으니까요.

나는 그때 도대체 할머니를 이해할 수 없었어요. 왜 그 추운 거리에 나앉아 거지들에게 팥죽을 먹이고 또 그들 모두에게 똑같은 말로 손금을 봐주는지. 그때 할머니의 심중을 이제사 알 것 같아요. 그 지게꾼이나 거지들은 배도 고팠지만 희망도 고팠거든요. 그들에게 희망을 먹이기 위하여 손금을 볼 줄 아는 것처럼 속인 거예요. 그들은 배도 불리고 희망도 불려서 웃으며 떠나갔어요.

팥죽만 아니었어요. 철 따라 된장 고추장도 엄청나게 많이 담가 그들에게 그런 식으로 나눠 주었죠. 아무리 부자라 해도 작은아버지와 숙모가 좋아할 리가 있었겠어요? 할머니의 지나치게 큰 손에 진저리를 쳤어요. 특히 작은아버지는 할머니가 길에 나앉아 손금 봐주는 걸 제일 싫어했죠. 자식 망신 손자 망신 다 시킨다고요. 그래도 누구 하나 할머니를 말릴 수는 없었어요. 우리 집안에서 할머니에게 이래라 저래라 할 사람은 아무도 없었으니까요. 나 역시 추워서 팥죽이고 뭐고 나가기 싫단 말을 입 밖에 낼 수 없었죠.

작은아버지는 할머니의 큰 손 덕을 톡톡히 본 적이 있었기 때문에 속이 아파도 참는 수밖에 없었어요. 6·25전쟁 전에 할머니가 사재었던 쌀 수십 가마 덕에 전쟁 초기를 잘 넘긴 경험이 있었거든요. 인민군들에게 쌀가마니를 주어서 작은아버지가 다다미방 밑에 숨어 있는 걸 모른 척 눈감아 주게 했고, 그러고도 남은 쌀로 배고픈 줄 모르고 그 어려운 시절을 보낼 수 있었다지 않아요."

"할머님께서 퍽 특별한 분이셨던 모양이죠."

"그럼요. 할머니에게는 이 세상에 무서운 것이 없었는데, 다른 사람들에게 할머니는 아주 무서운 존재였어요. 그런가 하면 아이들처럼 호기심도 많고 짓궂은 장난도 잘하셨어요. 할머니의 장난을 이야기하다 보니까 한 가지 빼놓을 수 없는 재미있는 이야기가 생각나요. 역시 부산 피난시절이었어요. 하루는 할머니가 친구 집에 다녀오셨는데, 양팔에 수갑을 차고 수건으로 덮고 오셨어요."

"수갑이라뇨? 범인들에게 채우는 수갑 말입니까?"

"맞아요. 할머니 친구 아들의 직업 때문에 그 집에 수갑이 있었나 봐요. 그 집 책상 밑 구석에 있는 수갑을 발견하신 거죠. 호기심 많고 장난기 많은 할머니께서 그걸 당신 팔에 차본 거예요. 한쪽만 아니고 양팔 모두를. 차긴 찼는데 풀 수가 있어야죠. 그때 들은 이야기입니다만 수갑이란 풀려고 건드리면 건드릴수록 더 죄어든다는군요. 그 집 아들이 열쇠를 갖고 마침 남핸가 어딘가로 출장을 갔대요.

두 노인께서 풀어보려고 애를 쓰다 쓰다 못해서 그냥 그걸 찬 채 집으로 오신 거예요. 평소에 할머니께 야단만 맞던 며느리들이 고소해하며 뒷전에서 낄낄거렸죠. 그런데 그게 좋아할 일만은 아니더군요. 사람이 하루 동안 손으로 할 일이 어디 한두 가지예요? 먹어야죠. 씻어야죠.

202

뒤봐야죠. 먹는 일은 떠먹여 드렸죠. 씻는 일은 생략했고요. 그런데 문제는 뒤를 보는 일이었어요. '이년들아, 좋아들 하지만 말고 이리 와서 내 바지 좀 끌어 내려라', '끌어 올려라', '밑 닦아라'. 애초에 할머니의 호기심과 장난기가 일을 그렇게 만든 것일 텐데, 그 물건을 차고 하룻밤 주무시고 나더니 딴소리를 하시기 시작했어요.

물론 작은아버지가 경찰서로 가서 풀어 드리겠다고 하셨죠. 절대로 가시지 않겠다고 고집부리시더니 하시는 말씀이 이랬어요. '내가 너희들을 대신해서 벌을 받는 거다. 우리 집 식구들이 지은 죄를 내가 대표로 갚느라고 이러는 거다. 우리가 지은 죄가 어디 작은 거냐? 우리 식구 잘 살려고 독립군 배신한 게, 이날 이때까지 마음에 걸리더니 아주 잘된 일이다. 어떻게든 죄는 갚게 마련이야. 물론 이걸로 다 갚는다고는 생각 않는다. 독립 운동하다가 왜놈들한테 잡혀 들어간 사람들이 어디 수갑 차는 고통만 있었더냐? 매 맞고 병들고 찬 감방에서 고생하던 사람들에 비하면 이것쯤이야 아무것도 아니지.'

생각을 그쪽으로 돌리시고는 아주 편안한 마음으로 친구분 아들이 와서 수갑을 풀어 드릴 때까지 며칠을 아주 잘 견디시더군요. 마치 순교자나 되신 듯이 말예요."

훈목은 왠지 숙연해지는 마음을 감추기 위해 지나가는 커피 장수 아가씨에게 두 잔의 커피를 샀다. 그는 여인에게 한 잔의 커피를 권하면서 진작부터 궁금하던 점을 물었다.

"36년 만에 기차를 타야 할 정도로 아주머니에게 대단히 중요한 일이 생긴 모양이죠?"

"아, 네. 그런 셈이죠. 아들 직장이 창원 공단에 있어요. 노조 문제로 잡혀 들어갔다는 연락을 받고 허둥지둥 온 거죠. 하숙집 아주머니의 연락을 받을 때는 세상이 끝장나는 줄 알았는데 정작 아들을 만나보니까 내려올 때의 암담하던 마음이 다 가셨어요. 아들이 오히려 나더러, 그렇잖아도 어머니를 진해 벚꽃 필 때쯤 한번 오시게 하려던 참이었다고, 예정보다 당겨지기는 했지만 좋은 기회라 생각하고 오랜만에 타보는 기차 여행이나 즐기시라고 하더군요.

아들이 그러데요. 노동 운동은 밥 먹고 잠자는 일과 같은 거다, 특별한 일이 아니다, 좋은 밥을 먹으려고 쌀을 이는 일과 같은 것이라 생각하라고 그래요. 나는 뭐 아는 게 없지만 살면서 무슨 일을 당하면 나만 당하는 일인 양 호들갑을 떨지 않으려고 노력은 해요. 옛날 우리 할머니처럼 나쁜 일을 좋은 쪽으로 돌려 생각하려고 애쓰죠."

훈목이 그의 아파트에 도착했을 때는 저녁 여덟 시가 넘어 있었다. 그는 저녁밥 먹는 것도 뒤로 미루고 집 안에 들어서자마자 아내에게 아버지의 손금고를 꺼내라고 했다. 여기저기 까만 칠이 벗겨져 무쇠 바탕이 노출된 작은 손금고를.

"뚱딴지같이 집에 들어오자마자 그 고물은 왜 찾아요? 버린 지가 언젠데."

훈목은 버렸다는 말을 듣자 속으로 안도의 숨을 쉬었다.

드디어 해방된 거야. 볼 필요도 없어졌어. 마쓰모토의 망령과는 완전히 손 끊은 거야. 헛된 욕망과 비열한 과오와도 손 끊은 거야. 모든 더러운 것을 깨끗이 청산한 거야.

속으로 그랬으면서도 훈목은 버럭 소리를 질렀다. 아내를 공격할 좋은 기회를 놓칠 리가 없었다. 아내를 조롱하고 그럼으로써 그 자신까지도 함께 마음껏 조롱하고 싶어졌던 것이다.

"뭐야? 누구 마음대로 그걸 버려? 지금이 어느 때라고? 얻다 버렸어?"

"고물 장수에게 팔았죠."

"그 속에 든 서류는?"

"그 속에 뭐가 있었다고 그래요? 곰팡이 냄새 나는 휴지 조각밖에 더 있었어요?"

훈목은 드디어 결정타를 때릴 때가 되었다고 생각했다. 그의 첫 번째 질문에 아내가 손금고를 버렸다고 대답했을 때, 이미 안도하고 잘한 일이라고 생각했으면서도 그는 기세를 세우고 아내를 몰아붙였다.

"휴지 조각이라고? 그 땅이 지금 주인을 찾고 있단 말야. 무슨 말인지 모르겠어? 당신이 그렇게 갖고 싶어 하는 땅, 땅이 돈 안 들이고도 저절로 우리한테 굴러오게 되었단 말야. 내가 오늘 아침결에 우리 시골엘 다녀왔어. 지금 공고문이 나붙었다고. 이달 말까지 신고하지 않으면 국가 재산으로 귀속시킨다고."

"주인 찾는 땅이 버린 서류의 그 땅인 걸 어떻게 알아요?"

입을 삐죽이며 그렇게 말했지만 그녀는 뭔가 심상치 않은 실수를 저질렀다는 생각을 했는지, 얼굴은 이미 일그러질 대로 일그러져 있었다.

"송 자에 근본이란 본 자 말야. 당신은 혹시 읽어 보지 않았어? 그 공고문에 그 사람 땅이 제일 많더라고. 이 바보야."

금고 속 서류의 이름이 松本이었다고 그는 서슴지 않고 말했다.

"그 사람과 우리가 무슨 상관인데요?"

"그 사람이 아버지의 절친한 친구였다는 건 고향 사람이면 누구나 다

안대. 군청 윤 계장이 그랬어. 일본으로 도망갈 때 아버지에게 주었을 거라고. 내가 우리 집에 서류가 있다고 말했거든. 한 번 가져와 보라고 하더란 말야. 그런데 당신이 그 황금 같은 땅문서를 버린 거야. 알겠어?"

그는 그가 그랬기를 바라던 줄거리대로 단숨에 지껄였고 마지막으로 아내의 가슴에 못이라도 박는 시늉을 하며 또박또박 '알겠어'를 박아 넣었다. 그 치졸한 줄거리가 그의 입을 통해 밖으로 나와 다시 그 자신의 귀로 들어갈 때, 그는 허욕에 가득 찬 그 자신의 내부를 보는 것 같아 얼굴을 붉혔다.

드디어 회한으로 몸을 가누기 힘들게 된 아내가 퍼질러 앉으며 악을 썼다.

"진작 알아보지 왜 여태 그냥 뒀어요. 바보 천치같이."

훈목은 돌아서서 회심의 미소를 띠우며 당당히 소리쳤다.

"밥이나 줘."

〈창비〉 1990년 여름호(통권 68호)
《안개의 덫》(제 21회 동인문학상 수상 작품집)에 수록

돌멩이 두 개

ㅈ경찰서에서 좀 와 달라는 전화가 걸려왔을 때 나는 다 이긴 줄 알고 있던 게임에서 막판에 역전패당한 운동선수처럼 사태의 진상을 파악하지 못하고 얼떨떨했다. 그런 얼떨떨한 중에도 '역전패'란 단어가 생각난 이유는, 내 집 아이들이 그토록 어려운 시기에 대학이란 터널을 무사히 뚫고 나온 것을 마치 마라톤 선수가 완주, 그것도 우승까지 곁들인 완주를 한 것처럼 생각하고 있었기 때문이었다.

이미 나 쪽이 이긴 상태로 끝난 줄 알고 방심하고 있었더니, 아직 무슨 문제가 남아 있었단 말인가, 요즘은 쌀 수입개방 반대시위나 핵폐기물처리장 설립 반대시위나 일제 징용자나 정신대와 관계되는 시위가 있다는 소문은 들었지만, 내게까지 불똥이 튈 정도로 그 시위가 보편화되어 있었단 말인가.

송수화기를 든 채 가슴 두근거리며 살처럼 빨리 지나가는 그런 생각에 잠깐 허둥대고 있을 때, 시위 현장에서 김윤기라는 재수생을 연행했는데 서울에서 연락할 수 있는 유일한 연고자로 나를 지목했기 때문에 내게 전화를 걸게 되었다는 설명을 저쪽에서 했다. 이름만 듣고는 김윤기가 누구인지 얼른 알아차리지 못했다. 그 집 아들이 김윤기라는 이름을 가진 줄 알았어도 그런 상황에서 보충설명 없이 그 아이가 바로 그 아이라는 생각을 해내기는 어려웠을 것이다. 서울의 시위 현장에서 잡은 아이와 천 리 밖 그 집 아이가 좀체 연결되지 않았던 것이다.

게다가 경찰서라는 말만 듣고도 상당히 겁을 먹은 상태여서 상황을 분별하는 총기가 더 무디었을 것이다. 상대방도 그런 눈치를 챘는지 친절히 보충설명을 해주었다. 내 고향에서 무작정 상경한 재수생이라고.

그 말을 듣고야 연전에 죽은 내 동갑내기 사촌의 아들인 윤기가 확실하다는 것은 알 수 있었으나, 나는 그때까지도 그 아이가 태평양전쟁 희생자 가족이란 생각은 하지 못했다.

내 자식 일도 아닌데 이른 아침부터 만사 제쳐 놓고 경찰서 출입까지 해야 하나.

내 자식 일이 아닌 걸 알고 나자 허둥댄 게 언제였더냐는 듯 느긋하게 불평까지 늘어놓으며 경찰서로 향했다.

몇 해 전 시골 출신인 딸아이의 남자친구가 경찰에 연행되었다가 훈방될 때도 다른 여자친구의 어머니가 보호자로 불려 갔던 일이 기억되어 그 일이 그다지 힘든 일이 아닐 것이라는 생각도 들었다.

"시골서 올라온 재수생이라기에 그냥 돌려보낼 작정을 했는데 가방 속에서 짱돌 두 개가 나왔어요. 짱돌까지 준비해 갖고 계획적으로 현장에 들어간 걸 알고 그냥 보낼 수가 있어야지요. 하룻밤만 재우고 훈방시키는 것도 순전히 이 학생의 얼렁뚱땅 사투리에 내가 넘어갔기 때문인지 모르겠어요."

담당 형사가 내게 그 아이를 붙들어 둔 이유와 훈방시키려는 이유를 동시에 설명했다. 그럴 때 적당한 인사말이 뭔지 얼른 찾지 못해 내가 잠시 우물거리고 있을 때 윤기가 말을 받고 나섰다.

"또 짱돌 이야깁니꺼? 돌이모 돌이제 짱돌이 무신 말입니꺼? 내보고 짱돌은 와 가 있느냐꼬 어제부터 억수로 여러 분 추달 안 합니꺼. 짱돌이 무신 말인지 촌놈이 알아무울 수 있어야제."

밤을 새워서 그런지 꾀죄죄해진 녀석은 마치 내게 고자질하듯 겁도 없이 투덜거렸다.

그 지독한 사투리와 때와 장소를 가리지 않는 장난기, 게다가 자칭 촌놈이라 우기는 그 말투가 그의 아버지를 생각게 해서 그럴 자리가 아닌데도 나는 픽 웃지 않을 수 없었다.

"이 자식아, 너희들이 갖고 다니는 돌이 짱돌 아니면 뭐냐? 데모 때 쓰는 돌을 짱돌이라 하는 거 정말 몰랐어? 자식이 능청스럽기는. 경찰도 사람이야. 너희들만 다치냐? 경찰도 돌 맞으면 다치는 거야."

수없이 여러 번 했을 듯싶은 말을 또 하는 것은 나 들으라는 뜻인 것 같았다.

"또 그 소리 하십니꺼? 지가 운제 아저씨들한테 이 돌미이 떤진다꼬 했십니꺼? 돌미이는 아무나 가지고 다니모 안 댑니꺼? 더러버라. 이 돌미이는 서울 돌미이도 아이고 특별난 돌미이라 캐도 영 몬 알아듣네예."

"또 그 소리냐? 이 녀석이 계속 이 돌은 그런 돌 아니라고 우기는 거예요. 이제 아주머니가 오셨으니까 따라가 봐. 이 돌은 두고."

하도 만져서 닳고 닳아 윤이 나는, 내 주먹보다 조금 작은 검정 돌 두 개를 뺏길까 겁내는 것처럼 윤기는 경찰관의 책상 위에서 와락 집어 들며 소리 질렀다.

"안 댑니더. 이 돌미이는 지가 도로 가지가야 댑니더."

"야 인마. 그냥 두고 가."

"안 댑니더."

경찰관이 돌을 뺏으려는 건 내 보기에도 장난인 것 같았다. 간밤에 두 사람 사이의 대화가 어떻게 진행되었는지 구체적으로 알 길은 없었으나, 여느 연행자와 경찰관 사이처럼 살벌하고 긴장된 관계는 아니었던 것을 짐작할 수 있었다. 어쩌면 시작은 그렇지 않았을지도 모른다. 처음에는 윤기의 사투리를 고의적인 장난이라 생각하고 몇 대 따귀라도 올려붙였을지도 모른다. 그러다가 어느 순간 그게 그 아이의 진정한 모습이란 걸 알아차리고 태도가 달라졌을 수도 있을 것이다.

어쨌거나 내가 그들을 만났을 때 그들의 관계는 이미 그런 살벌한 관계는 아니었고 오히려 잘 어울리는 한 쌍의 코미디언들 같았다 할까.

윤기의 아버지도 그랬다. 우리의 엄하시기로 소문났던 백부님도 윤기 아버지와 몇 마디 나누면 슬그머니 웃음기를 띠우셨으니까. 고등학교 때의 규율 선생님과도 그런 관계였다는 소문을 듣지 않았던가. 다른 학생들에게는 절대로 용납되지 않는 교칙위반 사항을 그에게만은 모른 척 눈감아 주었다는 이야기는 꽤 여러 번 들었던 것이다.

윤기가 허겁지겁 돌을 움켜쥐는 것을 보고 경찰관은 기가 막히다는 듯 웃으며 머리가 돌았다는 표시로 손가락으로 원을 그리며 말했다.

"쟤 머리가 어찌 된 것 아닌지 모르겠어요. 이 돌미이는 그냥 보통 돌미이가 아이고 우리 할부집니더 그런단 말이에요. 글쎄, 돌이 할아버지라니 원시종교의 일종인지 이해가 되어야 말이죠."

경찰관은 윤기의 사투리까지 흉내 내며 이해할 수 없는 자신을 내게 이해시키려 했다.

나 역시 이해할 수 없기는 마찬가지였다. 일제 징용자에 대한 배상을 요구하는 시위를 하기 위하여 시골에서 올라온 사람들이 많다는 기사를 읽은 생각은 났으나 그 시위는 노인들이나 여성단체에서 하는 것인 줄 알았고, 오히려 이 아이라면 그의 아버지처럼 대학 진학을 포기하고 농촌을 지키려는 청년이 되어 농산물 수입개방 반대시위를 하러 온 영농 후계자쯤으로 상상했는데, 경찰관과 돌 두 개를 놓고 토닥거리는 모습을 보니 조금은 실망스럽기도 했다.

앞으로 이 아이를 데리고 나가 순조롭게 시골로 내려보낼 수나 있을지 걱정스럽기까지 했다.

도대체 무슨 속셈으로 서울까지 와서 이 소동을 벌이나 의심스러워하는 시선으로 그 아이를 보았을 때, 윤기는 내게 응원이라도 청하듯 마주 보며 중얼거렸다.

"이 돌미이는 정말로 우리 할부진데."

그 아이의 진지한 눈빛을 보자 정신이 번쩍 들며 아득한 옛날부터 의식 바닥에 던져져 있던 돌멩이의 영상이 떠오르던 것이다.

"뭐라고? 그 돌이 너의 할아버지라고?"

"예."

윤기가 나의 반응을 보자 반가운 듯 시원스럽게 답했다.

아, 바로 그 돌을 저 아이가 가지고 있었구나. 저 아이의 할아버지라면 내 막내숙부다.

그 시절부터 지녀온 물건은 친정오빠네의 벽시계뿐인 줄 알았더니, 그 돌멩이들이 아직 숙모의 경대 서랍에 있을 거라는 말을 농담으로 들었더니 정말 아직도 있었구나.

내 감회가 하도 크니까 같은 자리에 있는 남도 똑같이 느껴 주는 줄 알고, 나는 경찰관에게 당당하게 그럴 만한 사연이 있는 돌이니까 그냥 줘서 보내 달라고 말했다. 모르긴 해도 그 돌을 아직 지니고 있는 걸 보면 짱돌로 써버릴 것 같지는 않다는 말도 덧붙였다.

경찰관은 이 아주머니도 같이 돈 게 아닌가 하는 얼굴로 나와 윤기를 번갈아 보았기 때문에 나는 그 돌의 내력을 간략하게나마 설명하지 않을 수 없었다.

물어보나 마나 그 돌일 것이다.

그 돌멩이에 집착하던 숙모의 모습이 확연히 떠올랐고 그런 그의 할머니를 보아 왔을 손자가 그 돌을 지금 지니고 있다 해서 별로 이상하게 보이지는 않았다.

사상 관계로 마산형무소에 갇혀 있던 숙모의 남동생이 곧 처형될지 모른다는 소문이 있어 숙모가 나와 동갑내기인 아들만 데리고 마산으로 달려가고 없을 때, 우리도 읍내를 떠나야 했다. 전쟁이 일어났다는 소문을 듣고도 꽤 오랫동안 학교도 다니고 미역 감으러 다니고 평상시처럼 살았던 것은 워낙 우리 고장이 전쟁터와 멀리 떨어져 있었기 때문이었으리라.

우리 고장이야 괜찮겠지 하고 있는데 어느 날, 진주 합천 방향의 신작로에 먼지를 일으키며 줄을 이어 달려온 미군 트럭들이 잠시 멈추지도 않고 함안 마산 방향으로 곧장 가버리는 것이었다. 그 많은 미군들이 우리 눈앞에 나타나자 그러면 그렇지 하고 안도했는데, 우리를 지켜주려고 달려온 줄 알았던 그 미군들은 야속하게도 우리를 거들떠보지도 않던 것이다.

하루 사이에 읍내는 거짓말같이 조용해졌고 배신당한 쓰라림과 무안함을 감추고 사람들은 어딘가로 잠적해 버린 것 같았다. 마을 앞 신작로 가의 정자나무도 먼지만 둘러쓰고 무색한 듯 서 있었다.

한 선수가 달려가고 난 후 또 다른 선수가 달려드는 경주로 위의 주자들처럼, 미군이 지나간 그 길로 인민군이 뒤쫓아 올 것이 예상되었기 때문이었으리라. 처음부터 피난할 작정을 하지 않은 사람들 말고는 한 집 두 집 소문도 없이 읍내를 떠난 모양이었다. 경주로 위에는 여름 햇볕만 내리쬐었고 공포와 같은 적막만이 다음 주자를 기다리고 있었다.

우리 가족은 하마 아버지나 숙모가 마산에서 우리를 구원하러 올지 모른다는 생각으로 반대편 길만 열심히 바라보고 있었다. 다음 주자가 들이닥치기 전에 우리를 빼내 가야 했던 것이다.

어머니 혼자 양쪽 집 아이들을 거느리고 피난이란 것을 할 엄두가 나지 않았으리라. 그때는 아버지도 마산의 백부님 공장으로 직장을 옮긴 지 얼마 되지 않았을 때였다.

아직 국민학생이었는데도 매사를 어머니 입장이 되어 생각하곤 하던 나는 속으로 설마 아버지가 우리를 내팽개쳐 버리기야 하겠나, 곧 나타나서 마산으로 데려가시겠지 했다. 숙모라도 나타나서 자기 아이들만이라도 돌보면 한결 나을 텐데 하며 숙모를 기다리기도 했다.

그러나 두 사람 다 얼씬하지 않았는데 서쪽 경주로 끝에서는 아득히 함성과 먼지를 동반하고 다음 주자가 달려오는 냄새가 나는 듯했다.

무작정 기다리고 있기에는 너무 늦어 버려, 더 이상 밍기적거리고 있어서는 안 되겠다 싶었다. 어머니는 언제 주문해 두셨던지 나더러 댓집에 가서 대고리짝을 찾아오라 하셨다.

댓집은 다음 주자가 나타날 경주로 쪽에 있었다. 자칫하면 나는 그들을 마중하게 될지 모르는 일이었다. 그들과 정면으로 마주칠지 모른다는 불안감이 맞바람처럼 나를 밀어냈으나 나는 눈 감고 이를 악물고 텅 빈 경주로 위로 달려갔다. 참으로 절박한 순간이었으니까.

평소에 그 집 앞을 지날 때면 나는 가던 길을 멈추고 한참씩 그 집 남자가 길게 누워 있는 장대 더미 뒤 쪽마루에서 칼로 대나무를 짜악 가르든가 얇게 가른 댓살로 능란하게 죽세공품을 엮어 나가는 모습을 지켜보곤 했다. 나는 그 완성품을 보고 싶어 시간 가는 줄 모르고 오래오래 서 있곤 했으나 웬일인지 한 번도 그 마무리 작업을 본 기억이 없다. 비죽비죽 나와 있던 댓살을 난감해서 보던 기억이 너무 강렬했기 때문일까? 그리고 서 있는 나를 말없이 흘끔거리며 손을 놀리던 그 집 남자도 그날은 일손을 놓고 있었고 숨을 헐떡이며 달려드는 내게 대고리짝 두 개를 얼른 넘겨주었다.

그릇이며 재봉틀 다리며 땅 속에 묻을 수 있는 것은 묻고 소달구지에 옷가지로 가득 채운 두 개의 고리짝과 재봉틀 대가리와 지금 친정오빠의 서재 벽에 걸려 있는, 그때는 굉장히 컸으나 지금은 너무 작아 보이는 벽시계 등 온갖 살림살이를 이삿짐처럼 잔뜩 실어 놓고 우리는 숙모의 딸들인 사촌들을 기다리고 있었다.

금방 인민군이 들이닥칠 것 같아 가슴이 오그라들어 연방 어제 그제

214

미군이 지나간 신작로를 흘끔거리고 있는데 사촌언니 용자와 동생 용애가 저들 몸뚱이보다 더 큰 보퉁이 두 개를 겨우겨우 이고 나타났다.

어머니는 우리 짐으로 이미 포화상태가 된 달구지와 사촌들이 이고 오는 보퉁이를 번갈아 보며 얼굴을 찡그리고 말했다.

"와 이리 늦었노? 사람 옴죽증이 나서 똑 죽겄거마는."

사촌언니가 보퉁이를 던지듯 내려놓고 아직도 아쉬운 듯 말했다.

"큰어무이, 머를 가지와야 대는지, 머를 내삐리야 대는지 알 수 있이야지예. 어무이한테 난중에 시껍 안 묵을라모 아부지 옷을 한 가지라도 더 가지와야 안 대겠십니꺼?"

어머니가 기겁해서 소리 질렀다.

"멋이라꼬? 그기 다 너가부지 옷이가?"

사촌언니가 빙긋이 웃으며 당연한 듯 대답했다.

"우리 집에서 제일 좋은 옷은 아부지 양복 아입니꺼? 내삐리고 가모 난중에 어무이한테 시껍 묵십니더."

"시상에. 느그들 갈아입을 옷이나 몇 가지 챙기 오라 캤더마는 죽은 사람 옷은 갖다가 느그가 입을 기가 팔아묵을 기가? 인자아 가서 바꾸오라 칼 수도 없고 내사 모리겄다."

이번에는 사촌언니가 펄쩍 뛰듯이 말했다.

"큰어무이. 무섭십니더. 질에 개미 새끼 한 마리도 없고예, 가봤자 대문에 빗장 대고 못까지 박았는데 우찌 또 뜯십니꺼? 인자아 가도 소용없십니더. 고마 가이시더."

"쯧쯧. 사람도 원캉 벨축시럽은께. 하기사 안 죽었다꼬 쌔쌓는데 그 옷 안 가지고 갔다가는 난리 한분 날 기거마는."

어머니는 단념하기로 한 모양이었다. 조마조마해서 어머니와 사촌언니가 주고받는 말을 듣고 있던 우리도 안심했다. 일각이라도 빨리 떠나야 할 것 같았으니까.

숙부의 죽음은 숙모에게만 아니라 우리 모두에게 사실로 받아들이기에는 어렵게 되어 있었다. 더 이상 피할 방법이 없다고 생각되었을 때 징용을 자원해 갔던 숙부가 1944년 그러니까 소화(昭和) 19년에 흰 유골상자로 돌아왔는데, 우리가 목격한 숙부의 주검은 축제 분위기 속에 돌아온 그 상자뿐이었으니까.

아무리 둘러봐도 그 국민학교에서의 고별식은 죽은 자와의 고별식이 아니라 하나의 축제였던 것이다. 우리 집 식구들은 모두 학교 운동장에서 거행된 화려한 고별식에서 다른 희생자의 유가족들과 함께 영웅의 가족으로 대접받았다.

할머니도 숙모도, 여느 행사 때와 마찬가지로 내빈석에 앉아 있는 지방 유지들과 같이 차일 아래 특별석에 앉아 영웅의 가족답게 눈물 한 방울 흘리지 않고 잘 견뎌 내고 있었는데, 실은 강요된 축제 분위기에 맞춰 주기 위해서라기보다 숙부의 죽음이 실감되지 않아서 그랬던 것 같았다. 숙부의 죽음도 낯설었고 숙부가 죽었다는 남양군도라는 두루뭉술한 지명도 낯설어 그 고별식이란 것이 우리와는 무관한 행사로 비췄던 것이리라.

나는 자랑스러워 어깨가 으쓱해 있었다. 그들이 말하듯 대일본제국을 위하여 목숨을 바친 영웅의 조카딸이어서가 아니라 아이들의 구경거리로 충분한 그 행사가 다른 아이들에게가 아니라 바로 나 자신과 더 관계있는 일이며, 우리 집안 일로 읍내가 들썩한 행사가 거행된다는 사실

216

때문이었다.

그러나 화려한 고별식이 끝나고 정작 집으로 돌아가서, 그제야 숙부의 죽음이 실감되었는지 어른들은 시체 없는 방에 꾸겨 박혀 저마다 통곡을 풀어 놓던 것이다. 그것은 정말로 뜻밖이었고 충격이었다.

우리 식구들이 남들 앞에서 노래 부르는 것을 그때까지 한 번도 듣지 못한 것처럼, 우리 집 여자어른들의 통곡소리를 듣는 것도 그때가 처음이었다. 우리 식구들이 남들 앞에서 부르는 노랫소리를 듣는 것도 그렇게 충격적이었을까? 내 혈육의 통곡소리를 처음 들었을 때의 충격은 이만저만 아니었다. 비감이라 할까, 부끄러움이라 할까. 아니 아니 낭패감이라 할까 절망감이라 할까. 그 모든 감정의 복합이라 하는 것이 옳을 것이다.

나는 처음 그 복합적인 감정으로 인한 충격 때문에 곧바로 아무도 보지 않는 뒤꼍 석류나무 아래로 숨어들어 가 오래오래 앉아 있었는데, 끝내 그 거북스런 감정 상태에서 벗어날 수 없어 그만 밖으로 나갔던 것이다.

동네 아이들이 우리 집을 기웃거리고 있었다. 나는 그 아이들의 기웃거림을 충분히 이해할 수 있었다. 화려한 상여와 상주들의 지팡이는 우리들 아이들에게 언제나 선망의 적이었고, 우리 집에서 누가 죽는 일이 일어나지 않는 것을 못내 아쉬워해 오지 않았던가. 그래서 아이들은 부지깽이를 짚고 헛울음을 울며 상주 흉내를 내지 않았던가?

비록 화려한 상여도 상주의 복장도 갖추지 않아 성에 차지는 않았지만 우리 집의 통곡소리는 그런대로 아이들의 관심거리는 되었던 모양이었다. 나도 그 아이들 속에 섞여서 남의 집인 양 밖에서 기웃거리며 으

스대 보려 했지만 예전 같지 않던 것이다.

저녁때 통곡소리가 멎고 조용해졌을 때 집에 들어가서야 나는 낮의 울음소리가 할머니와 어머니의 것이었을 뿐 정작 숙모는 울지 않았다는 사실을 알 수 있었다.

"독한 에엔네."

마치 울어준 것을 생색이라도 내듯 어머니가 숙모를 비방했기 때문이었다.

달구지 주인인 영식 아버지가 달구지 위에 자리를 마련하여 보퉁이 두 개를 쑤셔 박고 그냥 떠나자고 했다. 웬만큼 알고 지내는 사람이면 숙모의 성깔을 알기 때문에, 죽은 아버지의 옷을 가져와야 했다는 용자 언니의 말도 일리가 있다는 생각이 들었을 것이다. 숙모의 과부 위세에 항상 당하기만 한다고 생각한 어머니도 부글거리는 속을 가라앉히고 떠나자고 했다.

어쩌면 먹이는 일에다 입히는 일까지 걱정해야 될 경우가 생기지 않을까 생각만 해도 울화가 치밀었을 것이다. 결국 그 피난 짐이 말썽이 될 줄은 짐작하지 못한 채.

어머니가 인솔한 피난 대열에는 나이순으로 열일곱 살인 용자 언니로부터 나의 친언니, 나, 용애, 다섯 살짜리 내 친동생, 해서 여자아이들만 다섯이었다.

읍내를 벗어나 군 경계인 강을 따라 걸을 때는 편치 않던 마음도 급하던 마음도 다 가라앉고 마치 소풍 나간 기분이었다. 다섯 살짜리 동생은 어머니의 볕양산을 마음대로 써도 된다는 허락을 받고 너무 기분이 좋아 우쭐우쭐 걷고 있었다. 여느 때는 절대로 허락되지 않던 일이었으니까. 가장자리에 레이스가 둘러쳐 있고 무슨 좋은 냄새가 스며 있는 것 같고, 흰 바탕에 엷은 색 꽃무늬가 있는 듯 만 듯한 앙증맞은 양산이었지만, 다섯 살짜리 아이에게는 꽤나 무거울 텐데 아무에게도 양산자루를 넘겨주지 않았다.

물결 자국만 나 있는 눈부신 모래사장과 흐름을 멈춘 듯 조용한 강물과 강 가운데 솟은, 솥처럼 다리가 세 개 있다는 솥바위와 강 위의 아름다운 다리와 저 멀리 강 건너 둔덕에 서 있는 키 큰 미루나무와 어디선가 숨어서 목메게 울어 쌓는 매미 소리는 여름 한낮의 적요를 그대로 드러내고 있었다.

옛날 다리공사를 끝냈을 때 흰 노타이셔츠에 역시 흰 양복을 입고 파나마모자를 쓴 아버지가 다리 위에서 기념으로 찍은 사진이 생각났다. 공사 기간 동안에 인부들과 섞여 찍은 사진도 생각났다.

아버지가 저 다리를 건너오셨어야 하는데. 우리가 떠난 후에 오시면 어떻게 하지?

금방이라도 아버지가 다리를 건너오는 것 같았다. 점점 멀어지는 다리 쪽을 뒤돌아보며 우리는 소달구지 뒤에서 걷고 있었다. 움직이는 것은 우리 가족뿐 만물이 죽은 듯 웅크리고 있었다. 그런 깊은 적요 뒤에 거대한 폭음이 숨어 있으리라고는 꿈에도 상상할 수 없었다. 아니, 어쩌면 아직은 멀쩡히 우리 군(郡)과 이웃 군을 연결시키고 있는 다리의 존재가 안심되면서 한편으로는 미심쩍었는지 모른다.

순식간에 꿩음이 터지고 낙하산을 탄 것같이 양산을 든 동생이 공 튀듯이 한길이나 튀어 오르고 하얀 점으로 다리 위를 건너오던 아버지의 영상이 산산조각이 나는 것이었다.

다리 위로 연기가 솟았다.

"우짠 일로 다리를 그냥 놔뒀나 캤더마는."

먼저 정신을 차린 영식 아버지의 말에 그것이 다리를 끊는 소리였다는 것을 알았다. 연기가 나는 다리 쪽을 유심히 보았더니 멀쩡히 그대로 있는 듯한 다리의 일부가 잘려 나간 것을 알 수 있었다. 저 끊겨 나간 허방 위로 누가 건너뛰겠는가.

다리가 끊어지다니.

그것은 아버지와 숙모와의 영원한 단절을 뜻하는 것이었다. 혹시나 하고 기다리던 아버지와 숙모는 이제 영영 올 수 없을 것이었다. 가슴 철렁하는 절망감이 다리가 끊어질 때의 폭음만큼이나 컸다. 열두 살인 나의 절망이 그러할진대 혼자 대식구를 이끌고 피난 가는 임무를 떠맡은 어머니의 두려움과 절망이 어떠하리라는 것은 충분히 짐작할 수 있었다.

공직에 있던 사람들이 다 외지로 빠져나갔다는 이야기를 들을 때는 때맞춰 일부러 그런 것처럼 마침 마산 백부님의 공장으로 직장을 옮긴 아버지가 선견지명이 있으신 거라고 좋아했지만, 마음 한편으로는 아버지가 돌아와서 우리의 위기를 해결해 주거나 동참해 주기를 기다리지 않았던가. 다시 말하자면 우리를 마산으로 데려가기 위하여 아버지는 오셔야만 했던 것이다.

아버지가 오지 않는 것은 우리를 전쟁터에 버렸다는 뜻이었다. 기다리고 기다려도 아버지나 숙모는 오지 않았고 이제 다리마저 끊기고 말았던 것이다.

우리는 폭음과 함께 끊어진 다리에서 일각이라도 빨리 멀어져야 할 것 같아 이런저런 생각을 거두고 달아나듯 부지런히 걸었다. 아무도 없는 줄 알았던, 적요만이 감돌던 곳에서 엄청난 폭음과 함께 벌어진 파괴 작업은 눈에 보이지 않는 장소에 대단한 위력을 가진 어떤 자가 숨어 있다는 사실을 알려 주는 것 같았다. 누군가가 우리를 뒤에서 낚아챌 것 같아 한 발짝이라도 더 멀리 가려고 달음박질쳤다.

　그날 저녁때 겨우 자리를 잡은 곳이 이목촌이란 마을이었다.

　돌아오리라고는 꿈에도 생각하지 않던 숙모가 참으로 기이한 모습으로 우리 앞에 나타난 것은, 갖고 간 양식이 떨어지고 그곳에서도 더 이상 양식을 구할 수가 없어 어머니가 두어 번 밤새워 읍내 우리 집을 다녀온 후였다. 아이도 어른도 그곳에서의 피난살이에 한계를 느낄 때쯤이기도 했다.

　인민군이 곧 그 고장으로 들어온다는 소문으로 뒤숭숭했고, 더 이상 피해 다닐 데도 없으니 이제 그냥 그들을 맞이하고 같이 살아야 별수 있겠느냐고 말하는 사람들도 있을 때였다. 숙모가 대성통곡을 하며 동구 앞에 나타난 것은.

　많은 사람들이 한집에 득실거리면서 도난 사건도 나고 서로 간에 감정이 얽혀 눈에 보이지 않게 귀에 들리지 않게 속으로 소란스러웠으나 겉으로는 미칠 듯 무료하고 조용하고 무더운 그런 날이었다.

　난데없는 여인의 통곡소리에 어른이고 아이고 아연 긴장하고 아주 잠깐은 공포에 몸을 사렸으나 곧 왕성한 호기심을 어찌할 수 없어 모두 동구 쪽으로 뛰어나갔다. 누가 죽이러 왔대도 뛰어나갈 판이었다.

　"저 에엔네가 누고?"

"와 저리 울고 오노?"

"미친는갑다. 저 꼬라지 봐라. 봉두난발에 치매는 질질 끌고."

사람들을 보자 여인은 드디어 주저앉아 땅을 치며 통곡했다. 무료한 여름 한낮에 느닷없는 여인의 통곡소리는 얼마나 흥미진진했던가. 축 늘어져 있던 나뭇잎들도 파들파들 기운이 오르는 것 같았고, 냇물도 더 기운차게 콸콸 소리 내며 흐르는 것 같았다. 동네 개들도 일제히 짖었다.

그때 용자 언니가 사람들 틈을 비집고 총알같이 여인에게로 달려가 "어무이" 하고 소리쳤다.

숙모였다. 숙모가 거기 나타난 것은 함안 벌판의 전쟁터를 뚫고 왔다는 뜻이었다. 날아오지 않았다면 아무도 오갈 수 없다고 굳게 믿고 있던 전쟁터를 아녀자 혼자서 건너왔다는 뜻이었다. 숙모는 물론 아버지도 그 누구도 오지 못할 것이라고 모두가 체념하고 있던 때였다.

다른 사람들은 어땠는지 몰라도 나는 그때까지 전쟁터 복판을 오가며 저항하는 사람들을 다룬 영화나 소설을 접한 적이 없는 나이였기 때문이었는지, 일단 전쟁만 나면 아무도 전쟁터에서는 다닐 수도 없고 일상적인 행동도 할 수 없는 것이라 생각하고 있었다.

나중에 보니 나만 아니라 우리 가족 모두가 전쟁을 유별나게 치른 것 같기는 했다. 전쟁이 끝난 후, 남들에게는 방금 전에 치른 전쟁의 의미가 우리와 같지 않았음을 알고 얼마나 이상했던가. 우리 가족만 왜 그다지 전쟁에 휘둘렸는지. 남들에게 전쟁은 평상시와 같은 가락에 폭격이니 총성이니 하며 잠시 끼어든 변음이었을 뿐 일상의 기본 틀은 무너뜨릴 수 없었던 게 아닌가 싶던 것이다.

말하자면 그들은 전쟁 중에도 우뚝 서 있었는데 우리 가족만 미리 초주검이 되어 온통 뿌리째 무너지고 압도당하고 숨죽여 엎드려 기었던 게 아니었나 싶던 것이다. 남들은 의연하게 처음부터 끝까지 한곳에서 치른 전쟁을 우리만 좁은 군 안에서 여덟 군데나 정신없이 옮겨 다녔던 것만 보아도 알 수 있는 일이었다.

도대체 숙모는 어떻게 왔을까? 뱀처럼 콩밭을 기는 장면 외에는 상상이 되지 않았다. 우리가 보는 앞에서 다리가 끊어진 그 강을 어떻게 건너왔을까? 뭘 먹고 살았을까? 며칠이나 걸렸을까?

귀신인가 싶어 반가움보다 섬찟함을 느꼈다는 것이 솔직한 표현이었다. 여느 때의 숙모의 그 흐트러짐이 없던 맵시를 생각하면 심한 고초를 겪었다는 것은 짐작할 수 있었다.

"독한 에엔네."

숙부의 고별식 날, 울지 않는 숙모에게 던지던 당신 식의 욕설을 어머니는 그때도 낮게 중얼거리며 숙모와 용자 언니 쪽으로 다가갔다.

그때 어머니가 숙모를 '독한 에엔네'라 표현한 것은 옛날 고별식 때의 '독한 에엔네'와는 뉘앙스가 달랐던 것 같았다. 전의 것이 욕설이었다면 나중 것은 칭찬과 감탄의 뜻이었을 것이다. 그 어려운 길을 올 수 있었던 숙모의 용기에 대한.

그러나 숙모는 그때를 기다렸던 듯, 어머니 들으라는 듯 언제 울었더냐 하는 맨숭맨숭한 목소리로 용자 언니에게 추궁하듯이 말했다.

사지를 뚫고 온 어머니가 딸에게 한 첫마디치고는 희한했다.

"숟가락몽디이 하나 몬 건졌제?"

평소의 숙모답게 다가간 딸을 뿌리치며 인정머리 없이 말하던 것이다. 어머니도 주춤했고 저의 엄마와 언니에게로 다가가던 용애도 제 어머니의 서슬에 주춤했다.

아, 숟가락몽뎅이. 숟가락몽뎅이라는 말이 살림살이를 표현하는 압축어라는 것을 그때 얼마나 인상적으로 들었던지, 나는 지금도 살림살이의 기본을 말할 때 숟가락몽뎅이란 말을 쓴다.

숙모의 숟가락몽뎅이가 숙부의 양복보다 더 비중이 크다는 것을 그때 아차 하며 깨달은 사람은 나뿐이었을까? 숙모의 숟가락몽뎅이도 건져 주지 못한 우리의 실책을 죄책감으로 느낀 사람도 나뿐이었을까? 숙모에게 숟가락몽뎅이가 숙부의 양복보다 더 중요하다는 것을 용자 언니조차 몰랐던 모양이었다.

본래 숙모는 모질고 독한 엄마로 유명했다. 빨랫방망이로 아이들을 때리는 정도는 보통이고, 한 번도 목격은 안 했지만 인두로 지진다는 말도 들었을 정도였다.

숙모가 빨랫방망이를 들고 때리려 들면 장독대 뒤에 숨어 앉아서 '와 우리만 매 맞고 살아야 하나? 우리 사촌들은 매 한 분 안 맞고 귀하게 대접받으며 사는데' 그런 생각에 잠기던 용자 언니는 학교 담임선생님이 어느 날 어머니가 계모인 사람 손 들으라니까 제일 먼저 손을 번쩍 들었다는 것이다.

사람보다 물건을 더 아끼는 어머니가 장독 깨어질까 봐 겁나서 방망이는 절대로 던지지 못할 것을 잘 알고 장독대 뒤에 숨는 지혜는 터득했으면서 계모처럼 구는 어머니의 위악의 본질까지는 눈치챌 수 없는 나이였던 것이다. 딸이 제 어머니를 계모로 알 정도로 유별난 숙모의 위악의 본질은 무엇이었을까?

숙모의 그 정떨어지게 하는 위악은 죽는 순간까지였다. 숙모가 마지막 숨을 모으고 있을 때 가는 귀가 먹어 약간의 불편을 느낀 용자 언니가 그의 어머니께 간청했다.

"어무이. 밝은 귀는 내한테 주고 가이소."

숨을 몰아쉬던 숙모가 눈을 번쩍 뜨고 거짓말같이 또렷한 목소리로 한 대답은 두고두고 친척들 간에 이야기가 될 정도였다.

"나는 우짜라꼬?"

그때가 우리들의 숙모란 존재의 끝이라고 여긴 것은 살아 있는 우리들의 생각이었을 뿐, 숙모 자신에게는 멀고도 먼 길의 시발점이었던 모양이었다.

젊을 때부터 안경을 낄 정도로 어두웠던 눈 대신 밝은 귀로 더듬으며 그때부터 갈 곳은 도대체 어디였을까? 먼저 간 남편을 찾아갈 작정이었을까? 아니면 먼저 간 같은 세대의 어른들을 쫓아갈 작정이었을까? 숙모는 우리 윗세대 어른들 중 마지막으로 이 세상을 떴으니까.

숙모는 지금 이 순간도 거기로 가는 도중에 있을까? 이미 도착해 있을까? 아니면 특별히 갈 곳이 있어서가 아니라 단순히 이승에서 소유했던 모든 것을 단념하지 못해서 밝은 귀도 두고 갈 수가 없었던 것일까? 저승 역시 이승에서 갖고 있던 그 모든 것, 눈도 귀도 다 갖고 가야만 되는 곳이라고 생각했기 때문일까?

그 어머니와 그 자식들 간에 그런 소문난 일 말고는 남모르게 오고 가는 사랑이 각별한 것 같은 눈치는 충분히 챌 수 있었다. 그럴 때마다 그들이 나누는 구체적인 사랑의 모습이 나는 궁금해지곤 했다.

그런 통곡하고 어쩌고 하는 와중에도 이제 숙모가 왔으니까 제 자식은 거두어 줄 것이므로 어머니의 짐이 덜어지겠다는 계산을 하고, 적어도 우리 자매와 어머니가 반가워하고 안심한 것은 사실이었는데, 숟가락몽뎅이를 들먹이며 싸움을 거는 숙모의 첫마디에 반가운 마음조차 싹가셨는지 어머니가 편치 않은 목소리로 말했다.

"동세, 그기 무신 소리고? 사램 목심도 건질까 말까 한 판에 숟가락몽디이부터 챙기는 거슨 무신 뱁꼬?"

어머니는 아마 제 자식들 거두어 준 치사부터 듣고 싶었을 것이다. 그러나 숙모의 대답은 또 한 번 빗나갔다.

"성님 살림살이는 다 가지왔겄지예? 아이구 아까바라. 피나게 모은 내 살림만 다 놓쳤구나."

숙모는 다시 통곡을 시작했다.

숙모의 생각은 그랬을 것이다. 비처럼 쏟아지는 총알 사이를 뚫고 온 자신에 비하면 아직 총소리 한 번 나지 않은 때 읍내에서 아이 둘 데리고 나온 게 뭐가 그리 대단한 일이라고 치사까지 바라느냐 했을 것이다.

숙모가 놓친 살림이 아깝고 애통해서 통곡하는 모습은 보는 사람들에게도 그 참 아깝구나 하는 생각이 들게 했고, 어머니의 처사를 비난하는 마음이 되게 했다. 그 서슬에 숙부의 양복은 갖고 나왔으니 안심하라는 말은 아무도 입 밖에 꺼내지도 못했다.

숙모의 통곡이 그칠 것 같지 않자 으레 그렇듯 어머니 쪽이 먼저 져주기로 한 모양이었다.

"아이구 시끄럽다. 우는 거는 난중에 하고 들어가서 쉬어라. 내가 미음 쑤어 줄 긴께 요기 좀 하고. 안죽 읍내 느그 집은 그대로 있으이 가서 그리도 아깝은 살림살이 가지오모 될 거 아이가."

독한 에엔네. 지 서방 죽었을 때도 눈물 한 빠알 안 흘리던 에엔네가 숟가락몽디이 몬 건짔다꼬 저리 울고 야단이냐.

어머니가 하고 싶은 말은 실은 그런 것이었을 것이다. 어쩌면 나처럼 숙모의 숟가락몽뎅이 하나 못 건져준 실수를 통감했는지도 모른다. 우리 것 좀 덜 가져오고 저 집 살림 좀 챙겨올걸 하고 후회했는지도 모른다.

어쨌든 어머니는 숙모의 억지에 이골이 나 있었고, 가끔은 숙모와 숙모의 자식들로 인해 억울하게 악역을 맡게 되기도 했다.

곁에서 지켜본 내가 어머니보다 더 억울했던 일 중에 잊을 수 없는 일 한 가지는 사촌 용욱이가 지붕 위에서 추락하던 때의 일이다.

용욱이는 큰숙부의 세 아들 중 둘째의 이름이고, 용익이는 막내숙부, 그러니까 징용 간 숙부와 문제의 숙모 사이의 외아들 이름이다.

여름방학 중이던 그날은 하루 종일 비가 왔다. 용욱이와 용익이와 나, 셋은 동갑으로 아직 중학생이었다. 우리 셋만이었는지 또 다른 사촌들이 있었는지 잘 기억나지 않지만, 2층에서 아이들이 숨바꼭질을 했다. 두 사촌은 방학이라 고향에서 마산의 우리 집에 놀러 와 있던 참이었다. 실은 우리 집이라고 말한 그 집은 백부님의 사위 소유였는데 우리가 끼어 살고 있었으니까 나에게나 사촌들에게나 다 같이 그 집 안 주인이 사촌인 것은 마찬가지였다.

집은 넓고 구조가 복잡하고 화려했다.

그때 집안에 어른이라고는 아래층 현관방에서 바느질을 하고 있던 어머니뿐이었다. 나는 숨바꼭질을 중단하고 골을 내며 책상 앞에 앉아

비 오는 시가지와 시가지 너머 바다를 내다보고 있었다. 남자사촌들이 창문을 열고 비 내리는 지붕 위로 들락거리는 게 어쩐지 불안하고 못마땅해서 그만두자고 했는데 말을 듣지 않던 것이다. 어떤 불상사에 대한 예감이 분명 있었는데, 그걸 눈치채지 못하는 사촌들의 둔감증에 나는 몹시 화가 났다.

아니나 다를까, 마치 땅이 울리는 듯 어디선가 쿵 하는 소리가 났다.

예감이 적중되었다는 생각에 나는 가슴을 두근거리며 아까 용욱이와 용익이가 들락거리던 북쪽 창가로 뛰어갔다. 술래이던 용익이가 멍하니 비 오는 창밖을 내다보고 서 있는데, 경사진 지붕은 비에 젖어 번들거렸고 그 위에는 이미 아무도 없었다.

"용욱이는?"

"떨어졌다."

더 물어볼 필요도 없었다.

그 아래는 손바닥만 한 남의 집 시멘트 마당이었다. 그 집 마당 위로 좀 전에 용욱이가 걸어 다니던 우리 쪽 지붕과 그 집의 ㄴ자 지붕이 만나서 ㄷ자의 처마를 이루고 있었다. 술래인 용익이가 창문을 막고 서 있는 것을 보고 지붕 위의 용욱이가 후퇴를 한다는 게 그만 걷잡을 수 없이 미끄러져 내려간 것이다.

도저히 되짚어 올라갈 수 없다는 것을 알았을 때 제 딴에 찾아낸 단한 가지 살 방도라는 게 뒷집의 안채 지붕 위로 건너뛰는 것이었다. 그게 쉬운 일일 리 있겠는가. 발이 미처 건너 쪽 지붕에 닿지 못하고 허방으로 빠져 버린 건 보나 마나였다.

나는 사태를 알아차리고 아래층으로 뛰어 내려갔다.

앞이 캄캄했다.

아이들끼리 놀다가 한 아이가 죽다니.

모르겠다.

2층에서 아래층으로 내려가는 그 짧은 시간에 체념이라기에는 너무 가벼운, 자포자기의 염이 먼저 고개를 들었고 곧이어 내게 책임 없음의 당위성을 찾기에 바빴다. 그다음에 내 머릿속에서 만들어진 생각은 '지각없는 아이들이 기어이 일을 저질렀구나' 하고 어른들이 개탄할 것이라는 예상이었다.

지각없는 아이들 중에 내가 포함된다는 것에 나는 치욕감을 느꼈다. 사촌 하나의 죽음보다 더 견딜 수 없는 것이 내가 지각없는 아이들 중의 하나가 되는 일이었던 것이다.

아래층에는 이미 아무도 없었다.

어머니는 나보다 먼저 쿵 하는 소리에 뭔가 일이 벌어졌다는 것을 알아챘던 것일까? 아니면 내가 2층에서 아래층까지 내려가는 사이에 이미 뒷집에서 누군가가 통지를 했던 것일까?

뒷집으로 뛰어갔으나 거기도 추락한 아이와 어머니는 없었다. 벌써 어머니가 추락한 아이를 데리고 병원으로 달려간 후였다.

가까운 외과병원에서 수술이 시작된 것을 확인한 후 어머니가 잠깐 다니러 왔을 때 우리 집안의 총수 격인 백부님이 들이닥쳤다. 일은 그다음에 벌어지고 말았다.

현관문을 벼락 치듯 열고 들어오신 백부님은 뭔가 소리를 고래고래 지르며 다짜고짜 갖고 계시던 우산꼭지로 현관의 신발장을 어떻게나 찔러 댔는지 합판으로 된 신발장 문에 탄흔 같은 구멍이 숭숭 뚫릴 정도였다. 기함하시지 않는 것만도 정말 다행이었다.

그때만 해도 나는 백부님의 분노의 대상은 위험한 장난을 한 우리들 아이들인 줄 알았다.

용익이는 어디론가 숨어 버렸고, 어머니와 나만 백부님의 광태를 벌벌 떨며 지켜보고 있었다. 백부님의 우산꼭지가 신발장이 아니라 시아주버니의 광태를 지켜보고 서 있던 어머니의 몸뚱이를 찌른 것이라고 생각한 것은 한참 후였다. 백부님의 분노의 대상이 아이들이 아니라 당신의 계수인 우리 어머니란 사실은 간간이 내지르는 백부님의 고함소리에서 알 수 있었다.

"집구석에서 애새끼들 간수도 몬하고 머하고 자빠졌노?"

나는 내 귀를 의심했다. 엄하신 만큼 점잖으시고 고귀하시던 백부님의 입에서 그것도 손 어려운 계수에게 그런 막된 말이 나왔다는 건 믿을 수 없는 일이었다. 그러나 그런 말이 백부님 입에서 나온 건 틀림없는 사실이었다.

어머니는 백부님의 분노가 단순히 아이들이 저지른 사고 때문이 아니라 그 사고로 인하여 애비 죽고 없는 집의 단 하나 아들자식마저 죽은 줄 착각하셨기 때문이란 것도 백부님의 고함소리에서 이미 알고 있었던 모양이었다.

"애비 없는 집안에 하나뿐인 아들마저 죽였으니, 이 일을 장차 어찌할꼬?"

나도 어렴풋이 그런 소리를 듣기는 들었던 것 같았다.

어머니는 묵묵히 서 있다가 백부님이 기진맥진하여 현관 바닥에 주저앉으실 때야 조용히 말했다.

"다행히 택만 다치서 열 바늘쯤 집으모 된다 캅니더. 그라고 다친 아
아는 용익이가 아이고 용욱입니더."

죽지 않고 턱을 열 바늘쯤 꿰매면 괜찮을 정도로 다친 것은 뒷집 처마
끝에 턱이 걸쳐졌다가 떨어졌기 때문이라고 했다. 진짜 턱걸이를 했던
것이다.

어머니의 그 말 한마디가 화를 달래는 주술이라도 되는 것처럼 신기
하게도 백부님은 화를 가라앉히시고 담배를 꺼내 무셨다. 본래의 백부
님으로 돌아가신 것 같았다.

그때까지도 나는 백부님이 화를 내신 진짜 이유를 눈치채지 못하고,
아마 너무 화가 나신 나머지 우리 어머니가 백부님에게는 손 어려운 계
수라는 사실을 꼬장꼬장하고 불같은 성격이신 노인이 잠깐 잊어버리셨
던 모양이라 생각했다.

내가 진짜 이유를 안 것은 백부님이 담배 한 모금을 깊이 빨아 뱉어
낸 다음 안도하는 목소리로 "그라모 용익이는?" 하고, 내겐지 어머니에
겐지 모르게 애매하게 물었을 때였다.

그러니까 백부님은 어머니가 손 어려운 계수라는 사실을 깨닫고 조
용해지신 게 아니었구나. 용익이가 죽은 게 아니라는 사실을 알고 화를
푸신 거로구나. 용욱이는 아들 많은 집의 둘째이니 죽어도 별로 아까울
게 없고, 용익이는 죽은 막내삼촌의 외아들이니 절대로 죽어서는 안 된
다는 뜻이었구나. 백부님이 그토록 크게 노하신 이유는 사고 연락을 받
았을 때 엉겁결에 용욱이를 용익이로 잘못 들으셨기 때문이로구나.

나는 백부님께 용욱이는 용익이 때문에 다친 거라고 고자질하고 싶
은 걸 가까스로 참았다. 그뿐만 아니라 방금 백부님이 우리 어머니를

대하신 태도가 얼마나 부당한지도 따지고 싶은 것을 가까스로 참았던 것이다.

　사람들에 대한 애착, 자식들에 대한 애정 표시를 고의적으로 절제하고, 가진 것은 물욕뿐인 것처럼 위악적으로 표현하는 것은 숙모의 사는 방편 같았다. 자식들 걱정 때문에 비처럼 쏟아지는 총알 속을 뚫으며 벌판을 지나고 강을 건너온 게 아니라 내 집 순가락몽뎅이가 걱정되어서 왔노라고 먼저 광고해 두어야만 했던 이유는 무엇이었을까? 왜 그때 숙모는 통곡으로 시위하며 와야만 했을까? 하필이면 그때 과부의 서러움이 폭발한 것이었을까?

　숙부가 징용을 자원해 가야만 할 정도로 숙모와 숙부 사이에 있었을 애정갈등이 새삼 통곡을 끌어낸 이유였는지 모른다는 생각은 남녀의 애정문제가 생을 포기하는 이유 중 가장 큰 것이라고 생각되던, 훗날 연애소설에 길들여진 시기의 내 생각이었다.

　한때 나는 엉뚱하게도 숙모의 그때의 통곡이 숙부와의 사이에 있었으리라고 짐작되는 묵은 갈등의 표현이었으리라는 생각을 했던 것이다. 숙부의 자원을 막을 수 없었던, 애정표현이 서툴렀던 자신의 무능에 대한 자학이었던 게 아닐까 하고.

　훗날까지 그렇게 두고두고 가끔 생각날 정도로 그때 숙모의 통곡은 깊이 인상에 남았던 모양이었다.

　물론 그 당시에는 곧이곧대로 숙모가 통곡하는 이유는 순가락몽뎅이인 줄 알았고 실지로 그랬는지도 모른다.

　숙부가 일제에 의해 강제 징용당한 것이라고 굳게 믿고 일본에 대한 증오심을 부추기고 있다가 인정하기 싫기는 하지만 자원했던 것이라는 말을 들었을 때, 실망한 나머지 내가 찾아낸 출구가 애정의 갈등 쪽이었는지 모른다. 그때 이목촌 동구에서의 통곡의 이유도 숙모의 심층심리에 깔려 있던 숙부와의 관계에서 연유된 서러움이었을지 모른다고 생각했던 것이다.

어차피 가지 않고는 배길 수 없는 상황이라 차라리 징용을 자원한 것이라 하더라도, 비장미는 감소되었고 나는 마치 숙부에게 배신당한 기분이었다.

숙모의 위악이 과부로 살아가는 데 필요한 방패막이였을 수도 있다고 생각한 것은 나 역시 어느 정도 세상살이에 부대낀 후였다. 그런 방패막이로 단단히 울을 치고 사는 사람이 우리 어머니처럼 물러 터진 사람에게 어찌 만만할 수가 있겠는가.

그러나 숙모는 우리에게 돌아오던 날의 그 하늘을 찌를 듯하던 기세는 어디다 숨겨 버렸는지, 그 이후 어려운 피난 기간 동안 어린이나 노약자나 환자처럼 완전히 어머니의 보호 아래 안주하였다. 비행기 소리만 들려도 두꺼운 솜이불이 들썩거리도록 떨며 나오지 않았고, 어머니가 미군 비행기와 숨바꼭질을 하면서 불 때서 해 바치는 밥을 자신의 아이들과 함께 먹으며 미안한 표시 한 번 하지 않던 것이다.

어머니는 숟가락몽뎅이 하나 못 건져 준 대가를 속절없이 치러낼 수밖에 없었다.

우리는 아무도 숙모에게 무슨 일을 당하며 와서 그렇게 공포에 시달리는지 구체적으로 물어보지는 못했다.

지루한 피난 기간 동안 다시는 숟가락몽뎅이에 대한 이야기가 없는 것도 기이한 일이었다. 단 한 번 어머니를 따라 읍내에 다녀올 때도 그 돌멩이 두 개만 달랑 쥐고 왔던 것이다.

숙모의 통곡의 원인이 숙부와의 문제였다고 생각하게 된 것은 그때 숙모가 가져왔던 돌멩이 두 개에 대한 기억 때문이었는지 모른다. 차마 "돌미이도 몬 가지고 나왔제?" 하기가 뭣해서 "숟가락몽디이 하나도 몬 건졌제?" 했던 게 아닐까?

그러면 정말 숙모의 패악의 이유는 숟가락몽뎅이가 아니라 돌멩이 두 개였던 것일까? 그 돌멩이 두 개를 소중히 여긴다는 것을 내놓고 말할 수 없었기 때문이었을까? 하찮은 돌멩이 두 개에 목숨을 거는 사람이라는 비웃음을 당하기 싫어서였을까? 아니, 남편을 그리는 마음이 폭로되는 것을 싫어했기 때문이었을까?

용자 언니와 용애도 숙부의 양복은 챙겨 왔지만, 그 돌멩이는 챙길 생각을 못했던 모양이었다. 그것도 그럴 것이 아버지가 다음에 살아 돌아와 그 양복을 입게 될 날이 있을 것이라는 전제하에서 양복을 갖고 나온 사람이 아버지의 죽음의 실체인 그 두 개의 돌멩이를 동시에 갖고 나오는 것은 이치에도 맞지 않았을 것이니까. 실지로 용자 언니는 그 돌멩이가 '아부지 귀신' 같다며 만지기 싫다고 했었다.

그러나 숙모에게는 돌멩이 역시 숙부의 생존을 증명해 주는 증거물인 셈이었고, 그것을 지니고 있을 때만 숙부가 죽지 않았음을 확인할 수 있었을 것이다.

숙부의 전사 통지를 받은 날 숙모는 마침 이웃의 논일을 도와주러 들에 나가 있었다. 함께 전사 통지를 받은 다른 집 여자들이 통곡을 하고 있을 때 숙모도 집으로 달려오기는 했는데, 눈물 한 방울 흘리지 않아 사람들의 입질에 오르내렸던 것이다. 최근에 용자 언니는 이런 말로 그때를 회상했다.

"짜다라 울어 쌓던 년들은 다 수절 몬해도, 눈물 한 빠알 안 흘리던 우리 어무이는 핑생 수절하더라."

숙부의 둘째 형인 우리 아버지가 유골을 인수하러 마산으로 갔다. 마산 세무서 근처 공터에서 유골을 받아 마산역에서 기차를 타고 군북역에서 내려 30리를 걸어가는데 이상한 일이 벌어졌던 것이다.

워낙 시골역이라 역 구내를 벗어나자 갑자기 인적 없이 조용한 시골길이 이어졌는데, 걸음을 걸을 때마다 어디선가 '따갈따갈' 소리가 났다. '따갈따갈'이란 표현은 후에 아버지가 그 이야기를 하실 때마다 쓴 표현으로 우리도 어느새 그 이야기를 할 때면 그 표현을 쓰게 되었다.

처음에는 어디서 나는 소리인지 알 수 없어 자주 걸음을 멈추고 뒤도 돌아보고 옆도 돌아보고 자신의 옷이며 신발이며 소리 날 만한 게 뭐가 있나 점검했다. 그럴 때마다 아버지는 아무것도 찾을 수 없었고, 천지는 다시 고요하기만 했다. 그 참 이상하다 하고 다시 걸음을 떼면 어디선가 따갈따갈 소리가 났고 걸음을 멈추면 그 소리는 뚝 그쳤다.

그렇잖아도 유골과 동행하는 길이라 기분이 좀 그래서 해 지기 전에 읍내 집에 도착하기 위하여 걸음을 서두르고 있었는데, 이상한 소리까지 나니 무섬증이 인 것은 당연한 일이었다.

꽤나 당차고 약삭빠른 편인 아버지조차 그 소리가 유골상자 속에서 나리라고는 꿈에도 생각지 않았기 때문에 혼자 빈 들길에서 누가 보면 실성했다 할 정도로 걷다가 멈췄다 한 것이다. 그러기를 여러 차례 한 후에 혹시나 하고 유골상자를 길바닥에 내려놓고 그냥 걸어 봤더니 과연 그 따갈따갈 하는 소리가 나지 않았다.

이상하기 짝이 없는 일이었다. 그 소리가 유골상자 속에서 난다는 것을 알았다고 해서 이상하다는 생각이 걷히는 것은 아니었다. 그렇기는커녕 이상하다는 생각은 더 불어나기만 했다.

체구가 작은 아버지는 성질은 급하시고 보폭은 좁고 그래서 뛰다시피 재게 걸으시곤 했는데, 의심증과 호기심에 쫓긴 상태에서 그때 얼마나 빨리 걸으셨을지는 충분히 짐작되는 일이었다. 아버지가 걸으실 때마다 따갈따갈 하는 소리는 또 얼마나 재게 반복되었을지.

드디어 정암강에 닿았을 때 더 이상 참을 수 없어 아버지는 어두워지기 시작하는 백사장으로 내려가 쪼그리고 앉아 유골상자를 뜯었다.

새까만 돌멩이 두 개가 헐벗은 모습으로 유골상자 속에 나둥그러져 있을 뿐이었다. 참으로 황당하고 괴이한 일이었다. 그러나 성마른 아버지로서는 멍할 사이도 없이 분부터 차올랐을 것이다.

"이런 죽일 놈들. 이런 고약한 소행머리를 봤나. 사람을 잡아다 죽여 놓고 장난을 치다니."

아버지는 분노에 치를 떨다가 혹시 잘못 본 건 아닌가 하고 눈을 씻고 다시 보고 손으로 만져보고 했으나, 그건 분명 돌멩이에 틀림없던 것이다. 담배를 한 대 피워 물고 가까스로 분을 가라앉히고 곰곰이 생각해 봐도 알 수 없는 일이기는 마찬가지였다.

이놈들이 와 유골상자에 돌미이를 넣었을꼬?

여전히 상세한 내막은 알 수 없었지만 시간이 흐름에 따라 차츰 단순한 장난은 아닐 것이라는 생각이 들었다.

236

용익이 애비가 죽은 거맨키로 꾸미고 밀림으로 들어가서 숨었나? 그라모 오데 살아 있다는 말 아이가? 일본놈들이 행방을 찾다가 몬 찾으모 이런 짓을 하는 긴가? 그래도 이상하다. 행방불맹이모 그냥 행방불맹으로 처리하모 될 거로 와 이런 짓을 했을꼬?

그때 아버지가 당면한 문제는 숙부의 생사를 아는 일보다 당장 유골상자 속에 돌이 들어 있다는 사실을 식구들에게 알려야 하나 말아야 하냐였다. 당장 있을 고별식에 사망자의 유족으로 참석해야 할지 말지도 결정해야 할 문제였다.

아버지는 당신의 피땀 섞인, 당신의 감독하에 만들어진 정암다리를 하염없이 보며 앉아 있었다.

아버지가 옷을 털고 일어났을 때는 유골상자에 유골 대신 돌을 넣은 경위를 알아보고 난 후에 그 사실을 할머니와 숙모에게 알리기로 하고 일단 고별식에는 아무것도 모르는 양 사망자의 유족으로 참석하기로 결정을 내렸다.

처음부터 당국이 하는 고별식 같은 데는 참석 않겠다는 고집이 있었던 것도 아닌 마당에 정말로 죽었는지 살았는지 확실히 몰라서 합동고별식에 참석 않겠다거니 그러면 안 된다거니 하고, 당국과 승강이하는 것도 우습게 보일 것 같았다. 그까짓 고별식이란 걸 하고 난 다음에 살아 있다는 것을 알면 대수냐 하는 생각도 들었다.

화가 났을 때 던져 버린 돌멩이 두 개가 하얀 모래 위에 까만 점으로 찍혀 있었다. 아버지는 돌멩이 두 개를 주워 다시 상자에 넣고 나머지 10리 길을 걸어갔다. 따갈따갈 소리와 함께.

국민학교에서 합동고별식을 하고 위패와 옷 한 가지를 태운 재와 유골상자에서 나온 돌멩이 두 개를 작은 단지에 넣고 봉한 다음 정암강 물속에 분명 빠뜨린 것으로 되어 있었는데, 언제 꺼냈는지 그 두 개의 돌멩이가 숙모의 손에 들어가 있던 것이다. 자신의 주변에서 일어나고 있는 모든 일에 눈치 빠르고 시대감각이 있고 역사에 대한 지식이랄지 상식이랄지 하는 것들을 갖추고, 여자라서 어떤 부분은 남자들 일입네 하고 돌아앉는 적이 없던 숙모라 그랬는지, 아버지의 설명을 듣기 전에 어느새 돌멩이 일을 알아챘던 모양이었다.

숙모가 그 돌멩이 두 개를 죽을 때까지 지니고 있었던 것은 그 돌멩이가 남편의 유골이라 생각해서는 아닐 것이다. 오히려 그 돌멩이들은 숙부가 죽지 않고 어딘가 살아 있을 것이며, 언젠가는 다시 돌아오리라는 확신을 갖게 하는 증거물이었을 것이다. 비록 일제당국에서 사망을 재확인해 주고 유골을 건질 수 없어 돌을 넣지 않으면 안 되었던 경위까지 설명해 주었지만, 그렇기 때문에 숙모는 숙부의 생존에 더 희망을 걸게 되었는지 모른다.

그래서 숙모는 후에 징용자에 대한 기사가 단 한 줄이라도 보이면 그 뒷이야기를 알아내려고 애를 썼다. 징용 갔던 사람들이 사할린에 많이 산다는 말을 처음 들었을 때 그 명단 중에서 숙부의 이름을 열심히 찾았고, 동남아 일대에 생존자가 있다는 말을 들었을 때도 혹시나 하고 그 이름을 알아내려고 혈안이 되었고, 심지어는 조총련 고국방문자 명단에서도 숙부의 이름을 열심히 찾았던 것이다.

숙모가 돌멩이 두 개를 소지하고 있는 것은 숙부의 양복들을 간직하고 있는 것과 마찬가지 뜻이었다. 그러나 세월의 흐름과 함께 차츰 그 소유가 숙부의 생사 여부와는 상관없이 단순히 타성에 불과한 것이 되었으리라는 생각을 내가 하게 된 것은 극히 최근의 일이었다.

일본정부가 보낸 징용자 명단이 외무부 캐비닛 안에 방치되어 있다는 사실을 폭로한 국회의원이 마침 친구의 남편이라 그를 통해서 숙부는 분명 사망자 명단에 들어 있고, 죽은 사촌의 이름으로 한일 청구권 협정 당시 보상금 30만 원까지 타갔다는 사실을 알아낸 것이다.

그러니까 그들 모자는 전사 통지를 받고 20년 후에 숙부의 사망을 시인한 셈이었다. 그 이전만 해도 숙모가 숙부의 생존을 믿고 있었다는 증거는 있으니까. 숙모가 그의 아들이 장가들 때 며느리 될 신붓감에게 시아버지의 예단을 기어이 받아 낸 일이 있기 때문이다.

"무신 소리고? 시아바이 예단 없이 시집오는 년이 이 세상 오데 있다 쿠더노?"

"돌아가신 분 예단도 하는 법입니꺼?"

"누가 죽었다 쿠더노?"

시어머니 자리의 서슬이 하도 대단해서 며느리 자리는 더 이상 말도 붙여 보지 못하고, 속으로만 '죽었다 카던데, 그라모 살아 계신가?' 했을 뿐이었다.

숙모는 그렇게 예단으로 받아 낸 한복과 전부터 갖고 있던 양복들을 번쩍거리는 옷장 속에 가지런히 정리해 두고 아무도 그 옷장에 손대지 못하게 했다. 아무리 어렵게 살 때도 옷장과 장독대와 장판은 윤이 시퍼렇게 났고 숙모의 기품 역시 대단했다.

숙부가 징용 떠난 후 남겨 놓은 노름빚 때문에 숙모는 집달리('집행관'의 옛 용어)에 의해 쫓겨나 아이들 셋을 데리고 한동안 우리 집 아래채로 옮겨 와 살았던 기억은 나지만, 우리 집을 떠난 게 얼마 만인지는 잘 기억나지 않는다.

숙모가 조금씩 재산이란 것을 모으게 된 것은 아들이 고등학교를 졸업한 후였던 것 같다. 숙모네 살림을 그나마 걱정하고 돌봐 주시던 백부님의 사업이 망한 것은 그보다 한참 전이었으니까.

아들이 자전거 타고 "촌 여자들도 화장은 한께네" 하는 소신을 갖고 화장품 행상을 하며 온 군내를 돌아다녀서 푼푼이 벌어오면 집에서는 그 어머니가 피나게 절약하며 모아준 것이다. 모자가 짝이 되어 빈손으로 시작하여 재산을 일궈낸 이야기는 거의 신화에 가까웠다. 논 사고 밭 사고 소 사서 농사짓고 택지 사서 집 짓고.

그러나 예의 그 외무부의 캐비닛 안에 있다는 징용자 명단에서 30만 원이란 보상금을 타간 사실까지 알았을 때 내 실망은 이루 말할 수 없이 컸고, 마치 그들 모자로부터 배신당한 기분이었다. 그들은 빈주먹에서 시작한 게 아니라 일본정부로부터 받은 30만 원을 밑천으로 시작했던 모양이었다.

신화가 더 이상 신화일 수 없음에 대한 실망에다 남편의 생존을 철석같이 믿고 있는 줄 알았던 숙모가 남편의 죽음에 대한 보상금을 진작 받아 냈다는 사실에 마치 숙모가 수절을 못한 것을 증명해 보인 것처럼 나는 크게 실망했다. 그것은 숙부가 강제 징용당한 줄 알고 있다가 자원해서 나간 징용이었다는 말을 처음 들었을 때의 허탈감과 비슷한 것이었다. 더 이상 징용을 피할 수 없는 상황에서 자포자기한 상태로 노름에 탐닉했다가 빚까지 져서 이왕 가야 할 징용, 차라리 자원하는 게 낫겠다는 계산이었다는 부연 설명도 들었지만, 그렇다고 해서 내 허탈감이 감소되는 것은 아니었던 것이다. 민족적 결벽증에 손상을 입었다고 생각한 것일까?

숙모의 시신은 작년 여름 비가 주룩주룩 오는 날 진주 화장장에서 재로 변했다.

화덕 속으로 시체가 들어가고 화덕 철문이 이승과 저승 사이의 문처럼 철컥 닫히자, 안상주들인 용자 언니와 용애와 윤기 엄마가 이미 닫힌 화덕 속으로 따라 들어갈 듯이 돌진하며 자지러지게 울었다.

울면서 화덕 철문으로 돌진하는 안상주들을 붙들고 사람들이 몸싸움을 벌였다. 나는 말리지도 같이 울지도 못하면서 속으로 '내버려 두면 덜 울 텐데' 했다. 화덕 문이 닫히기 전이 아니라 교묘하게도 닫힌 직후에 자지러지게 울며 돌진했다는 사실을 기어이 상기해 내며.

안상주들의 머리칼과 얼굴과 상복을 입은 상체가 목욕한 듯 땀에 젖어 있었다. 용애가 "어무이, 용서하이소" 하며 더 심하게 울었고, 심하게 우니까 그의 어머니가 자주 "그 인물이 우떤 인물인데" 하며 딸의 미모를 자랑하던 것이 생각났다. 바로 그 인물 좋던 얼굴이 땀에 젖어 때로 더럽혀져 있었고, 어머니의 마지막을 보살핀 딸의 얼굴답게 지쳐 있었고, 우느라 벌린 입술 사이로 금속이빨이 싸움패들의 이빨처럼 번쩍거렸다.

언니와 동생은 경쟁하듯이 "용서하이소" 하며 울었다.

전쟁 때 읍내 변두리 뽕밭에서 폭격기를 올려다보며 "잘못했십니더. 제발 인자 고만하이소" 하며 울던 용애의 어릴 때의 모습이 생각났다.

아무리 둘러봐도 그 뽕밭에는 나이 어린 계집애들뿐이었는데 무슨 큰 원수졌다고 그렇게 집요하게 기관총을 쏘아 대던지. 숨 좀 돌릴라 하면 되돌아와 쏘고 이번에는 정말 갔겠거니 하면 또 되돌아와 우리를 똑바로 겨냥하고 쏘아 대던 그 원수 같던 비행기.

뽕나무 둥치 하나 그러안고 비행기와 반대방향으로 돌면서 용애는 울며 지친 목소리로 제발 좀 고만하라고 애원하던 것이다.

지금 당신들이 죽이고자 노리는 사람들이 아무 죄 없는 아이들이라는 말을 비행기를 타고 있는 사람들에게 전달할 방도가 없다는 것은 이를 데 없이 답답하고 분한 일이었다.

타고 있는 사람의 얼굴이 보이고 날개가 뽕잎에 닿을 정도로 비행기는 낮게 떴는데 정말 그들은 우리의 정체를 모르고 그랬을까? 아니면 우리는 모르고 있었지만, 그 뽕밭 공격이 그들의 전략상 꼭 필요한 공격이었던 것일까? 또 아니면 우리가 죽여 없애도 상관없는 하찮은 벌레로 보였던 것일까?

그때 미군 폭격기를 향해 잘못을 빌던 것처럼 죽은 어머니에게 뭔가를 용서하라고 빌고 있는 사촌들이 이상하게 보였다.

도대체 무엇을 용서하라는 것일까? 생존 자체가 서로 용서를 빌고 용서를 해야 된다는 것일까? 어머니와 딸 사이가 근원적으로 용서를 매개로 이뤄지는 것일까?

그 사촌들이 워낙 효자 효녀로 이름났기 때문이었는지 그들이 비는 용서가 아무래도 현실적으로 어떤 구체적인 잘못에 근거한 게 아니라 인간관계라는 것이 워낙 서로 용서를 주고받아야 한다는 뜻으로 들렸다.

기실 그 사촌들만 한 효자 효녀들이 어디 있었던가? 죽은 아들은 어머니보다 먼저 죽음으로써 본의 아니게 불효를 저지르긴 했지만, 살아 있을 때의 그 유난스런 효도는 인구에 회자됐던 것이다.

그의 생업터에 딸린 뒷방에 살면서 5리 떨어진 읍내의 어머니께 아들은 비가 오나 눈이 오나 밤마다 자전거 타고 문안드린 것으로도 유명하다.

"오늘은 비가 이리 억수로 오니 고마 애비는 오지 말고 자라"고 어머니가 전화로 말하면, "이런 날일수록 더 가야지예" 했다고 한다. 비 오는 날 읍내와 5리 밖 그의 집 사이에 있는 공동묘지를 지날 때는 아무리 남자어른이라도 무섭지 않을 리가 없었을 텐데.

그런 아들이 나이 쉰도 되기 전에 간암으로 덜컥 먼저 죽었으니 그 어머니가 삶에 대한 의욕을 싸그리 잃었을 것은 뻔한 일이었다. 그 옛날 피난지인 이목촌으로 쳐들어오던 기세며 악착같이 재산 모으던 정열은 간데없이 사라지고, 외아들이 죽어도 밥숟가락은 올라가고 눈물은 내려오더라고 밥은 먹어 굶어 죽지는 않았지만, '하루아침에 폭삭 늙는다'는 말은 실지로 증명해 보이던 것이다.

사촌이 죽고 몇 달 후 우연히 고향에 들렀던 나는 떠돌이 걸인 같은 이 노파가 정말 그 기개 있던 내 숙모인가 의아할 정도였다. 사촌의 장례식 날 읍내를 지나 선산으로 가는 트럭의 짐칸에서 내가 내려다보았을 때, 읍내 구석구석을 힘차게 밟고 다니던 젊은이의 주검을 실은 장례차를 바라보던 그 읍내 노인들의 치매 같은 표정이 숙모의 얼굴 위에 옮겨 앉아 있던 것이다.

생때같은 아들의 죽음을 본 숙모가 그때까지도 숙부의 생존을 믿고 있었을 리는 없었을 것이다. 그럼에도 불구하고 남편의 양복과 두 개의 돌멩이를 지니고 있었던 것은 단순한 타성이 아니고 무엇이었겠는가.

딸들의 효도도 그 아들에 못지않았다.

큰딸은 작은딸네 가까이 있는 어머니를 위하여 곰국이며 죽이며를 끊여서 부산의 저의 집에서 진주로 나르는 효성을 보였고 작은딸은 남편에게 눈치가 보여 남편이 출근하고 나면 이웃 지하 셋방에 모셔 놓은 어머니를 승강기 없는 아파트 5층의 저의 집까지 업고 올라가 목욕시키고 세 끼 끼니 챙겨 드리고 또 남편이 퇴근하기 전에 업어서 지하실로 도로 모셔 놓았다지 않는가.

그런데도 그들은 수없이 여러 번 경쟁하듯이 용서를 비는 것이었다. 그들 자식들 때문에 평생 수절하며 고생한 데 대해서, 그들 자식들의 존재가 어머니에게 용서받을 일이라는 말이었을까? 아니면 겉으로 보인 효도의 이면에 불쑥불쑥 끼어든 귀찮아하는 마음, 차라리 돌아가시는 게 좋겠다고 생각한 일을 용서받고 싶어 한 것이었을까?

나는 내가 내 어머니께 못한 효도를 떠올리며 사촌들이 울며불며하는 넋두리가 지나친 겸양이란 생각을 했다. 며칠에 한 번, 같은 서울에 있는 오빠 집에 가서 반신불수인 어머니를 세수시키고 밥 떠먹이는 일 정도도 진정한 사랑으로 했던가? 내 집 일이 걱정되고 조급해서 빨리 도망갈 궁리를 하지 않은 적이 있었던가? 어머니의 입안을 닦아 드리며 치미는 구역질을 참은 적은 또 얼마나 여러 번이었던가?

아, 우리 어머니.

과부 동서와 가장 가까운 거리에 살면서 남편 있고 살림 조금 더 컸다는 사실 때문에 지금까지도 차별하고 괄시한 큰어머니로 인식되고 있는 우리 어머니. 단 한 번도 내 식구끼리 오순도순 살아 보지 못한 우리 어머니. 대소가의 큰일이란 큰일은 다 치러 내시던 어머니.

최근 사촌언니는 마지못해 "나도 남의 큰어무이도 되어 보고 작은어무이도 되어 봐서 우리 큰어무이가 울매나 힘들었는지 짐작은 가지만" 하는 전제를 붙이면서도, 은근히 어린 시절의 섭섭함을 실토하던 것이다.

치아가 부실한 아버지가 잡수시는 것이라 우리도 마음 놓고 먹어 보지 못한 삶은 밤을 저희들만 못 먹은 것처럼 말하기도 했고, 일찌감치 점심 겸 저녁 겸 겨죽으로 때우고 우리가 저녁밥 먹는 마루 앞 축담에서서 손가락 빼물고 있다가 숙모에게 매 맞은 적도 여러 번이었다 했다.

겨죽만 먹어 배고픈 사촌들을 옆에 두고 우리만 옳은 밥을 먹었다니.

정말로 그랬을까?

여름날, 할머니와 아버지와 아이들이 대청마루에 둘러앉아 밥을 먹고 있고 사촌 셋이 밥 먹는 우리들을 보며 손가락을 입에 물고 댓돌 위에 서 있는 장면이 눈에 보이는 것 같았다.

정말로 그럴 수 있었을까?

할머니까지도 어떻게 우리와 공범자가 될 수 있었을까?

용자 언니로서는 잊을 수 없는 일이었을 것이고 우리로서는 기억조차 되지 않는 그 일은 어쩌면 숙모의 유난스런 성깔 때문에 생긴 돌연한 한 사건이 아니었을까? 우리 집 사랑채로 들어올 때 한, 식사는 스스로 해결하겠다는 따위의 약속을 끝내 지키려는 숙모와 그것을 지키기에는 너무 나이 어린 아이들 사이에 일어난 착오 같은 것.

그날 많은 사촌들이 있는 자리에서 용자 언니의 그 이야기를 들으며 몸 둘 바를 몰랐던 내가 추리해낸 구차스런 줄거리는 그런 것이었다.

어쨌든 그런 사촌들을 끼니때마다 우리와 꼭 같이 배불려 줄 수 없었던 어머니의 고초도 충분히 짐작되는 것이었다.

그 많은 사촌들 중에 어떤 식으로든 우리 어머니의 보살핌을 받지 않앴다고 장담할 수 있는 사람은 몇 안 될 텐데도 지금까지 공치사 한 번 하는 사촌을 보지 못했으니, 우리 어머니가 덕이 없는 것인지 사촌들이 인색한 것인지 아니면 사촌들이 숫기가 없는 것인지.

단 한 분이신 고모님이 돌아가시기 직전에 "우리 성님 같은 부처님이 오데 따로 있겠노" 하시던 그 말씀이라도 못 들었으면 나는 어디서 위로를 받았을까? 고모님이 그때 내게 우리 어머님의 부처님 같은 마음씨를 이야기하실 때 동석했던 윤기 아버지가 동의를 표해 주기를 간절히 바랐는데도 그는 끝내 입 다물고 있던 것이다.

"하모예. 맞십니더. 우리 큰어무이가 우리 때문에 고생 많이 했십니더."

그의 입에서 그런 말 한마디가 나오기를 간절히 바라며 그의 입을 지켜보고 있었는데 그는 애매한 표정으로 입 다물고 있던 것이다.

동의할 수 없는 이유가 대체 무엇이었을까? 백 번 베풂을 받은 사실은 잊어버리고 단 한 번 섭섭하던 대목은 잊어버리지 못하는 인간의 속성 때문일까? 아니면 어머니가 베풀기만 했다고 생각하는 것은 나나 내 형제들뿐이고 실지로는 별로 베푼 게 없었던 것일까?

아무리 그때가 어렵던 시절이었고 천 리 밖 서울에서 당한 일이기는 했지만 우리 어머니의 장례식 때 아무도 나타나지 않던 막내숙부네 식구들을 생각하자 나는 또다시 섭섭한 마음을 누를 길이 없었고, 그 숙모의 장례식에 내가 참석한 사실이 부당한 것처럼 잠시 생각되었다. 20년 전의 일로 섭섭해하는 나 자신의 좁은 속을 곧 한심해하기는 했지만.

울며 몸부림치는 용자 언니를 누군가가 나무걸상에 데려다 앉혔다.

못 이기는 척 걸상에 엉덩이를 걸치던 언니는 그 걸상의 다른 쪽 끝에 이미 앉아 있던 어떤 문상객이 위로의 말을 건네자 그쪽으로 궁둥이를 밀어 비실비실 다가앉으며 다시 울음소리를 높였다. 달랠 사람이 있는 데서 울기 위하여인 듯.

"어무이. 용서해 주이소. 용서해 주이소."

안상주들의 울음소리는 화덕에서 시체가 타는 동안 커졌다 작아졌다 할 뿐 끊이지 않을 모양이었고, 그 시간은 짧을 것 같지도 않았다.

서울과 부산과 마산과 고향에서 모여든 사촌들은 장례식에 모인 사람들이 으레 그렇듯이 반가움을 절제하며 겨우 눈만 마주쳤지 아직 제대로 회포도 풀지 않았는데, 한 사람도 보이지 않았다. 울음소리를 피해서, 아니 우는 사람에게 더 이상 해줄 위로의 말이 궁해서 어딘가로 사라진 것 같았다.

어쩌다가 나만 남은 것일까?

역 대합실 같은 화장장 대기실 바닥은 습기와 냄새가 배어 딛고 있는 발바닥조차 젖어 오르는 것 같았고 나무의자들 역시 시체의 진이 밴 것 같아 앉기가 싫었다. 사이사이로 살 타는 냄새가 비집고 들어간 빗줄기에 맞아 천지가 찐득거리는 것 같기도 했다.

우는 상주들을 피해 나가는 것이 미안해서 비 오는 바깥을 내다보는 것처럼 문기둥에 붙어 섰다가 슬그머니 현관 밖으로 몸을 빼냈다.

다들 재주도 좋지. 갈 데도 없는 것 같은데 모두 어디로 갔을까?

비 오는 화장장 뜰 건너 작은 건물이 보였고, 그 건물 문짝 안에서 때맞춰 사촌 하나가 망보듯이 빼꼼히 내다보고는 내게 손짓을 하고 도로 들어갔다.

단 한 방울의 비도 맞지 않으려고 나는 우산을 펴 들고 조심조심 뜰을 건너갔다. 거기가 휴게실인 모양이었다. 과연 사촌들이 상을 가운데 두고 세미나 하듯이 죽 마주 앉아 있었다.

우리 윗세대의 삶과 죽음을 마감한다는 특별한 의미 때문인지 숙모의 장례식에는 사촌들이 거의 다 모여 있었다. 막내숙모가 아버지의 5남매와 그분들의 배우자 중 마지막으로 세상을 뜨는 것이었으니까. 그분들이 이 세상에 살았던 일과 떠난 일이, 지금 살아 있는 우리에게 생명을 넣어 주었다는 의미 말고 다른 의미가 있기는 있는 것일까?

휴게실에는 마당 건너 저쪽의 울음 세상과 완연히 다른, 마치 채널이 다른 화면처럼 화기애애한 담소가 펼쳐져 있었다. 한쪽 채널에서 쓰러지고 밟히고 죽고 하는 장면을 보다가 다른 채널로 돌리면 노래하고 춤추는 쇼를 보는 것처럼. 그러면 어떠랴. 우는 역을 맡은 사람들은 울더라도 담소하는 역할을 맡은 무리 속에 끼이는 것만으로도 마음이 한결 편안해지고 너무 기분이 좋았다.

술과 안주를 얻으러 온 걸인과 창원공단에서 중소기업체를 가진 오빠 한 분이 마치 코미디의 한 장면처럼 한창 대거리를 하는 중이었다.

이야기의 내용으로 봐서, 젊고 건강해 보이는 걸인이, 먹던 찌꺼기는 싫다 하고 아직 뚜껑도 열지 않은 소주와 오징어포와 땅콩과 떡을 달라고 한 모양이었다.

"하아. 이 사람 참 대단하네. 얻어묵는 사람은 본래 넘 묵던 거나 묵는 법인 줄 알았더니 따까리도 안 뗀 새거만 도라 카네. 그거는 얻어묵는기 아니라 분배해 묵자 카는 말 아잉기요? 우쨌든지 간에 당신 직업이 내 직업보다는 언충 나은 것 같소. 애믹이는 노조가 있나 갱쟁자가 있나, 혼자 사장 하고 사원 하고 공원 하고 하루에 세 분만 거행하모 묵을 만큼 벌었다. 묵을 만큼이 머꼬 저축해 감서 살겄다. 내일부터 나도 직장을 여기로 옮길 모양이니 우리 한 분 갱쟁자가 되어 봅시다."

걸인이 이미 한 아름 얻은 음식을 안고 저만치 나가다가 돌아보고 말했다.

"갱쟁자가 될 기 아이라 사장님하고 내하고 자리를 한 분 바꾸 보이시더. 우떤 쪽이 더 좋은지, 더 힘든지 해봐야 알 거 아입니꺼? 말이 그렇지 아매 안 바꿀 기거마는. 노조에 시달린다꼬 사장 자리 내놓는 사람은 안죽 몬 봤응께. 회사 문을 닫고 위장폐업은 해도 말입니더."

걸인이 말을 남기고 휭 비 오는 밖으로 나가버리자 오빠가 와하하 웃으며 끝맺음을 했다.

"아이구 한 방 대기 무웄구나."

다른 사촌들도 함께 유쾌하게 웃으며 소주잔이 오고 갔고 이야기도 자연히 뜰 건너에 있는 죽은 자와 상주들에게로 옮겨 갔다.

"아이, 화장은 누가 할라 캐서 하는 기고? 고마 아들 옆에 모시모 될 긴데, 가차이 넓은 선산 여기저기 놔두고 객지 사람맨키로 화장은 무신 화장고? 삼팔 따라지들도, 없는 선산 맹글어 감서 장사 지내던데."

"그래 말이다. 똑똑은 딸들이 원캉 쎄싸서 그란갑더라. 무신 생각으로 그라는지 알 수 있이야지."

"제사 모실 아들이 없으이 그라는 거겠지."

"아들은 없어도 며느리하고 손자 안 있나?"

"몰라. 저그 생각이 다 있은께 그라겠지. 참, 그 돌미이는 우찌 됐노?"

"우찌 되기는? 안죽 가지고 있겄지."

"시상에. 그 돌미이가 삼촌하고 무신 상관있다꼬 안죽도 가져 있노? 내삐리지."

"뜬금없이 돌미이 이야기가 와 나오노? 무신 돌미인데?"

그 돌멩이에 대해서 아직 모르는 사촌도 있는 모양이었다.

"아따 그 유명한 돌미이도 모리나? 숙모가 삼촌이라고 평생 가아 댕기던 돌미이 말이다."

"숙모 갱대 서랍에 있었지."

모두 다 와아 웃었다. 흐른 세월 따라 그 돌멩이의 의미가 희화화되어 버린 것이다. 숙모의 한도 그만큼 묽어졌을까?

"인자 말이지만 우째서 돌미이가 삼촌이고? 물어보고 싶더마는 우짠지 물어보기가 머해서 한 분도 몬 물어봤십니더."

사촌올케 중 한 사람이 누구에게라 할 것 없이 질문했고, 그의 남편되는 사촌오빠가 답했다.

"삼촌이 일제 때 징용 갔다가 남양군도에서 돌아가신 이야기는 알고 있제?"

"하아. 그거야 알제."

"전사 통지가 오고 며칠 후 유골상자를 찾아왔는데, 그 속에 유골이 아이고 돌미이가 들어 있는 기라."

"와 돌미이가 들어 있었을꼬?"

이야기를 맡아 하던 오빠가 자세를 고쳐 앉으며 우리가 수없이 여러 번 들은 옛날이야기를 되풀이하기 시작했다.

"우리 삼촌은 일차 징용에 갔다 카데. 그때는 아직 덜 빡빡할 때라 그랬는지 몸도 아프고 더 이상 견딜 수 없어 귀국요청을 했다 안 카나. 귀국요청이라 카이 요새 한참 시끄러운 징용자들 이야기하고는 격이 좀 다른 거 겉제? 넘들은 짐승 대접받았다 카는데 우짠 이야기인지는 잘 모르겠지마는, 귀국명령까지 받아낸 기라. 돌아오는 배를 타기는 탔는데 고마 출발하자마자 그 배가 미군 비행기에 폭격당해 가라앉았다 안카나. 4백 몇십 명이 한꺼번에 죽었으이 유골 겉은 것을 찾을 수 있었겠나? 고마 근처 돌미이를 두어 개씩 넣어 갈라 줬다 카는기라. 그때 온 돌미이를 숙모가 무신 보물맹키로 갖고 있었는 기라."

"그거는 머할라꼬?"

"누가 그 속을 알겄노? 돌미이만 아이라 삼촌 입던 양복도 아직 깔깔한 새거로 갖고 있다 카데. 인자 태우지 벨 수 있겄나? 삼촌도 지금에사 진짜 저세상 사람 되는 기라. 양복도 찾아 입고. 아매 그동안 헐벗고 댕깄을 기거마는."

"숙모도 참 내. 당신이 남편 찾아갈 때 손수 가지갈라꼬 아직도 그거를 갖고 계싰나? 그동안 헐벗는 남편 생각은 몬하고."

"그런데 말입니더. 삼촌 죽은 경위는 누가 오데서 들은 이야긴고? 본사람이 있던가예?"

"그거는 둘째 큰아부지가 돌미이가 들었는 거를 보고 그 당시에 알아본 기라. 모리지. 아무리 둘째 큰아부지가 군청에 근무했다 캐도 직접 보신 것도 아일 기고 일본놈들 말만 들었을 기니, 오데까지가 진짜인지 오데부터가 거짓말인지 알 수 있이야제? 요새 징용 갔던 사람들 이야기 들어 보모 우리가 이때까지 속고 있었는지 모릴 일이지. 오데서 때리직이 놓고 배 폭격 우짜고 해쌓는지?"

갑자기 모두 처연해졌고 누군가가 그 분위기를 참을 수 없었는지 일깨우듯 말했다.

"아이구 이라고 있을 때가 아이다. 인자 고마 저리 가보자. 하마 다 탔을 기다."

모두 그때야 그동안 노닥거린 것을 죄스럽게 생각하며 우르르 일어나 뜰을 건너갔다.

일부러 시간을 맞춘 듯 마침 화덕에서 불덩이와 뼈와 재가 섞인 잔해가 나오는 중이었다. 시시덕거리던 사촌들은 모두 능숙한 배우들처럼 표정을 가다듬고 다시 숙연해졌다.

뼈를 추리고 절구에 넣어 꽝꽝 빻기 시작하자, 상주의 울음도 마지막 발악처럼 터져 나왔다. 저희 어머니가 돌절구 속에서 고문당하는 것 같은 느낌인 모양이었다.

뼛가루는 상과 하로 나뉘어 포장되었다.

고향 남산의 절로 가는 차를 나눠 타기 위하여, 비 오는 뜰로 나오자 상주들은 훈련이 끝나고 해산한 졸병들처럼 상쾌한 얼굴로 웃으며 외지에서 온 친지들에게 고맙다는 인사를 했다.

장의차는 돌려보내고 홀가분하게 승용차 몇 대에 나눠 탄 상주들과 상주의 사촌들은 재로 변한 숙모님을 모시고 고향으로 향했다.

가는 도중 앞이 보이지 않게 비는 내리는데 그래도 예정된 절차대로 남산 절 스님의 지시에 따라 어느 산 정상 근처에서 재를 뿌리는 의식을 치렀다.

비는 왜 그다지 오는지. 하나의 응어리이던 숙모의 존재는 비 내리는 산에 한 줌의 재에서 몇 방울의 물로 액화되어 뿌려졌고 우리들 속에 숙모와의 관계로 뭉쳐져 있던 응어리들도 깨끗이 소멸되는 기분이었다.

숙모의 결벽증, 숙모의 매몰참, 숙모의 기품, 숙모의 비비 꼬인 속도 다 풀어지고 소멸되는 것 같았다.

물로 변한 숙모가 46년 전에 저 먼 남양군도의 바다에 수장된 숙부와 만나게 되었는지, 혹은 우리 어머니와 만나 또다시 동서관계를 유지하는지는 알 수 없으나 살아 있는 우리들에게서 일단 떠난 것은 확실했다.

남산 절에 숙모의 혼을 모시고 누대에 앉아 늦은 점심을 먹으며 마음이 홀가분해진 우리는 어찌어찌하다가 통일에 대한 논의까지 벌이게 되었다. 그 통일논의 중 압권은 상주인 용자 언니의 주장이었다.

누군가가 숙부가 혹시 살아 돌아오시면 지금껏 기다리다 돌아가신 숙모가 저세상에서도 얼마나 절통하시겠냐고 했을 때, 그 말에 가장 먼저 동의해줄 줄 알았던 용자 언니가 단호한 목소리로 뜻밖의 발언을 하던 것이다.

"인자 돌아오시모 안 댄다. 어무이 살아 계실 때도 나는 아부지가 살아 돌아오시는 거 안 바랬다. 지금까지 살아 계시더라도 혼자 살고 계시지는 않을 것이고. 인자 우리도 다 잊어버리고 한도 털어 버리고 좀 조용하게 밥술이나 묵고 사는데, 생활이 새로 복잡해지고 시끄러버지는 거 싫다. 북한에 식구들 두고 온 사람 중에 통일 안 바래는 사람들도 있다 카던데, 그 심정하고 내 심정하고 같은 기라. 그쪽은 그쪽대로 우리는 우리대로 수십 년을 다르게 살았는데, 이제사 얽어 놓으면 얼마나 복잡해지겠노? 특별한 개인의 입장이 아이라도 통일은 하모 안 댄다. 우리 살아 있는 동안은 통일 그거 참말로 안 하모 좋겠다. 그동안 고생한 우리 세대가 좀 편안해질라 카는데, 또다시 통일로 시끄럽고 불편해진다 카모 그거는 공평치 몬한 일 아이가? 다음 세대 사람들 즈그 하고 싶으모 그때 가서 하든지 말든지."

"다음 세대 사람들이 누군데? 언니 자식들이고 내 자식들이고 우리 자식들의 자식이잖아? 다음 세대가 통일된 나라에서 살게 하기 위해 우리가 지금껏 하던 고생 좀더 하면 어때? 통일이 고생인지 기쁨인지는 두고 볼 일이지만 말야. 그 정도의 불편이나 고생도 피해 가면서 얼마나 오래 살려고 그래? 통일하고 나면 한동안은 삐걱거리는 일이 많을 테지만 그걸 우리가 겪고 다음 세대는 정착된 통일국가에서 살게 한다면 좋지 않겠어? 우리가 못 가져본 거 자식들이 가지는 게 배 아파서 그래?"

통일을 그렇게 완강하게 싫어하는 사람이 있다는 사실이 너무 예상 밖이어서 그랬을까, 나 스스로 생각해도 입에 발린 말을 너무 길게 한 것 같아 낯이 뜨거웠다. 솔직히 말하지만 통일에 대해서 용자 언니만큼도 생각해 보지 않았으면서 다음 세대를 위해서 짐을 져주겠다고 흰소리 친 게 아닌가.

아무리 어릴 때 같이 자란 사촌들이라도 오래 떨어져 살다가 어쩌다 집안 대사가 있을 때만 만나는 것이라 서로 생각이 다른 것에 놀랄 때가 가끔 있었지만, 그래도 통일만은 모두가 한마음으로 바라는 줄 알았기 때문에 내가 상당히 어리둥절했던 모양이었다. 자식들의 행복과 내 행복을 동일시하지 않는 점도 이상했다. 숙모의 위악을 그대로 빼닮은 것인지, 일단 소유한 것은 자식에게도 주기 싫어하던 숙모의 소유욕을 닮은 것인지.

"나는 우짜라꼬" 하며, 죽으면서도 밝은 귀를 딸에게 주고 갈 수 없다고 했다던 그 말이 생각나서 나는 웃었다.

그 자리에 있던 다른 사람들의 생각은 어떤지 알고 싶어 나는 그들의 표정을 유심히 살펴보았다.

　　용자 언니만이 내 말에 승복할 수 없음을 분명히 밝히는 말을 함으로써 여전히 확실한 반응을 보였을 뿐, 다른 사람들은 계속 무표정하고 어쩌면 귀찮아하는 기색인 것 같기도 했다.

　　"내 자식이든 니 자식이든 내가 죽고 난 다음은 내가 알 일이 아이거등. 내가 죽고 없는 때 그 아아들이 기뻐하든 고통스러워하든 그거는 그 아아들 즈그 문제니까. 서독은 동독한테 줄 기 풍부하지마는 우리는 북한한테 줄 기 그리 많지 않다. 내 살기도 바쁜데 마 나누 주고 캐쌓을 거 없는 기라."

　　여자사촌끼리 주고받는 말을 무표정하게 듣고 있던 한 오빠가 낮은 목소리로 자신의 이야기를 들어 보라며 끼어들었다.

　　"우리 집 딸아이가 소위 캐쌓는 운동권 학생인데 억수로 똑똑타. 지난번 전대협인지 뭔지 회장선거에 출마하는 거를 알고 제발 고만두라고 말리다 말리다 몬해서 생전 처음 귀싸대기 한 대 올려붙였는 기라. 니가 감옥에 가모 돈도 빽도 없는 나는 면회 한 분 몬 가볼 처지다 캤더니 그건 제가 바라는 바예요 카데. 내 참 억장이 무너져서. 그렇다꼬 쫓아내 버릴 수도 없고. 내가 천상 체념할 수밖에 없는 기라. 지가 할라 쿠모 말릴 방도가 없더라. 내가 마음을 돌리묵고 나니 차라리 인자 편하다. 딸도 그 질로 나섰겠다, 김일성이가 우리하고 동성동본이라는 소문도 들었겠다, 고마 통일되모 김일성이한테 아이구 행님 하고 앵길 작정이다."

　　"무신 농담을 그리 하요? 만나서 앵길 때 앵기더라도 미리 소문은 내지 마소. 적과 심정적으로 내통했다고 법에 걸릴 것 같거마는. 우짠지 대기 무섭소."

우리는 모두 와그르르 웃는 것으로 통일 이야기는 끝내 버렸다.

훈방 절차로 내게 인수증 비슷한 서류에 도장을 찍게 하고 경찰관이 윤기에게 말했다.

"다시는 짱돌 같은 거 갖고 다니지 마. 공부 열심히 해서 앞으로 대학 들어가더라도 데모 같은 데는 휩쓸리지 말고."

윤기를 데리고 경찰서에서 나온 때는 늦은 아침이었다.

근처의 식당으로 가서 식사를 시켜 놓고 나는 만천하의 여인들이 이 땅의 젊은이에게 던지는 것과 같은 상투적인 질문부터 던졌던 것이다.

"아까 경찰관이 재수생이라던데, 고등학교 졸업한 지는 아마 1, 2년 되지? 이번에 또 시험 쳤겠네. 서울에서 쳤어 지방대학에 쳤어?"

"재수는 무신 재수예? 재수생이라는 딱지라도 붙어야 사람대접 받는 세상 아입니꺼? 대학생 아이모 재수생이라도 되어야 건달 취급 안 하거 등예. 편리한 대로 고마 그래뿐깁니더."

"군대는 어떻게 하고?"

"군대는 안 가도 댄답니더. 생각지도 않았는데 병역 면제라 카데예. 방위가 돼서 영장 나오기를 기다리고 있는데 병역 면제라 연락 옵디더. 내 참. 사실은 방위도 성에 안 찼는데. 군대 한 분 갔다 오고 싶었거등예."

"그럼 앞으로 뭐 할 작정이야?"

시킨 음식이 오자 얼른 숟가락을 들던 윤기가 나를 한 번 노려보는 것 같았다.

"와예? 대학생도 아이다, 재수생도 아이다, 군대도 안 간다 카니 생각이 콱 막히십니꺼? 갑자기 제가 사람으로 안 보입니꺼? 촌에도 사람 할 일 다 있십니다. 우리 아부지도 고등학교만 나오고도 촌에서 사람 구실하며 평생 안 살았십니꺼? 고모님도 대학 안 다니모 끝장난 사람인 줄 알고, 젊은 사람이 촌에 살모 사람 구실 몬하는 줄 아는 그런 분입니꺼?"

솔직히 말해서 나는 그 아이가 내가 짐작했던 대로 농촌에 뿌리내린 청년인 것에 흡족했고 그 아이에게 공격의 대상이 필요한 것 같아 잠자코 그의 말을 들어 주었다.

윤기가 할 말을 끝냈을 때 나는 그 돌멩이를 좀 보여 달라 했다.

그의 아버지처럼 작고, 가만히 있어도 장난기로 넘쳐 나는 듯한 그의 눈에 잠깐 이상한 웃음기가 스쳐 갔다. 그는 알았다는 듯 그런 눈으로 나를 흘끔 보며 가방 속에서 그 돌을 꺼냈다.

그 아이의 눈가로 홀연히 스쳐 지나간 희미한 웃음이 비웃음인 것은 부정할 수 없었다.

왜 돌을 보자는데 비웃었을까?

그가 나를 비웃는 이유는 곧 알 수 있었다. 1950년에 숙모가 읍내에서 피난지로 갖고 왔던 바로 그 돌, 1944년에 남양군도의 어느 바닷가에서 일본 군인이 주워 담았을 그 돌을 만져 보며 감회에 젖으려는 내게 윤기가 불쑥 말을 던졌던 것이다.

"이번에는 '두 개의 돌멩이'가 되겠네예."

그때도 나는 그의 비웃음의 이유와 그 말뜻을 모르고 돌멩이에 두고 있던 시선을 들었을 뿐이었다.

"고모님의 다음번 소설 제목 말입니더. 〈풀 한 포기〉니 〈흙 한 줌〉이니 안 캐쌌습니꺼?"

나는 감당할 수 없는 부끄러움 때문에 순식간에 얼굴을 붉혔다.

그 아이의 비웃음의 뜻은 바로 그것이었던 것이다. 내가 윤기의 비웃음의 의미를 그렇게 빨리 알아챈 이유는 나 스스로 나의 약점으로 이미 치부해 둔 문제를 그 아이가 건드렸기 때문이었다.

존재의 의미, 역사의 의미에 대해서 더 이상 사고를 이어갈 수 없는 능력의 한계를 느낄 때 허무주의로 얼버무려 미화하고 포장시켜 나 몰라라 하고 손떼어버린 게 〈풀 한 포기〉와 〈흙 한 줌〉이 아니었던가, 스스로 의심하고 있었기 때문이었다.

따지고 보면 풀 한 포기나 흙 한 줌으로 남을, 인간의 존재에 대한 천착이 무슨 소용이 있느냐, 풀 한 포기나 흙 한 줌으로 남은 과거의 그들에게 우리의 현실에 대한 책임을 묻는 게 무슨 의미가 있겠느냐면서 그들의 과오와 우리의 현실과의 사이에 있는 고리를 끊어 버리고 손 털었다는 생각이 내 속에 깔려 있었던 게 아니었던가. 게다가 풀 한 포기나 흙 한 줌이, 가장 보잘 것 없으면서 항존하는 어떤 것이며 자연의 일부로 되돌아갔음의 가시적인 형태를 뜻하는, 멋스러운 어휘라는 점에 기대어 미흡하기 짝이 없는 작품의 완성도를 과장하지는 않았던가. 원초적이고 탈속적이고 가장 소박하면서 질긴, 게다가 윤회의 이미지까지 풍기는 풀 한 포기와 흙 한 줌이란 어휘에 기대어.

"네 말투를 보니 아까 경찰서에서 그 돌멩이에 의미를 부여하던 너의 태도하고는 딴판이구나. 전에 〈흙 한 줌〉이나 〈풀 한 포기〉란 소설에서처럼 내가 다시 돌멩이 두 개를 갖고 지적인 작업을 벌이기라도 하면 가만두지 않겠다는 경고 같은데?"

"지가 경찰서에서 이 돌미이를 할부지라 캤다 해서 돌멩이에 의미를 부여했다 우짜고 그런 에러븐 말 하십니꺼? 할부지는 무신 할부집니꺼? 그냥 돌미이지."

안면을 바꾼다는 말은 그런 때 쓰는 거지 싶었다. 완전히 딴 사람이 된 것처럼 그에게서는 장난기가 싹 걷혀 있었고 만만한 아이 취급하던 나를 무안케 했다.

"데모하는 현장에서 잡히기는 잡혔고 벨 할 말은 없고 갱찰 아저씨 앞에서 연극 좀 해보인 기라예. 할무이 물건 정리하다가 빼닫이(서랍) 속에 있길래 수챗구멍에 떤지 삐릴까 하다가 계산해 보이 근 50년을 우리 집에 있었데예. 세월 대접은 해줘야 될 거 같아서 갖고 나왔십니더. 마침 미야자완지 마자바린지 카는 일본사람도 온다 카고. 태평양전쟁 희생자 유족들이 시위도 한다 캐쌓고. 이 돌미이를 특별히 한 분 써보는 기 좋겠다는 생각이 듭디더. 역사적인 일에 쓰는 기 바로 세월 대접하는 기 안 대겠십니꺼? 촌에는 역사적인 일이 있을 수 없는 기라예. 주목 받는 일이 역사적인 일이거등예. 주목을 받아야 기록에 남고 기록에 남아야 역사가 되는 기라예. 그라다가 일이 잘 되어서 보상금이라도 나오모 그기 오뎁니꺼?"

"그래도 너네는 한일 청구권협정 당시 조금은 받았다면서?"

"무신 말씀입니꺼? 그때 받았으이 우리는 잠자코 있으라 그 말입니꺼? 그것도 보상금이라꼬예?"

그 아이가 그렇게 이죽거리지 않고 그렇게 완강하지 않았다면 나는 다음 질문을 던지지 않았을 것이다.

"너의 할아버지는 자원해 간 징용이란 말 못 들었니?"

그래도 내 딴엔 조심해서 말한다고 했는데 어디를 건드렸는지 그 아이는 갑자기 무서운 표정으로 돌변했다.

"자원해서 간 징용자 가족은 입 다물고 있어야 된다 그 말입니꺼? 고모님 논리도 일본놈들 논리하고 같습니더. 우짜모 우리 정부 생각도 그 비슷할지 모르지예. 돈벌이 좋다는 말 듣고 제 발로 간 사람들한테 무신 책임을 지며 무신 보상을 하느냐는 논리 말입니더. 그런 식으로 말하자모 종군위안부로 나중에 몸뚱이가 갈가리 찢긴 어린 여자들도 애초에는 돈벌이하는 덴 줄 알고 간 사람들이 있으이, 그 사람들은 다 지 잘못이겠네예. 우리가 힘없고 못난 탓에 뺏겼으니 나라 뺏긴 것도 일본놈한테는 책임 없고 우리만 잘못한 기라는 말도 되고예. 우리 할부지가 징용을 자원했다 캐도 자원하지 않으모 안 되는 상황으로 몰아간 시절 때문이었으이 강제 징용이나 마찬가집니더. 지는 그리 생각합니더.

징용 자원해 간 거를 무신 죄나 지은 거맹키로 생각하십니꺼? 우리도 우리 할무이맹키로 할부지 망령인 돌미이나 양복이나 쥐고 앉아 한에 젖어 평생을 보내라 말입니꺼? 그런 감상주의도 안 되고 고모님겉이 허무주의로 얼버무리는 것도 다 안 되는 기라예. 우리 할무이 장례식 때 화장장에서 우리 친고모들이 용서하이소 카며 우는 거 고모님도 보셨지예? 우리 고모님들이 특별히 역사의식 겉은 기 있어서 그랬는지는 잘 모르겠지만 제 귀에는 우리 할무이한테 누군가가 용서 빌어야 할 거를 고모님들이 대신하는 거맹키로 들리데예. 우리 할부지 대신이라 해도 되고 우리 아부지 대신이라 해도 되고예. 일본 정부가 그리도 말하기를 애끼는 사과 말입니더. 일본도 일본이지만 누구든지 지지리 못난 우리

260

역사를 대신해서라도 우리 할무이 겉은 사람한테 용서를 빌어야 안 대
겠십니꺼?"

숙모의 장례식 날 안상주들이 다투듯이 용서하이소 하며 울던 이유
를 내 나름대로 추측했던 일이 물론 기억났고, 윤기 역시 그때 그 용서
의 의미를 곰곰이 생각하고 있었을 뿐만 아니라 그 생각의 방향이나 폭
이 나와는 비교가 되지 않을 정도로 깊고 넓었다는 데 나는 놀라움을 금
치 못했다.

그가 식사를 끝냈을 때 나는 당장 시골로 가지 않을 거면 우리 집으로
가자고 인사 삼아 말했다.

"어언지예. 돌미이 임자한테 이 돌미이 돌리주고, 촌 우리 집으로 갈
랍니더."

그는 서울 지리를 잘 아는 사람처럼 어디론가 휘적휘적 걸어갔다. 그
가 돌멩이를 어떤 방법으로 주인에게 돌려줄 것인지 자못 궁금한 일이
었다.

〈창비〉 1992년 여름호(통권 76호)

기자 아들이 본 소설가 어머니

정장열/ 언론인

   나는 학창 시절 시험 때가 되면 새벽에 일어나 공부를 했다. 게으른 탓에 하기 싫은 공부를 막판까지 미뤘다가 시험 보기 몇 시간 전에야 꾸역꾸역 해치웠다. 그 새벽 공부가 가능했던 것은 순전히 어머니 덕분이었다. 어머니는 새벽 4시든 3시든, 내가 주문한 시간에 나를 깨웠다. 억지로 눈을 뜬 내게 커피와 간단한 먹을 것을 챙겨 주시곤 내가 책상머리에 앉는 걸 지켜보고 나서야 방에서 나가셨다.

   어머니는 내가 공부를 하던 새벽에 주무시는 법이 없었다. 방 밖으로 나가 보면 어머니는 부엌 바닥이나 거실 구석에서 소반으로나 쓸 법한 낡은 상 하나를 앞에 놓고 쭈그리고 앉아 뭔가를 쓰고 계셨다. 고요한 새벽에 스탠드 불빛 아래서 원고지를 메우던 어머니는 작고 단아했다. 그 모습은 한 점의 정물화 같기도 했다.

   어머니의 새벽 글쓰기가 언제부터 시작된 것인지 나는 정확히 알지 못한다. 내가 새벽 공부를 하지 않은 날에도 어머니는 새벽에 글을 쓰셨다. 새벽에 목이 말라 부엌의 냉장고를 향하다가 그 정물화 같은 어머니의 모습과 자주 마주치곤 했다. 미동도 하지 않고 글 쓰는 데 몰두한 어머니의 모습은 구도자의 이미지와도 겹쳐 있다. 그 순간만은 쉽게 말을 붙이기도 어려운 다른 분이셨다.

새벽 글쓰기를 하시다가도 어머니는 내가 학교 갈 준비를 할 즈음이면 어느새 일상으로 돌아와 계셨다. 부엌에서 분주하게 아침상을 차리시면서 어느새 만들어 놓은 나와 두 동생의 도시락까지 가방에 넣어 주시곤 했다. 어머니는 특유의 부지런함으로 우리보다 하루를 훨씬 길게 사셨다. 살림살이조차 팍팍하던 그 시절, 어머니는 왜 잠을 아끼면서 글을 쓰셨을까. 그때는 잘 몰랐다. 일상의 고단함을 물리치고 자신이 목표로 하는 뭔가에 매진하기 위해서는 얼마나 대단한 열정과 의지가 필요한지를. 평범한 일상을 이어 가는 일조차 얼마나 대단하고 힘든 일인지를 내가 깨닫게 된 것은 한참 뒤 가정을 꾸리고 아이를 키우고 나서였다.

어머니의 새벽 글쓰기가 허구의 이야기를 만들어 내는 작업이란 걸 분명하게 안 것은 초등학교 6학년 때였다. 1976년 겨울, 어머니는 〈조선일보〉 신춘문예에 당선하면서 소설가로 등단하셨다. 그 시상식장에서 어머니의 새벽 글쓰기가 남들이 쉽게 얻기 힘든 영광과 명성을 가져왔다는 걸 어린 나이에도 어렴풋이 알았다. 당시 어머니가 수상 소감에서 '은빛 날개'를 언급했던 기억이 난다. 갈고 닦아야 할 은빛 날개를 얻었다는 대목이 아직도 기억에 남아 있다. 하지만 나는 은빛 날개를 갈고 닦겠다는 대목이 의아했다. 초등학생의 눈에는 허구의 이야기를 지어내는 데 왜 그토록 정성을 쏟아야 하는지 이해하기 힘들었다.

그로부터 정확히 40년이 지났다. 나는 50줄에 접어든 고참 기자가 됐고, 어머니는 다수의 작품집을 낸 원로 소설가가 됐다. 내가 30년 가까이 기사를 써오는 동안 어머니는 쉬지 않고 소설을 쓰셨다. 나는 내가 글로 적어온 그 많은 '사실'들이 어머니가 만들어 낸 '허구'들보다 더 낫다고 생각할 수 없다. 나는 밥벌이를 위한 글쓰기였지만, 어머니는 은빛 날개를 닦아 오지 않으셨던가. 나의 밥벌이는 오히려 어머니한테 빚을 진 측면이 크다.

학창 시절 새벽 공부도 그러했지만, 나의 글쓰기도 상당 부분 어머니 덕분이었다. 나는 어머니의 글쓰기를 지켜보면서 글쓰기의 마력을 처음으로 알게 됐다. 그 고요한 시간, 자신의 모든 것을 던지듯이 몰입해 한 문장 한 문장을 만들어 내는 행위가 멋져 보였다. 기자 초년병 시절, 글쓰기의 고통을 절감한 후에야 내가 섣부른 생각을 했다는 것을 알게 됐지만 돌이킬 순 없었다.

어머니가 나의 밥벌이를 위해 주신 게 또 하나 있다. 젊은 시절 숲처럼 나를 둘러싸고 있던 문학잡지들. 결혼을 하며 따로 살림을 차려 나가기 전 본가에 있던 내 방은 거의 사면을 문학잡지들이 둘러싸고 있었다. 사람 키보다 높은 책장들을 〈문학사상〉, 〈창작과비평〉, 〈실천문학〉, 〈세계의 문학〉 등 당시 발간되던 거의 모든 문학잡지들이 창간호부터 차곡차곡 채우고 있었다. 어머니가 구독하시던 그 문학잡지들을 읽으며 나는 사고와 어휘력을 늘렸고, 문장을 만들어 내는 힘을 키웠다. 아무 잡지나 서가에서 빼서 방을 뒹굴면서 읽어 대는 게 대학 시절까지 내가 즐기던 취미이자 습관이었다.

1980년대를 휩쓸었던 이른바 '사구체(사회구성체)' 논쟁에 빠져든 것도, 순수문학과 실천문학의 끝없는 싸움을 이해하게 된 것도 그 잡지들을 통해서였다. 〈문학사상〉에 연재됐던 이병주 선생의 《행복어 사전》 등 마치 만화책을 읽듯이 잡지 수십 권을 쌓아 놓고 독파해낸 장편소설들도 많다. 아마 내가 30년 가까이 잡지 기자로 일하게 된 것도 그때 알게 된 연재물의 매력 때문일지도 모른다.

최근 출판사로부터 어머니의 새 소설집에 들어갈 에세이를 써달라는 청탁을 받고 잠시 망설였던 게 사실이다. '기자 아들이 바라본 소설가 어머니' 정도의 글이면 무방하다고 했지만 부담스러웠다. 글 청탁을 받고 어머니가 등단 때 얘기한 은빛 날개가 자꾸 생각났지만 어머니가 지금 어떤 은빛 날개를 손에 쥐셨는지 난 아직도 잘 모른다. 소설가의 아들로서 누구보다 소설을 사랑하는 지식인으로 커 왔음에도 불구하고 어머니가 당신의 이야기를 통해 궁극적으로 무엇을 말하려 하는지를 가늠하기 어렵다.

어머니와 당신의 세 자녀들과의 대화는 지금까지도 일상을 넘어선 일이 별로 없다. 어머니는 우리에게 일상의 중요함과 성실함만을 강조하셨다고 생각한다. 우리에게는 늘 부지런하고 자상한 어머니셨지, 한 번도 소설가는 아니었다. 나 또한 어머니의 소설을 읽고 궁금한 대목을 물어본 적도 없었고, 소설에 대한 간단한 인상평을 한 기억도 없다. 물론 평론가들이 쓴 '소설가 김만옥'에 대한 비평은 읽은 적이 있다. 그들이 쓴 긍정·부정의 평가를 읽고 고개를 끄덕이기도 했다. 하지만 그들의 평가는 적어도 내게는 항상 미진했다. 당연한 얘기지만 내 기억 속에 있는 정물화 속의 구도자를 그들은 알지 못했다.

솔직히 고백하면 나는 어머니가 써온 소설들을 다 읽지도 못했다. "어떻게 어머니의 소설도 다 읽지 않았느냐"는 핀잔을 들을 수 있지만 그게 사실이다. 바쁜 일상 탓까지 더해진 내 선천적 게으름이 가장 큰 이유일 것이다. 하지만 쉽게 설명하기 힘든 불편함도 한몫했다. 대부분의 소설가들도 그렇겠지만 어머니는 당신의 경험과 기억들로 허구의 이야기들을 짜내려갔다. 그런데 어머니의 경험과 기억들은 나의 경험과 기억들이기도 했다. 나의 직접적인 경험이 아니라 하더라도 어머니로부터 전해 들은 이야기들이 나의 기억의 원형을 이루는 경우도 적지 않았다.

어느 때인지 어머니의 소설을 읽어 내려가다가 뭔가가 가시처럼 걸려 왔다. 마치 내 일기장이 공개된 것과 같은 불편함, 서걱거림과 마주했다. 나와 어머니가 공유하는 기억과 경험이 다른 사람의 읽을거리로 만들어졌다는 사실이 소설에 몰입하는 것을 방해했다.

이 글을 쓰기 전에 출판사 측이 참고하라며 어머니의 미발표 소설 〈거적때기〉를 이메일로 보내왔다. 오랜만에 어머니의 소설을 찬찬히 읽어 봤다. 내가 읽었던 어머니의 어느 소설보다 '가시'가 많았다. 소설의 모티브인 '딸의 귀촌'부터가 실제 내 막냇동생이 나와 고민하던 문제였다.

소설 속 화자의 친정아버지, 친정어머니가 딸네 집에 와서 겪는 고생담을 읽는 순간, 나의 외할아버지 외할머니가 상경해 내가 유년시절을 보낸 집에서 겪은 곤경이 나의 기억 속에서 튀어나왔다. 어머니는 외할아버지, 외할머니가 겪었던 곤경을 나한테 들려주시곤 했다.

몇 년 전 돌아가신 할머니에 대한 대목은 특히 굵은 가시처럼 목구멍을 찔렀다. 나를 품고 키웠던 할머니와 어머니의 불화가 소설 속 중요한

266

설정 중 하나였다. 어머니는 우리 가족사를 통해 도대체 뭘 말하고 싶으신 걸까.

나는 어머니가 탁월한 이야기꾼이라고 생각한다. 어머니의 소설들에는 어머니가 직접 경험하신 4·19와 한국전쟁, 일제의 징용, 심지어 시집오신 후 전해 들었을 만주의 독립운동사 등 우리 현대사의 길목 길목이 펼쳐져 있다. 어머니는 그 길고도 '징한' 우리의 이야기들을 한 땀 한 땀 바느질하듯 공들여 풀어내셨다. 그건 내가 우리 시대의 사실들을 기록해온 것보다 더 넓고 더 깊은 작업이었다. 내가 감탄했던 〈내 사촌 별정 우체국장〉의 인물상처럼 인간에 대한 통찰과 이해도 어머니의 소설에는 담겨 있다.

오랜만에 선보이는 어머니의 새 소설집 발간을 축하드린다. 어머니가 품고 있을 은빛 날개가 40년 전보다 훨씬 더 반짝거리고 있다는 걸 나는 믿어 의심치 않는다.

金萬玉 作品 年譜

1977. 〈조선일보〉 신춘문예에 〈순례기〉가 당선되어 작품활동 시작.

1978. 〈말놀이〉(〈문예중앙〉) 발표.

1980. 〈흙 한 줌〉(〈문학사상〉) 발표.

1981. 〈씨〉(〈소설문학〉), 〈집 찾기〉(〈한국문학〉) 발표.

1982. 〈예행연습〉(〈문학사상〉) 발표.

1983. 〈흔적〉(〈문예중앙〉) 발표.

1984. 〈부인〉(〈수정〉), 〈천공〉(〈월간조선〉), 〈올가미〉(〈문학사상〉) 발표.

1985. 〈통풍〉(〈문학사상〉) 발표.

1986. 〈시각유희〉(〈서울대 동창회보〉), 〈풀 한 포기〉(〈월간조선〉), 〈박수
    담당〉(〈주간조선〉), 〈내 사촌 별정 우체국장〉(〈소설문학〉) 발표.

1987. 기발표한 작품들과 신작 〈집엔 별일 없어요〉를 묶어 소설집 《내 사촌
    별정 우체국장》(창작과비평사) 간행. 〈보청기 1〉(〈샘이 깊은 물〉) 발
    표.

1988. 〈보청기 2〉(〈실천문학〉), 〈晚覺〉(〈창작과 비평〉) 발표. 장편소설
    《계단과 날개》(책세상) 간행.

1989. 〈그리운 거인들〉(〈문학사상〉) 발표.

1990. 〈아버지의 작고 검은 손금고〉(〈창작과 비평〉), 〈가장 非극적이기 위한 여행〉(〈동서문학〉) 발표.

1991. 〈그 말 한마디〉(〈창작과 비평〉) 발표. 기발표한 작품들 묶어 소설집 《그 말 한마디》(조선일보사) 간행.

1993. 〈돌멩이 두 개〉(〈창작과 비평〉), 〈해거름에 먼 길을 떠나다〉(〈창작과 비평〉), 〈남몰래 작은 돌 하나가〉(〈한국문학〉) 발표.

1996. 〈이상한 작별과 해후〉(〈현대문학〉) 발표. 장편소설 《결혼 실험실》(고려원) 간행.

1997. 〈회칼〉(〈한국문학〉) 발표.

1999. 〈귀가〉(〈내일을 여는 작가〉), 〈그 모퉁이의 한 그루 나무〉(〈창작과 비평〉) 발표.

2002. 〈저 희미한 석양빛〉(〈황해문화〉) 발표.

2005. 〈따뜻한 포옹〉(〈내일을 여는 작가〉) 발표. 장편소설 《모든 나무는 봄을 안다》(청운디자인) 간행.

2012. 에세이집 《내 생애 최고의 날들》(물레) 간행.

2016. 〈거적때기〉 집필.

김상렬 연작소설집

헛개나무 집

**산뱅이 마을에서 피어난 우리 이웃들의
질박한 삶의 이야기!**

우연한 기회에 산뱅이 마을의 '명당' 자리에 자리잡은 '나'는 '특이한 이방인'이
다. 뜨내기 주제에 마을유지인 이장님네 땅을 차지한 것부터가 꼴사나운 데다
현실성 없는 유기농 농사를 고집하니 세상물정을 모른다고 비웃음을 사는 건
당연지사. 그러나 우체통에 둥지를 튼 새 한 마리도 잘 보살펴 주고 어려운 이웃
에게 늘 따뜻한 관심과 도움의 손길을 아끼지 않는 '나'에게 마을사람들은 어느
새 조금씩 마음을 열기 시작하며 자신들의 속 깊은 이야기를 들려주는데 … .

2016년 8월 15일 | 신국판 | 324면 | 값 13,800원

작가는 산뱅이 마을의 여러 인물이 인생에서 큰 시련을 겪으면서도 희망과 사랑을
놓지 않는 이야기를 통해 자연과 흙에서 비롯된 농촌 특유의 강인한 생명력을 보
여준다. **-〈연합뉴스〉**

고승철 장편소설

서울 돈키호테 근간

"내 나이에 무서울 게 뭐 있겠소? 할배 테러리스트로 나설 참인데."
'흙수저' 출신 거부(巨富)의 통쾌한 반란!
언론인 출신 소설가 고승철의 손끝에서 펼쳐지는
세상 뒤엎기 프로젝트

나남 nanam www.nanam.net | 031-955-4601